虛實妖怪百物語 急
京極夏彦

本故事純屬虛構。

因為是虛構，我相信書中登場的人物、團體與現實應無關係，但部分人物與現實的確極為相似，若強烈質疑，我沒有把握能堅決否定。但基本上，這仍是一則虛構故事，與現實並無關係。也請各位讀者也如此視之吧。

急

目錄

虛實妖怪百物語

急

宛如祭壇的巨石臺座上，兩名男人仰躺著。

此處是樹海之中朝天開口的巨大洞穴底部。

底部平坦寬廣，而且幽暗。由於並無比較對象，甚至不知有多寬廣。就算知道也沒有意義。

石祭壇規模頗大。躺在上頭的人體有如微小粗糙的人偶，可見祭壇絕不算小，但在這個廣袤的洞穴之中卻只像個渺小物體。

構成洞穴底部的並非泥土也非岩石，而是由各種動植物殘骸歷經悠久歲月堆積而成的地層。在這裡，屍體即使肉腐皮裂也不會回歸塵土，而是維持屍骸模樣逐漸乾枯碎裂，化為地層的一部分。

平坦底部延伸到遠處時逐漸隆起，這些分不清植物或礦物的物體交織纏繞構成的地層逐漸朝上方發展，形成牆壁，伸向天際。

然而，抬頭卻不見蒼天。

洞穴被地面生長的蒼鬱樹林所覆蓋。

從枝葉藤蔓的縫隙間洩漏的些微陽光也無法觸及底部。微弱的光芒在廣大的空間裡前進不到一半距離便已煙消雲散。

唯有在日月來到頭頂上方的短暫片刻……一道朦朧而如不定形聚光燈般的光亮才能照亮洞穴的中央一帶。

祭壇就設在此一位置上。

躺在祭壇上的兩名男人皆已不年輕。

其中一名甚至看似已然死亡。

他的皮膚失去彈力，乾枯僵直，面如死灰；嘴巴半開，卻不像在呼吸。衣服汙穢，手腳扭曲。

渙散睜大的右眼早已看不見任何事物。

他的左眼潰爛。不，只餘一個邊緣沾附著黑色乾血的窟窿。

是仙石原賢三郎。

躺在他身旁的男人，較仙石原更年輕一點。

這名男子雙手在胸前交叉，靜靜沉眠。

無聲無息。

彷彿一幅靜態圖畫。

聽不見鳥語或風鳴，闃然寂靜。

這時。

突然出現一道喀嚓清脆聲響。那原本只是不會被注意到的微小聲音，卻蘊含著足以翻轉無聲世界的質量。

一名身材高大的男子，不知不覺間出現在祭壇旁。

這名不知從何而來的男子，踩在無數動植物屍骸積累的地層上昂然而立。

軍帽與披風，軍刀和長靴。

男人上半身筆直穩定地邁著步伐，走向祭壇。

再次，又響起喀嚓一聲。

「維持不下去了嗎？」

「算維持得很久了。」

回答的是屍體。

「四天前心臟停止跳動，如今已無法掩飾屍臭味……」

屍體下巴顫動，如此回答。

「眼睛被貫穿是最大失策。若是眼睛以外的部位，頂多只會讓屍骸受損。」

「因為眼睛和你的本體相連。」

「是的。小的過於習慣不必揮劍的太平盛世，一時鬆懈了。這一切都是我的過錯。」

「傷終有一日會復原。」

男人更靠近祭壇一步，眼神輕蔑地望著屍骸。

「哼，多麼汙穢的模樣。」

「生物本是汙穢。尤其是人類更是如此。這副皮囊死後的模樣才真正暴露出本性。」

「這男人用不著死，本性也展露無疑，與你再相配不過。」

屍體發出空氣洩漏般的聲音。

似乎在笑。

祭壇周遭充滿酸腐屍臭。

「唯一遺憾的是無法粉碎那顆靈石。若能再延一天，或許就能掃除那些令人顧忌的事物了……」

「無妨。」

長身男子不屑一顧地說：

「這個國家的人民早已無神無佛，無靈無魂。不過是一群被人輕侮排擠的雜碎湧現出來引起騷動。那樣的雜碎不管如何吵鬧，也無法撼動一片塵埃。」

「您說得是。」

「距離你『吸盡一切』的日子不遠了，屆時……」

「將會毀滅。」

「這個國家與文化都將毀滅。如此一來，那幫雜碎也無法存在。牠們將被連根拔起，再也沒人能記得。」

軍帽底下的細眼妖異扭曲。

「真的會這麼順利嗎？」

「牠們沒被祭祀，沒被崇敬，甚至也沒被畏懼，不過是被嫌忌、被嗤笑的雜碎們。沒被體系化，沒被語言化，頂多被賦予了野蠻外型，賦予了名字，不過是位於最底層的可憎概念罷了。不管湧現多少隻都無法構成力量。事實上連人類都想挺身驅除牠們吶，多麼愚蠢。」

披風男嘴角微揚，繼續說：

「連自己『最後的餘裕』都想殲滅的話，早已病入膏肓了。愚民們什麼也看不清，自我毀滅，彼此憎恨廝殺，這個國家終將在自己手中滅亡。百姓死光，文化斷絕，最後……成為無人之島。」

男人掀動披風，伸出右手，豎起食指，手背朝前，舉至與視線齊平。

手上戴著繪有五芒星的白色手套。

「即使震撼大地，分裂國土，降下天火，燒盡城市，也沒能毀滅這個國家。就算派出匯聚激烈深邃的怨恨而成的祟神，也無法摧毀這個國家。到最後，甚至連祟神也視吾為敵人。」

「您是指將門公（註1）。」

「是的……在這個國家，崇敬與畏懼作祟並無差別，祝與呪價值相等，虔敬的祈禱和卑俗的訕笑亦無差別。不論吾怎樣傷害，怎樣踐踏，怎樣破壞，最終都會——重新站起。」

「因為國民不論碰上什麼都能一笑置之。」

「沒錯，是故吾需要你的力量……『戴蒙』啊，唯有能從人心之中奪取喜悅、奪取樂趣、奪取餘裕、奪取歡笑，甚至連悲傷痛苦也一併吸取的你——才能真正毀滅這個國家。」

「小的已吸得十分飽滿。」

屍體略為挪動頭部回答。

「嗯……你看似蓄積了不少力量。」

「託您之福……」

屍體臉頰抽搐，也許在笑吧。

「帝都目前可說盡落吾之手中。為趁勢毀滅日本，吾將你的分靈移到這男人身上。這男人乃是此國的政治中樞之一員。」

「小的參照屍體的記憶，明白他是執政黨的幹事長。」

「名喚大館伊一郎。本性雖與這副屍體同樣低劣，但肉體健壯許多。」

「感謝您為小的覓來這副身軀。」

屍體的下巴不停咬動。

註1：平將門，日本平安時代皇族，曾對抗朝廷自立為王。傳說其被討伐斬首後成為怨靈，而後成為江戶地區守護靈，被尊為武神。

「這男人比仙石原更為狡猾，現任內閣總理大臣不過是他的傀儡。大館的人脈遍及各界，支持者亦廣，必能輕易地將失去思考能力的國民們玩弄於股掌之上。」

「那麼，仙石原的屍身又該如何處置？」

「他已無藥可救，就這樣放置吧。令其屍骸腐壞，成為洞穴地層之一部分。若洞穴抗拒，就將他拋出。」

「這樣真的好嗎？」

「就算這名醜陋男子消失不見，也不會有人起疑。法律與秩序如今已不復存在。現在，這個國家陷入極度混亂，沒有任何人會在乎他的生死。那麼，戴蒙啊……儘管放手做吧。」

男人傲然命令。

「遵命。」說完，屍體伸出舌頭。

男子高舉右手，伸長高大的身軀。

「墮落的異國邪靈啊……」

男人睜開異相之眼。

「成為吾之式神，繼承吾之意旨，貫徹吾之志向吧。」

男人揮下右手。

平靜無風的洞穴底層，突然刮起宛如刀刃的銳利旋風。

祭壇上的屍體抽動個兩三次後，化為一團肉塊。

接著，另一名男人——大館幹事長緩緩起身。

「喔喔，筋絡和肌肉猶仍健壯。這副身軀好使喚多了，也更容易模仿人的模樣。」

「因為他還活著。就用這副身軀進行最後的畫龍點睛吧。待吾之宿願達成時，吾亦會助你實現欲望。」

「太感激您了。」

大館從祭壇上下來，跪拜在男人腳邊。

男人倨傲俯視，高聲宣言：

「崇敬吾吧！」

「遵命，加藤保憲大人……」

大館在屍骸織成的大地上五體投地。

廿壹

妖怪探訪家祕密行動

夜間街道杳無人蹤。

沒有車輛在路上行駛，甚至連一隻野貓也見不著。

這裡不是廢墟，卻毫無生活氣息。街燈雖亮著，店家看板燈光全部熄滅，路上也看不到半點垃圾。

所謂的鬼城，就是像這種模樣吧。

倒不如說……

更像攝影結束後的布景呢，榎木津平太郎想。這些房子看似有模有樣，卻缺乏真實感，彷彿是以三合板搭建而成的，內部再以木材框架補強。仔細找，說不定還能找到忘記收起的鐵鎚或鋸子吧。

再不然就是ＣＧ。最近的ＣＧ影像和現實幾乎沒有兩樣，卻非真實存在。那只是用數據製作的建築，內部空空如也。

然而，這裡是貨真價實的市區，房子裡有房間，也有住戶。

應該有吧。

「你發什麼呆？」村上健司低聲催促平太郎：「距離巡邏車再次經過只剩不到三分鐘了咧。」

「啊，抱歉。」

「盯緊一點啊。」

「真……真的要做嗎？」

「不做沒辦法吧？我也不想做。怎麼，你事到如今反悔了嗎？」

「不是啦……也不是說反悔……」

平太郎只是缺乏膽量。他是個膽小鬼。前來執行任務的路上，他心臟跳得很快，眼冒金星。

「失敗的話怎麼辦？」「肯定會失敗吧」「失敗的話也許會死」「不，一定會死」「死定了」「必死無疑」「永別了，我的人生」等負面思考，宛如大拍賣般充塞在平太郎的腦中。

但在下車之後，心情莫名沉靜下來。

雖然也可能只是在逃避現實。

「請問……」

「還有啥問題？就算成功率不算高，但我可沒打算白白送死喔。」

「所以……真的會死嗎？」

「你失敗的話，就死定了。」村上說：「當然，我失敗的話也是一樣。」

「真的會死嗎？」

「別死啊死的講個不停，很觸霉頭耶，那麼想死就自己去死啊。」村上又重複了一次：「去死啦！」

村上有個壞毛病，一旦在心中決定不要罵人去死的瞬間，反而會忍不住連講好幾次。

「你真是個膽小鬼欸。早知道你這麼沒用，我就找雷歐來了。他搞不好還比你更有膽識一點。」

村上一臉厭惡地盯著平太郎說。

就算是看在平太郎的眼裡，自由作家雷歐☆若葉也是個令人傷腦筋的男人。

他無疑是個笨蛋。當然，平太郎同樣也是笨蛋之一。應該說，他們這群人幾乎都是笨蛋，但雷歐算是他們之中特別出眾的笨蛋。而且還是個懦夫。要比怯弱的話，平太郎也相當有自信，但看到雷歐，平太郎覺得自己的怯弱程度仍只是業餘級的，雷歐☆若葉這個人可說是怯弱的專家，是膽小鬼世錦賽冠軍頭銜的永久保持者。

他比平太郎更年長一些，因此不想說得太冒犯。

但這是事實，所以也沒辦法。

然而。

在那天……

在逃離公寓的搏命大作戰的那一天。

連雷歐也作為救援隊一員前來杉並了。

雖然根據平太郎的觀察，他根本沒有發揮任何作用……不，他並非完全愣著，他時而搬運小箱子，時而不小心掉落，時而東搖西晃，時而被責罵，時而怕得啜泣。呃……這樣看來，還真的沒半點用處啊。

在生死存亡關頭中勉強搭上的貨櫃車內，雷歐對平太郎說了這番疑似藉口的話語：

——雖然我看起來很礙手礙腳，但沒問題的。

——因為我啊，是為了當成肉盾才被帶來的喔。

——礙著其他人根本是理所當然，我就是人類版的蹭脛怪啊。

雖然實在聽不懂他在講什麼，總結說來，似乎是一旦遭到攻擊時，他就會被迫自我犧牲，以爭取他人逃脫的時間。

「請……請問，所以說我也是肉盾嗎？」

聽到這句話，村上表情凶惡地反問：

「你這是啥意思？」

「不是啦，就是那個……雷歐先生說他被選拔為救援隊的理由是……他不被需要……」

「那又怎樣？意思是我也很沒用嗎？」

「我不是這個意思。我們現在沒有村上先生會活不下去，您是大家的生命線。但我的話，就是那個……肉盾……」

「啊？」

村上扭曲粗大的眉毛，鼻翼賁張。

「所謂的肉盾，不是躲在某處的人們為防外頭襲擊，所以用人質擋在前面的行為？難道不是嗎？」

「呃……」

平太郎會這麼說，基本上只是延續雷歐的說法而已。

「我的意思是……村上先生在情況緊急的時候會拿我當代罪羔羊……」

「白痴啊你，去死啦。」村上破口大罵：「你這啥意思？你當我是惡魔嗎？況且任務還沒開始就在想這個，根本是失敗主義。」

「難……難道不會失敗嗎？」

「如果一定會失敗，我就會帶雷歐來。」

「為……為什麼？」

「因為他死了也無妨。」村上說：「倒不如說，他死了反而是有益於世界。」

「那……那我呢？」

「你還不懂啊？我就是判斷你比雷歐有用才帶你來的。假如我被逮捕或死掉，你就是完成任務的重要角色。」

「原……原來如此。」

「你都沒在聽嗎？該不會連待會的步驟也沒搞懂吧？」

「呃，基本上明白。」

「基本上是啥鬼。你不會忘了是誰拯救你的吧？你以為你現在還能呼吸是託誰的福？可別說你忘了這份恩情喔。不，我看你是忘了。既然如此……」

「別……別再說去死了。繼續被人罵去死，我覺得自己都快變雷歐先生了。」

「你這是想宣稱自己也是個沒用的傢伙？」

「不是的。我明白了，我絕對不會失敗，也請村上先生別死。」

「放心吧，我沒死的話也輪不到你出場。」

突然，村上短促地喊聲「喂」，迅速壓低身子。

回頭一看，在一個街區外哨戒的似田貝大介正在打信號。

接著，他用以他而言十分敏捷的動作轉身，一瞬間從視野中消失。

「快躲進來！」

平太郎被扯衣袖，連忙壓低身體，小跑步鑽向建築物之間的狹縫。

村上抓住他，一口氣拉進縫隙裡。

不久，傳來一陣不知是馬達聲還是引擎聲、宛如地鳴般的轟然巨響。強烈低頻直接震撼腹部。震動逐漸變大。

「這……這是什麼聲音？」

「是戰車。」

「咦？」

不久，一輛黑色鋼鐵巨物從似田貝方才所在的十字路口拐彎而來，展現其壯盛威容。

「好厲害，是10式戰車啊，好帥。」

村上喃喃地說。當然是壓低聲音。他們正躲著。

就算完全不懂戰車型號的平太郎也看得出來，有大砲，也有履帶，明顯是一輛戰車。

「這是戰後第四世代國產主力戰車。體積雖小，機動力十足。」

「您很熟悉呢。」

「不行嗎？大叔我啊，好歹也算半個軍事迷哩。只不過戰車本身雖帥，看到像這樣大剌剌地行走在街道上，又會覺得這個國家到底是怎麼了。」

「原來您也這麼認為啊。」

這也是平太郎的心聲。

就算不懂型號，一想到擁有大砲的履帶車威風凜凜在甲州街道上巡邏的時代竟然會降臨這個國家……以及，自己竟然能親眼目睹這種情況，平太郎真的作夢也沒想到會有這種事發生。雖然實際發生時，意外地令人沮喪。

「實際動起來真是靈活，而且迅速。攻擊力、防禦力也比90式更高，實在不怎麼想與它為敵啊。」

「一旦被發現，我們立刻會粉身碎骨，不是不怎麼想，而是絕對不想才對吧。我們手無寸鐵。就連電影《野性的證明》中的高倉健要對抗軍隊，手上也還是拿著武器呢。」

「可是他不也揹著藥師丸博子的屍體？」

「是沒錯。雖然高倉健往往會在結局時壯烈死亡，即使手上有武器。」

個人要對抗軍隊，本來就不可能打贏。

軍用車輛發出「嘰哩嘰哩」的履帶聲，從兩人眼前通過。

「好，距離下次經過還有三十分。」

村上說完，走出步道。

「真的沒問題嗎？不會突然又折返吧？」

「安啦，我們已經掌握路線，而且依照預定計畫，我們的人再過五分鐘就會來了。話說回來，這街景真寂寥。真的有住人嗎？」

「也許大家都睡了？」

「誰知道呢？這種類似戒嚴的狀況，通常會讓人聯想到有反抗勢力潛伏地下，或忍耐暴政的一般市民之類的。但當前情況並不一樣，恰恰相反。」

沒錯。

此一可怕景況並非來自獨裁政權的暴政，也非軍方政變所造成，更不是宗教鬥爭或思想偏激分子所帶來的結果。

而是民意。

出動戰車巡邏東京都內……據說也是出自市民的請求。

「居民間彼此相互監視，爭相告發，所以沒人敢隨意外出。一旦遭人通報，警察趕到現場的話，聽說視情況還可能被場處刑咧。」

「我國的司法制度徹底崩盤了呀。」

「不，根本整個國家都崩盤了。」

曾經震撼全日本的妖怪們，在杉並那場瘋狂騷動後也銷聲匿跡了。

新宿、中野、杉並三區的居民被強制撤離——與其說強制，大部分的人是主動避難——該地區被以YAT（Yokai Attack Team）及自衛隊為中心組成的妖怪驅除部隊，花上整整一週進行徹底的除汙殺菌。

平太郎他們固守的公寓在殺菌後立刻被拆除。新聞還報導說由於NASA開發的特殊合金製成的防災牆過於堅固，在穿著完全防護服的狀態下進行拆解作業極為困難。

什麼完全防護服嘛。

妖怪又不會感染。真正危險的是為了消毒而大量噴灑的藥劑吧。

肯定是如此。

既然是能將一隻蟲子、一根草、一隻黴菌——雖然平太郎不確定黴菌該用什麼量詞來計算——總之一切活生生的事物都完完全全、徹徹底底地殺死的藥劑，對人體肯定相當有害。

為了保護自己而噴灑的毒劑，事後又嫌造成處理困難，這什麼邏輯嘛，平太郎氣憤地想。

另外，聽說拆除後的廢棄物也難以處理。畢竟是ＮＡＳＡ技術，異常堅固，不怕煮也不怕燒，想必連穿越大氣層與平流層時的高溫也不為所動吧。

但要將之搬出區域外也受到激烈抗議。對世人而言，那是妖怪製造工廠的殘骸，必然有大量妖怪精華沁入骨髓。雖然平太郎從沒聽過特殊合金有骨髓，總之事態如此。拆解後的瓦礫只能棄置原地，用特殊材質做的大型除菌幕遮蔽起來。

也因此，這三個區目前仍是禁止進入區域，維持嚴密的警備態勢。

與這三區相鄰區域的居民也減少許多。

「首都根本失能了嘛。」平太郎說。

都廳也位於禁止進入區域內。沒聽過轉移的消息，不知現在變得如何了。聽說永田町（註2）某個部門暫代執行東京都事務，但具體上誰做了什麼則完全不明白。照理說這樣一定會產生問題，實際上也的確是相當嚴重的情況，卻沒有人在討論。

也許居民們都在忙著監視鄰居，無暇關心政府或行政。

明明最為困擾的是在東京都生活的都民自己。

譬如一到晚上，整座城市變得靜悄悄。餐廳或咖啡店關門，電影院與遊戲中心也歇業，

註2：日本國家政治中樞所在地。

娛樂產業設施一律關閉。風化場所更不在話下。七彩霓虹燈與居酒屋的紅燈籠已消失許久，煩人的酒店攬客員也滅絕了。

在這個世道，喝酒起鬨被視為狂人行徑。並非玩笑，不是被送進牢房，就是被收容到人格矯正設施裡。未成年的青少年們無人敢夜遊。一到晚上，就算有事要辦也沒人想外出。整個地區全面實行徹底巡邏，只要發現有人做出疑似違反道德的行為，直接當場逮捕，送進各地區設置的道德倫理管理中心進行研習。

聽說這種研習很辛苦。

不問年齡，二十四小時置於監視之下，從早到晚接受教育指導。在取得回歸社會許可證前不得返家，甚至無緣見到天日。

簡直像漫畫劇情，而且是七〇年代或八〇年代的。雖說如此，平太郎也只聯想到《通靈學園大作戰》中的英光塾或《太妹刑警》中的青狼會。

聽說以前很流行斯巴達教育。平太郎完全不明白那是怎樣的情況，不過之前也發生過在遊艇上進行人格矯正的事件。總之，有一批人喜歡進行這種嚴格教育，而這種管教風格往往會釀成問題……

但現在大家似乎都忘記了。

相對地……學校反而宛如熄火般失去了活力。

上課中和同學聊天或東張西望的孩子、不到中午就吃便當的男同學或塗潤唇膏的女同學，似乎都從現在的日本中消失了。假如有人敢在校內玩手機的話，二話不說立刻會遭到退學吧。

或許有人以為如此一來，教師上課應該會輕鬆許多，實際上恰好相反。只要課堂上稍有失言或講錯內容，就會受到嚴懲，害得某些老師甚至緊張得昏倒呢。

學生們無心聽講，而是張開布滿血絲的雙眼，豎起耳朵，拚命尋找老師的缺失。這種學校究竟出了什麼差錯？

光說些笑話、面帶笑容而已，就被抗議教學不正經。不是對學生體罰或道德騷擾的那種失格教師。雖然不管什麼時代都有行為偏差的糟糕老師，但在這個年頭，被視為問題的卻是笑容。光是說個冷笑話就會受到懲戒免職。

假如雷歐☆若葉是教師，肯定馬上就被判死刑吧。

因此不管哪個地區，只要一過傍晚，街上就見不到半個行人。

沒人知道自己會在哪裡被誰看到。

走路方式怪怪的，可能是妖怪；臉看起來像是在笑，也許是妖怪——連這種芝麻蒜皮的小事都會被通報，而警察也會立刻趕到。

附帶一提，警察人數增加到過去的一倍之多。

不知是原本就有大批潛在性想維護社會正義的人突然覺醒，還是因為社會改變而失去工作的大量服務業人員找到新職場，或者人們覺得與其被取締，還不如自己來取締人。

既然是如此重視道德倫理與正義廉潔的社會，住起來想必很安全吧，然而卻非如此。吵架糾紛迅速增加，暴力事件也頻傳。

暴力事件、殺人事件如今變得宛如家常便飯，民事興訟件數亦為歷年最高，審理速度根本應付不來。結果導致開始有人主張應該憑力量來解決，又發展成暴力事件。即使敗訴也不肯罷休，除了繼續上訴，也有人不服判決，對法官施暴。事情發展至此，已經不知該說什麼才好。

人人深信自己才是正義。

沒人想聽別人的主張。

平太郎想，這恐怕是妖怪不再出現所造成的弊害吧。

作為全民公敵與邪惡化身的妖怪如今已經不在，失去了憤怒與不滿的發洩對象，大眾只好把矛頭對準鄰人，將累積到臨界點的壓力發洩在彼此身上。

多麼無意義的人際關係啊。

而政府也不斷施行助長此一風潮的政策。

特別是老早就宣告妖怪問題已經解決這點最為糟糕。

只宣稱問題已經終結，卻毫不加以解釋。只宣告製造工廠已經摧毀，妖怪已被消滅。雖說在那之後，妖怪也真的不再湧現了。

但這種處理態度未免過於草率。

不僅如此。

不知道在想什麼，內閣總理大臣蘆屋道三竟高喊比起復興經濟，更應著重復興道德，必須恢復正確的日本。即使貧苦，也要維持高尚的德性。只要為人清廉正直優雅，便能克服貧富差距。這已不是政策，而是莫名其妙的瘋言瘋語了吧。然後……

若是正常的社會，這種空話肯定會受到質疑，現在卻沒人反對。明明國民對隔壁鄰居老爹充滿猜疑，卻對這個莫名其妙的國策或政治方針絲毫不抱懷疑。令人不敢置信地，據說蘆屋內閣的支持率達到接近百分之百。

根本瘋了。

任何事物都有正確和不正確的一面，任何言論也不可能徹底正確。因此有人朝右，有人朝左，有人朝下，這都是很正常的情形，也會有人朝上或朝後，基本上不可能所有人意見一致，總會有人必須妥協或放棄，不管多麼美好的行為，也都有人會感到不平或不滿。

這才是健全的狀況。

所以會有討厭這種混亂的人試圖煽動或洗腦，使眾人朝向相同方向，形成所謂的流行。

但是，現在的狀況遠比這個嚴重多了。

實在太奇怪了。

明明沒人帶頭宣導某種思想。

娛樂節目從電視上消失後，首相在電視演講的機會增加了。

也頂多說些空話。

只說要靠愛與正義來重建國家。但日本又還沒倒，哪來的重建？就算真的倒了，也是被國民打倒的。

至於外交……

如今全世界都對日本不屑一顧。

妖怪騷動發生後，不論國內外，觀光客趨近於零，對進出口也造成嚴重影響。對經濟的打擊之大，恐為戰後首見。連外行人也看得出來這個問題，首相卻隻字未提。

某些國家根深蒂固的反日情結也消失了。恐怕覺得沒有必要反對了吧。日本如今已不構成威脅，也不再是假想敵。連討厭也嫌麻煩，就只是個又窮又蠢的鄰國。當然，作為夥伴也不夠格。現在的日本沒有國家想援助，不值得保護，也沒必要攻打。

過去曾有所謂的「棄民」一詞，現在的日本恐怕是「棄國」吧。

再過不久，說不定連「憐日」或「憫日」的主張也會產生呢。不，八成會乾脆被無視。

究竟國民們在這樣的國家裡該怎麼生活？

雖然如此。

平太郎覺得，或許人類意外地並不需要所謂的國家也說不定吧。

人們沒有國家也不會死。沒有廁所的生活許難以忍受，但那是因為人們過於習慣有廁所的生活，實際上即使沒有廁所，人們還是能大便。隨地大小便也不會造成死亡，只要想到往昔的人類都是這樣過活就覺得還好而已。

也許國家就和廁所一樣吧。

日本作為國家的系統已徹底崩盤。

不論是社會福利或健保或教育制度都不復存在。但是，只要有東西吃就餓不死人。縱使未來並不光明，至少能度過今日。

真正有問題的反而是彷彿刺蝟般武裝自己的國民。只要和其他人接近或接觸就會吵架甚至廝殺。人人嘴上掛著愛與正義，卻絕不認同彼此。但那只是包裹在猜疑與好鬥殼中的私法正義，所以不會引起暴動。即使產生了，也會立刻被鎮壓。被周遭的其他人。被警察。被戰車。

轟隆——一砲解決。

人際關係徹底破裂。

沒人抨擊這個問題。

最近有個不知為何戴著類似剛出道的塔摩利或《葫蘆島漂流記》（註3）的虎鬚海盜或《哥吉拉》的平田昭彥或柳生十兵衛般的單眼眼罩、不知從哪冒出來的幹事長，居然說要在國會研討是否要修訂只要有正當理由就認可私刑的法律。

註3：NHK於六〇年代上映的人偶劇。

還說問題在於不慎殺死的話比較難以界定，這將會是修法時的討論重點之類的夢話。

世界上有哪個國家會通過這種法律？古代或許行得通。不僅如此，他還說出國內糧食逐漸邁向自給自足，所以考慮實行鎖國。

什麼鎖國？

能源問題該怎麼解決？辦不到吧？理所當然有人提出這個質疑，幹事長卻回答別用能源就好。

而提出問題的記者也竟也認同了。

這到底是怎樣？小學生治國嗎？

然而，不知為何，這種內閣的支持率近乎百分之百。

說什麼日本擁有足以殲滅妖怪的科技力和技術力，就算鎖國也能活下去，根本是妄語，是夢話。

不僅如此。

平太郎很清楚，妖怪不再出現並非因為那棟公寓被拆除，也不是因為滅菌殺人氣體。住過那棟公寓的平太郎比任何人都清楚，那裡根本不是什麼妖怪工廠。而在協助研究的過程中，也明白了任何氣體都對妖怪沒有效果。毒氣是不可能發揮效果的。

殺人毒氣如同其字面只能殺人，對妖怪毫無效果。效果為零。徹底沒有。妖怪不具實體，不會因為這種東西消失。本來就不是生物，所以沒有死亡。鬼怪是不會死的。牠們不會生病，不用工作也不用考試。

因此。

還存在著。

妖怪根本沒被毀滅。

妖怪只是集中在一個地方而已。

政府的發表是謊言。與其說謊言，或許該說是誤判吧。

其實妖怪依然滿滿地存在著。由南到北，全日本的妖怪都集中到某處了。

牠們去了富士山麓，水木茂大師所在的那片土地……

平太郎和香川、湯本、山田老先生等人被營救後直接被帶往那裡。那些珍貴的妖怪資料或收藏品也運出八成左右。

沒對照過清單，所以不敢打包票，但湯本的妖怪收藏品和香川的博物館收藏品應該近乎全部運出來了，而山田老人所擁有的妖怪相關文獻或繪卷等也運出九成左右。

至於荒俣的收藏，雜誌、繪畫等紙類沒有問題，但麻煩的是自動人偶或福助人偶等美術工藝品，以及各國各地收藏家寄放的各項不可思議且超貴重——是否真的貴重，其實平太郎也不清楚——的珍寶。由於形狀和尺寸不一，非常佔空間，還得慎重搬運。畢竟連失落的約櫃或疑似真品的佛祖舍利子，以及怎麼看都不像仿造品的埃及王族木乃伊，和據說於中日戰爭時期遺失的北京猿人化石都有。

雖然真贗不明。

搬運時間不夠，只好忍痛把部分收藏棄置於現場。

十分遺憾。

當中最讓人遺憾的是——學天則的本體。

不僅過於沉重無法搬動，就算搬得出來車上也沒空間堆置。意外地佔空間啊，學天則。

這對平太郎而言也是一大憾事。

那尊學天則肯定不是仿製品而是真貨吧。

不管是作為歷史文物還是古董或美術品，相信其價值都彌足珍貴吧。

平太郎當然相信它具有這等嚴肅的價值，但對他而言，更像是基於站在圓谷製作的怪獸倉庫前，看見火災熊熊燃燒，倉庫裡的各種怪獸的布偶裝都焦掉了卻無力挽回，只能眼睜睜地看著它們被燒毀……這般非常御宅族心態而產生的懊悔。

但人的生命只有一條，若不快點逃出來，說不定連其他妖怪遺產也會失去。

沉浸在懊悔的情緒裡，平太郎離開了杉並。而那尊學天則……

……之後的命運變得如何呢？

抵達避難地點的富士山麓別墅地帶，以水木大師為首的前《怪》雜誌相關人士們棲身於此。

靠學天則付喪神變化的學天則巨神演出障眼法的荒俣宏已早一步抵達這裡。他見到平太郎等四人平安無事時欣喜若狂，看到各式各樣的收藏品從貨櫃中搬出時更是開心。能看出他是真心地感到喜悅。

然而——

沒能運出學天則的事實還是讓他深受打擊。

畢竟這次他能得救，有一半也是託學天則之福。

然後——

「啊，村上先生。」

「幹嘛？對方怎麼還沒來，沒問題吧？」

「呃，我想問關於荒俣老師的事……」

「現在提這個做啥？閉嘴啦。」

荒俣嘴上說不得已，內心依舊牽掛。雖然不管是毒氣還是放火，只要還在ＮＡＳＡ級防護牆的守護下就不會有事。學天則不是生物，不會被毒氣殺死。

但是。

當見到新聞中政府宣稱決定拆除公寓大樓時，荒俣深感動搖。

竟說要去拯救學天則。

當然，所有人都阻止他。

但荒俣的決心非常堅定。

他說要開運出收藏品的那輛貨櫃車回到現場。

如此壯烈的決心，難以相信出自平時冷靜沉著的博學之士荒俣宏口中。

然而，荒俣並不會開車。

而被選為司機的竟是恐怕膽小程度僅次於雷歐☆若葉，足以名留青史的及川史朗。

平太郎當時不在現場，聽說及川激烈反抗，苦苦哀求說絕對辦不到，會沒命的，拜託中止計畫吧，接著又說起自己腰痛肚痛等難看的藉口。也許是他拒絕的態度不太理想吧。及川這個人長得一臉橫肉，容易引起誤會。明明什麼惡意也沒有，卻會給人語氣不佳的印象。

平太郎想，荒俣或許被他的語氣激到，才變得那麼倔。平太郎在公寓裡和荒俣共住過一段時間，那位博物學者是位溫和仁厚的長者，碰上危機也不膽怯，更是很少粗聲粗氣。

但這樣的荒俣竟然生氣了。

平太郎無法想像那個場面。只聽說及川被痛罵一頓後，只好全身爬滿冷汗、心不甘情不願地跟隨。雖然如果換成是平太郎，要他把及川的生命和學天則放到天秤上衡量的話，他恐怕也會選擇學天則。

就這樣，荒俣帶著及川與擔任過荒俣責編的岡田，只留下一張紙條，在朝霧未散之際離開了。看來岡田也拒絕不了荒俣強勢的決心。

紙條上寫著：

——學習天之法則。祈祝妖怪人士武運昌隆。

發現卡車和三人身影消失的郡司和京極等人大為驚慌。

不斷撥打電話或發送郵件，試圖聯絡岡田和及川，但手機電源似乎被關上了。

自從那之後。

三人再也沒回來。

已經過了一個月。

「他們真的沒事嗎？」

「沒死喔。京極兄也說過，一旦像荒俁宏這種大人物被逮到的話，肯定會在新聞中大肆宣傳。極端一點說不定還會舉行公開處刑。對世人而言，在那棟公寓裡製造妖怪的罪魁禍首就是荒俁先生。」

的確如此。

荒俁之前出入那間公寓時沒有特別躲藏，所以附近居民都知道他就住在那裡。況且他也是個名人。

「他是妖怪相關人士中唯一遭到通緝的。香川先生和湯本先生被認為死於那場殺菌除汙行動中，但荒俁則被通緝了。」

有人看穿學天則巨神其實是荒俁宏偽裝的。

雖然電視顯示的是巨大機械人，實際情形只是荒俁悠然步行，所以也有人看出真相。附帶一提，山田老人和平太郎沒有受到注意，他們只是一般人，是小人物。

「敵人的企圖是啥不清楚，但一定在打某種壞主意。像我和京極兄或多田仔即使被通緝也不奇怪，卻還沒有。明明對世人而言，我們這群《怪》的殘黨全部被處以極刑也沒問題。」

「可是荒俣先生呢？」

「他原本就很有名，又開著一輛大型卡車移動，不可能躲藏起來的。如果他衝入現場一定會上新聞，卻又沒有，換句話說，他的行動被阻撓了吧。就算有岡田選手跟著他們，恐怕也構成不了戰力。及川選手或許死了，但荒俣先生恐怕是被逮捕了吧。」

「真的被逮捕了？」

「怎麼想都是如此啊。但政府卻不公開這個事實，我想是為了套出我們祕密基地的位置吧，雖然這只是我猜的。」

「拷……拷問！」

同夥在哪？給我招出來！憑著平太郎貧乏的想像力只能想到時代劇場景。被分叉竹條抽打、潑水、捧巨石、繫鐵項圈、用針刺指甲縫……

「你在胡思亂想什麼？」被村上責罵，平太郎揮去腦中的無聊想像。

「政府想問出的說不定是其他事。」

「其他事？」

不管如何，平太郎們的藏身處一旦被得知就完了。

該處如今已成為被全民敵視、蔑視、忌恨的妖怪相關人士的集體避難所。

舉凡妖怪漫畫家、妖怪畫家、妖怪插畫家、妖怪雕塑家、妖怪編劇、妖怪演員、妖怪聲優、妖怪電影導演、妖怪動畫師、妖怪表演者、妖怪編輯、妖怪評論家、妖怪小說家、妖怪作家、妖怪學者、妖怪研究家、妖怪收藏家，以及其他形形色色的妖怪痴，這些失去棲身之處的鬼怪愛好者隱居在此，形成鬼怪的桃花源。

雖然平太郎覺得並不是全部冠上「妖怪」兩字就好，但所謂的妖怪相關人士真的是五花八門，形形色色。

像多田或京極這種不管正著瞧反著瞧還是翻過來瞧，不管要煎要煮還是要怎麼料理都是妖怪分子的傢伙，就真的徹頭徹尾跟妖怪脫不了關係，絲毫沒有辯解餘地。但是，若只是因以前做過和妖怪沾上邊的工作，與其說喜歡妖怪，其實更重視的是那份工作，只因該工作成了代表作，就被世人貼上「妖怪分子」標籤的人，被混為一談地遭到白眼的話，實在也滿可憐的。

這種社會評價對本人而言很不合理，他們往往在妖怪界以外也留下許多偉大功績，但一旦被認定為妖怪相關人士，毫無疑問地再也無法正常度日。

像有些人只是曾經接過妖怪動畫的工作就被稱呼為妖怪動畫師，這也說不過去。只是不知該算幸或不幸，這些曾以妖怪為職的人們大部分後來都成了妖怪迷——或許不算冤枉吧。

在平太郎們抵達時，這個避難所已經聚集了兩百人以上。

之後也陸陸續續增加，如今已超過三百人。

明明有一大票人在此生活，地點卻尚未曝光。

一方面是因為這裡是遠離市區的山地，另一方面則多虧在妖怪騷動初期就因有妖怪湧現的不良傳聞，使得這裡變成鬼鎮狀態。在妖怪殲滅宣言後，一般市民更是沒人想靠近這裡。

這一帶原本是別墅區，有許多房子散布在山中。現在幾乎所有房子都有妖怪相關人士入住。水木大師原本就在此置產，其他人則多為不法佔據。也有人事先向屋主購買或租賃，但經過正式手續才入住的人恐怕不足一成。

如此一來，其餘九成的非法住戶，電力瓦斯自來水又該如何處理便成了問題。奇怪的是，事實上卻還能繼續使用。使用水電瓦斯會產生費用，這筆錢自然是由原屋主支付。沒人居住的別墅卻有電費或自來水費的繳費單寄來，照理說會感到疑惑，或許原屋主以為是妖怪作祟吧，至今尚未產生糾紛。

未免太幸運了。

人數雖多，也許接近動畫電影《福星小子2 Beautiful Dreamer》的設定吧，平太郎想。想成是能使用電力、瓦斯、自來水的野外求生生活就對了。

不過，就算掌握了維生管線，其他物資依然匱乏。

首先是糧食。

每天都會消耗，在山上也不易取得。

再來是衛生紙或面紙等消耗品逐漸匱乏。醫療用品也有必要。

生活必需品就是生活必需品。

為了補充這些物資，妖怪相關人士通常會悄悄下山，在山腳下的量販店購買。但不久前，這些超市或量販店都關店了。畢竟他們本來就是專做別墅居民或觀光客的生意，在這世道撐不下去而關門大吉也不意外。

「觀光」這個詞如今早已沒有人使用。

為了觀光而前往山上是不被容許的行為。

如此一來，要採買就變成艱難的工作。

一群人下山到市區購物是很危險的行為。避難者大多是名人或公眾人物，長相容易被認出，被看見他們出入山間的話肯定會被懷疑。

也試過詢問眾人需求，交給少數人下山一口氣買齊的方式。但那樣的話，一方面以一兩個人的購買量而言太多，會被懷疑；另一方面，大部分的人也沒錢了。

沒人在工作。不，是無工作可做。

因此……

「今天是米嗎？」平太郎問。

「米，還有藥品。」村上答道。

「真是感謝啊。」

「嗯，光是能像現在這樣活著就令人感激。」

平太郎今天來幫忙運送物資。

似田貝再度現身，用雙手比出圓圈。

沒必要連雙腳也變O形腿吧？

「來了。」

黑色廂型車和轎車各一輛緩緩彎過似田貝站著的十字路口。

似田貝跟在車子後面跑。跑步姿勢很奇怪，彷彿萩本欽一（註4）當年的招牌小跳步。

兩輛車在村上面前停下。

廂型車側門打開，一名理平頭的男人下車。

「晚安。」

是前TOKYO FM的小西，他是以前平山夢明的廣播節目的負責人。京極當初也是這個節目的固定來賓。

「沒問題吧？」

「沒被巡邏車發現。宮部小姐好心送米給各位……不確定總共幾公斤，總之盡可能地裝得滿滿的。然後這是伯雲軒的葡萄麵包。藥物則有賴講談社和角川的人們幫忙準備。雖然現在公司已經改名了。」

講談社改回舊名「大日本雄辯會講談社」。至於角川集團控股公司則已解體，聽說分成

KADOKAWA優良書籍出版社和角川誠實資訊發布社。講談社是公司舊名就算了，角川怎麼會改這種怪名呢？

「京極先生還好嗎？」小西問。

「他還是老樣子，沒啥精神。」村上回答。

「這是車鑰匙。那麼，我搭宏島的車子回去了……」

同樣曾是該廣播節目負責人之一的宏島從後方轎車車窗中探出頭致意。表情有些僵硬。原本就不大的眼睛縮得更小了。那副表情很像在強忍尿意。

「怎麼啦？宏島，還不用怕啦。戰車十五分鐘後才會來，下車聊個幾句也來得及。」

「小……小西，快……快上車！」

「到底怎麼了？」

小西一臉詫異。

「別問了，總之快上車吧！」

宏島大喊。

「幹嘛那麼大聲？夜深人靜，太大聲會被發現。」

似田貝站在宏島車旁，詢問怎麼回事。坐在駕駛座的宏島抬頭看他一臉呆滯的圓臉，答

註4：日本諧星、主持人。

道：「你別管了，快去那邊吧。」這算是協助通緝犯，所以有罪惡感吧。一旦被發現也會被視為共犯，會感到退縮並不意外。一定很害怕吧。

小西歪著頭，說了聲：「下個月再見」後，走向宏島的車子。

「替我們向大家問好。」

「別問好了，你們快走吧。」小西和宏島異口同聲地說。

這時，村上把廂型車鑰匙拋給似田貝。

「喂，快上車。」

「唔哈～」

似田貝半彎腰地接下鑰匙後，同樣以阿欽式小跳步跑向廂型車。與此同時，宏島緊急發動車子。

「抱歉。」

隱約聽見宏島說了這句話。

為什麼要說抱歉？

「好，快出發吧，大介！」

村上大喊。

「咦？」

村上和平太郎還沒上車，似田貝就逕自發動了。

咦？說好是這樣嗎？那留在現場的我們又該怎麼辦？

在似田貝的廂型車發動的同一時間，疑似裝甲車的全副武裝車輛也繞過街角衝了過來。或許早就躲在十字路口死角窺探狀況。想必在宏島緊急發動的同時，他們也跟著發動了。

裝甲車拐了個大彎後，「嘰嘰」地急煞車停了下來。

「哇呀！」

「哇個屁啊，平太郎。接下來才是正事。別尿失禁喔，很髒的。」

幾名武裝男子從裝甲車走出，對著離去的廂型車開了幾槍。

接著把槍口對準平太郎們。

「要追嗎？」

「不，只要拉起封鎖線就好。喂，我們是ＹＡＴ，你們兩個是妖怪推進派的殘黨吧？乖乖投降的話就不當場擊殺你們。」

「當場？」

「沒錯，當場。你們嗅覺挺敏銳的嘛。我們行動已經很謹慎了，沒想到還是被你們發現。」

「是聽覺敏銳。」村上說。

「早知道就該先發動。本打算一網打盡，斷絕你們的補給物資……算了，反正那輛廂型車也逃不出去的。」

「我才想說你們的嗅覺很敏銳。我們明明每次都沒被巡邏車發現，還不斷更換交易地點。」

「有人通風報信。」

「咦？難道……」

「看來宏島兄背叛我們了。算了，也罷。」

「一點也不好！」

「反正他們也說不會當場射殺我們。」

「意思不就是換個地方殺嗎！」

「夜間外出罪。現在有這條法律，乖乖束手就擒吧。」ＹＡＴ說。

「煩死了。」

村上說完，揪住ＹＡＴ看似領隊的男子，順手揍了他一拳。慢著，這位大哥在幹嘛？平太郎嚇得不敢多動一下。這麼做會被射殺啊，大哥。

「我才不會毫不抵抗就被抓。」

「你傻了嗎！」

全體槍口對準村上。

「還不快逃，平太郎！」

「啊？」

原來這位大哥是在掩護平太郎。

但平太郎已經嚇軟腿，一步也走不動。

而且搞不好會嚇得尿失禁。不，恐怕已經漏了一些些出來。

這麼驚險的場面，連電影也不多見耶。

「叫你逃也不逃嗎？算了。」

村上如此說，但應該是在演戲。

剛才討論該如何行動時，似乎……沒這段吧？平太郎很緊張，內容幾乎忘光光了。好像也沒提到協助者會背叛。

村上舉起雙手。

「放棄了嗎？你是……」

「我是沙汰無五郎，只是個底層小弟。」

「喂，你在撒謊吧。」看似隊長的男子說：「我對這傢伙的臉有印象，對照一下。」

一名YAT隊員拿起類似手機的器具對準村上，說：

「看我這裡。」

「這樣？」

村上擠眉弄眼，扭曲嘴巴說：

「這傢伙真是很皮啊。嗯……沒錯，他是最需注意的妖怪相關分子，A⁺級的村上健司。」

呃……

那是最近的外國影集中常出現的臉部辨識軟體嗎？

「原來是村上。」

「假如我是村上，你們打算怎樣？白痴，你們抓錯人了。」

別再挑釁了啦，這位大哥。

「抓錯人？那這傢伙咧？」

「那傢伙叫榎木津平太郎，是比我更底層的跑腿仔。」

「真的假的？」

隊員用手機對準平太郎。

呃，平太郎真的是最底層人員。

「這傢伙不在名單上。」

平太郎很想說「既然不在名單上就放我走吧」，但這麼做就無法完成任務了。

嗯……逐漸憶起步驟了。

姑且不論偶發的背叛事件，平太郎記得討論過被逮捕時該怎麼做。呃……記得是……平太郎一點也不想被逮捕，討論到被逮捕時的行動時幾乎是左耳進右耳出。

「沒關係，一併帶走。」

兩名隊員走到平太郎兩側，抓起雙手，銬上手銬。這是平太郎人生中的手銬初體驗。

雖然感想只有「不像戲劇那樣會喀嚓一聲」，反而比較像「啾」或「嘰哩嘰哩」的感覺。

接著，他被人從背後推一把，但因有點嚇軟腿，或說膝蓋發顫，總之是這樣的狀態，使得他沒踏穩腳步，但手被銬在背後，無法支撐，臉部重重接觸地面，大概流鼻血了。明明平太郎沒有動粗也沒被施暴，卻已滿身瘡痍。

另一方面，村上什麼事也沒有。

兩人被帶往裝甲車。

「要回本部嗎？」

「嗯……喂，逃走的車輛找到了沒？」

「找到了。可是……狀況有點奇怪。」

「什麼意思？」

「剛剛接到聯絡，車子在三個街區外被發現，但車內沒人，也沒貨物。」

「怎麼可能？他們不會攔錯車了吧？」

「同車種，同顏色，但剛才沒能確認車牌號碼，所以……」

「既然如此，肯定是別輛車。你們在拖拖拉拉什麼，萬一被逃走了，我們可是會受到懲罰的。從這裡到那裡又沒多遠距離，哪有可能逃得了。」

「陸上自衛隊每三十分鐘會巡邏一次，路上有任何停駐車輛會立刻通報給轄區警察，接受通報的轄區警察會在十五分鐘內派拖吊車將車帶走，所以直到剛才為止肯定沒那輛車的存在。」

「這不是藉口。」

「但，這表示同車種的無人車輛會憑空冒出耶。」

「難道……你們有共犯？」

疑似隊長的男子問村上。

「你們先派一輛同種類的車子在附近待命，配合時機停在適當位置，然後再改搭其他車離開對吧？」

「我哪知道啊。」村上回答。

「哼，算我被你擺了一道，村上。」

「就說跟我無關。我只是個叫沙汰無五郎的小角色。上級要做什麼都不會告知我。我的職責主要是亂改歌詞逗上頭的人一笑，撫慰人心而已。我是編列在逗趣大叔組的人員。不管什麼歌曲都能清唱，還能順便哼吟前奏。要我現在高歌一曲嗎？」

「別唱，不然我當場斃了你。」

「不唱就不唱。」

「我記得你是全日本妖怪推進委員會的幹事。換句話說，你好歹是個幹部吧？」

「就說我不是他。別只因臉長得有點像就把我當成村上先生好嗎？更何況我的鼻毛才沒那麼長咧。」

平太郎想，其實真的有點長，但不敢多嘴。

「剛才開車的人是誰？」

「應該就是村上吧？」

隊長把槍口對準村上。

「你鬧夠了沒？如果你真的是小人物，我當場將你射殺也不會被問罪。」

原來如此。

敵人並不會做出只是小人物的話就放走之類酌情量刑的判斷。明明地位愈低，責任也愈輕啊。

「假如我不是下層人員的話，你們想怎樣？」

「那就不殺，而是把你們帶回問出事情。」

「既然如此就殺了我吧。我啥都不知道。」村上胡鬧地嚷了起來：「求求你殺了我吧～～！」

「我真的會斃了你喔！」

「主任，請等一下。」一名隊員制止。

是剛才使用臉部辨識軟體的人。

「這傢伙真的是村上。不會搞錯的。他的發言根本在胡扯。請相信最新科技吧。假如一怒之下真的對他開槍的話，我們反而會遭到處罰。」

「說得也是。」

「我們何不先把他們帶回霞關的本部偵訊？不先確定級數，就無法決定接下來的處置。C級以下是送進國立人格矯正中心，B級以上就是特務機關附設的收容所。」

「那就把我送進矯正中心吧。我們只是小人物。你說對吧？平太郎。」村上再度胡鬧：「求求你矯正我的人格吧～～！」

「這傢伙絕對是村上。不管怎麼擠眉弄眼，也無法瞞過辨識軟體。」

「我才不是。那個軟體出錯了。不然怎麼沒查出這傢伙的身分？他可是前《怪》編輯顧問的郡司先生喔。」

才不是呢。

「不可能。」隊長立即否定：「年齡相差太大了。郡司沒那麼年輕。而且我聽說前編輯顧問長得很像六角精兒，這傢伙根本不像。」

YAT居然知道這麼零碎的小知識。

「總之我們只是小人物。」

「送他們去收容所吧。」

隊長冷峻地說。

「呿！」村上不開心地說。

演技有點假。

「由我護送吧，三個隊員留下來幫我，其他人去追蹤逃逸車輛。」

隊長分派人力，幾名隊員走下裝甲車，然後車子發動了。

「那間收容所很遠嗎？抱歉，我似乎有點尿意。」

「在靜岡。」

「這麼遠喔？」村上搖搖頭，說：「可是我快尿出來了。」

「誰管你。想尿就直接尿吧。收容所裡頭的狀況如何我們也不清楚。那裡是內閣官房的特務機關直轄區。一旦進去，恐怕再也見不到天日。」

「聽起來很可怕。」

「當然可怕。哼，和你一起來的另一個傢伙真可憐。只有他的話，就會直接送進人格矯正中心了。」

「人……人格矯正中心不可怕嗎？」平太郎問。

「當然。接受訓練後，再也不會產生可怕或討厭的心情。因為會徹底矯正人格。」

「呃……」

那樣的話根本不是人格矯正嘛。

「聽說會用電擊。」隊長說：「只是稍微麻了點，矯正後的人生一片海闊天空。每天做著單純工作，就能獲得溫飽。只要被認定對社會無害，便能回歸社會。比收容所好太多了。」

各地區設置的道德倫理管理中心是由各地方機構營運，教育課程參差不齊，類似漫畫《二十世紀少年》中登場的「朋友樂園」那種感覺，但國立人格矯正中心更不妙。政府到底是什麼時候建立這種東西的。

至於比這個更可怕的收容所又是……？

平太郎想，自己真的不會有事吧？

接著望了村上一眼。

「算你倒楣。」隊長說。

「那裡進去就出不來嗎？」村上問。

「也沒幾個人進去過。就算還活著，大概也吸不到外頭世界的新鮮空氣了。」

「現在這種空氣不吸也罷。」村上不屑地說，又問：「以前有人被送進去過嗎？」

「嗯，一個月前剛進去三個。」

「這樣啊。」

村上露出賊兮兮的笑容。

廿貳

妖怪痴們難得深謀遠慮

及川史朗兩眼呆滯。

某種意義下，他現在所接受的可說是最嚴酷的拷問。

無事可做。無人可聊。身邊空無一物。無窗。亦無桌椅。連床鋪也沒有。真的什麼都沒有。在純白的房間裡，只有牆壁、地板和天花板。

唯一存在的是無窗的門板，與一顆按鈕。

分不清現在是早上、中午還是晚上。

飲食會定期送進來。多半是在早晨和晚上吧。但菜色都一樣，無法確定哪餐是早餐，哪餐是晚餐。只要算錯一次就再也分不清楚。頂多從晚餐到早餐的這段時間似乎略長一點，感覺不太一樣而已。

說是早餐，其實更像早午餐。

早上十一點前用一餐。晚上八點過後用一餐。大致像這種感覺。送來的餐點永遠是麵包和沒配料的清湯。完畢。連筷子或刀叉也沒有。

量也很少。

本來想說能順便減肥也好，沒想到肚子一點也消不下去。或許意外地很有營養吧。

用餐時，看守人員只會靜靜旁觀。雖然也覺得看著活像大猩猩的中年大叔吃飯，對看守人員來說更像拷問，對方倒是絲毫不見厭惡的表情。

看守人員一句話也不說。

想上廁所的話，就按下牆上的按鈕，看守人員會立刻趕到，帶他去廁所。不論大便或小便都會在一旁監視。

肯定很臭吧。

被人監視下如廁，著實靜不下心來。雖然羞恥感早已消失了。也覺得看著大叔上廁所，對看守人員才是拷問吧，看守人員依然毫無厭惡的表情。

而且一句話也不說。如果向他攀談，立刻會被痛打一頓。出個聲也會被打。就算自己在房間裡自言自語，看守人員也會馬上進房內打人。該不會一直豎耳偷聽吧？

恐怕是吧。

不由得佩服起看守人員了。

既然如此，只要不說話就好。及川試著默不作聲地熱舞，但看守人員還是迅速衝入房內，比平常更用力地痛打他。難道他一直監視著嗎？看著他激烈的舞步嗎？

恐怕是吧。

真心佩服起看守人員了。

換成是及川，絕對幹不下去吧這項工作。想到這裡，及川抬頭確認，發現天花板四個角落有疑似攝影機的鏡頭。他被全程監控中。

這是什麼實驗嗎？

不能洗澡。每三天會被帶出房間外一次，被剝個精光後直接用水管澆溫水。又不是牛馬。徹底沖過一遍後，就這樣結束。不允許擦拭身體，只能留在原地等自然乾燥。等乾了，就被套上白色貫頭衣。

換句話說，沒穿內褲。

有點涼爽，心裡有些不踏實。

沒有棉被。沒有毛毯。直接躺地上睡。溫度維持恆定，所以不冷，但好歹想要顆枕頭。沒枕頭實在太難睡了。

被如此對待，未免太不人道了。

連監獄也比這個更舒適點。

若是單人牢房，有電視和廁所，有棉被和床鋪，也能閱讀漫畫。應該也有窗戶。雖然有鐵欄杆擋著。能洗澡，也能做點向上伸展的體操。雖然以上知識全都是從花輪和一的漫畫裡看來的。

要跳舞應該也可以。

監獄的話，偶爾會有落語家來慰問罪犯們。即使犯罪，只要好好服刑，好歹也會安排逗人發笑的落語表演。多麼親切啊，監獄。記得也會讓受刑人看電影呢。

比起現在及川的境遇，監獄簡直像天堂。彷彿娛樂設施。

最重要的是能夠對話。如果是多人牢房，根本就像宿舍生活吧。但要工作，監獄內也有規則要遵守。換句話說，是一種生活。

模範囚徒會被稱讚，能早點假釋出獄。

但及川這裡什麼也沒有。雖然有規則，但那只是禁止開口說話，禁止一切行動的規則。打破規則就會被揍，遵守規則也不會被誇獎。

根本是地獄。

以前，整個社會開始變得很奇怪時，也就是《怪》被迫廢刊，及川被調去可有可無的小職位時，他感到類似的幻滅。

無法做自己想做的工作。

即使做沒興趣的工作，畢竟是工作，還是得做。就算不情願，也會好好地做。但完全沒辦法做自己想做的工作的話，無疑是種地獄。及川好幾次都想辭職。但現在，及川覺得當時的自己好傻好天真。

當時再怎麼難受，比起這個收容所根本宛若天堂。是極樂世界。是天國。是香格里拉。是彩虹國雅戈泰。

地上世界是樂園啊。

蹦蹦蹦。

這個哏恐怕只有少數人才懂。

總之，及川被送進這裡已過了很長一段時間。他覺得自己彷彿待在這裡有十年之久，實際上應該只有一個月左右吧。真虧自己還沒發瘋，不禁想稱讚自己一下。

之所以還能維持精神正常，是因為有岡田存在。

岡田同樣也被逮捕了。被逮捕後，及川一次也沒和他碰過面，但他一定也受到和及川相同的對待吧，肯定是。

想到這點，及川精神上就輕鬆許多了。

及川皮膚黝黑，岡田皮膚白皙。

及川身材矮壯，岡田身材修長。

及川頭髮留長的話，自然捲的頭髮會像佛像一般變成螺髮，留得愈長就愈膨脹。岡田則是彷彿頭上有天使光環般的滑順飄逸頭髮。及川長出來的只能叫頭毛，岡田的才是頭髮。

兩人根本不同種。不，連屬都不同。

屬的話，應該是人屬吧。及川連智人都稱不上嗎？必須上溯到四萬年、五萬年才能和岡田同一家嗎？也許得回溯到更久以前。不對，屬不同的話，字首連homo也不是。所以及川不是佛羅勒斯人或尼安德塔人。那麼得回到五十萬年前才和岡田是一家嗎？何時分歧的？

總之，這兩人的差距就是如此之大。

不過再怎麼說，如此無視人權的嚴苛狀況還是及川比較適合。只有及川能承受如此無視人權的對待。

雖然一點也開心不起來。

岡田光是被澆溫水代替洗澡，就讓人覺得可憐。一想像他受到這種屈辱的情形，就覺得讓人心痛。換成是及川就只是還好而已。

因為很適合他。

他早習慣侮辱、嘲笑或被瞧不起了。

——該死。

覺得有這種想法的自己很該死。話說回來，岡田的意志力其實意外堅強，應該不至於死掉或發瘋。但至少表面上看起來是及川比較適合。睡在地板上的岡田看起來很可憐，但睡在地板上的及川看起來就很正常。就算排便受到監視，及川也無所謂。因為他不是人屬的生物，是個堅強的孩子。

想到這裡……

突然覺得很洩氣。有如此空虛的自我啟發嗎？

望向牆壁。

白色。

望向地板。

白色。

望向天花板。

還不是一樣都白色？混蛋。

忍不住想放聲大叫，所以不看了。

要是放了個響屁，看守人員也會來吧。連放屁也要被毆打嗎？

但是，比起什麼事都不做，被毆打說不定更愉快一點。雖然很痛。痛歸痛，好歹也是種交流，也是一種互動。雖然很痛。

比起這個……

及川最擔心的果然還是荒俣吧。

荒俣宏是個大人物。是及川所無法比擬的偉人。及川與其說小人物，不如說是微人物。

如果說及川是小蝦米，荒俣就是大鯨魚。及川若是塵埃，荒俣就是太陽。換算成質量的話，荒俣是及川的幾億兆倍大。當然，數字是亂掰的。

換句話說。

兩人所受到的拷問，恐怕也有如此劇烈的差距吧。

比及川所受的這種地獄之苦更慘烈幾億兆倍啊……那不就像真本《往生要集》（註5）上頭記錄的那些情形嗎？

這是個問題。

已無法想像他受到何種殘酷對待。及川也不願去想像。總覺得擅自想像的話會受到天懲。

說不定……

荒俣早已喪命。

「唉……」

在嘆氣的瞬間。

門突然打開，及川嚇得「噫」地叫出聲來。

及川以為會被毆打，縮著脖子等待，但不知為何沒有。已變成熟面孔的看守人員表情木然地站著。

「吃飯？」

但應該還不到用餐時間。那麼是澆溫水嗎？

「出去。」

「啊？」

這應該是及川第一次聽到他的聲音。當初向及川說明不可出聲、要上廁所時就按按鈕等訊息的是另一名男子。

及川呆然而立，心想：原來他也會講話。

畢竟說了「出去」，當然是會吧。

註5：基於淨土宗思想，從諸多佛教經典中收集關於極樂往生的重要文章彙編而成的日本佛教典籍。

「咦？」

發出聲後又怕被打，及川再次縮起脖子——但還是沒被毆打。

「快點出去。」

「好好好，要我出去我就出去。」說完，及川離開房間。

這件彷彿古代希臘人或繩文時代服飾，或手術服般的簡單衣物在房間裡穿時倒還好——其實不好，只是習慣了——一旦踏上走廊，立刻覺得很不踏實。畢竟衣物下面連內褲都沒有。

解放感有點太強烈了。在這種地方解放沒有意義。不管多麼解放也還是縮成一團，一點意義也沒有。

地上鋪的是油氈，很像醫院的走廊。赤腳走在上頭地板不斷發出啪嗒啪嗒聲，聽起來很蠢。而且腳底也很冰。

穿過平常被澆溫水的地方。

現在要去哪裡？

來到沒看過的房間前，看守人員停下腳步，以輕蔑的目光上下打量及川後，要他進去。

房間正中間有張桌子，上面有一疊衣服。似曾相識。沒錯，是及川被收監時身上穿的那套衣服。

此外還有全新的內褲。雖然是便宜貨三角褲，但有內褲就很令人感激了。

「穿上。」

看守說。

已經說了三句話。

多麼劃時代啊。

睽違一個月重新穿上內褲。該收好的玩意兒被收好的感覺真是太棒了。

衣服雖然有疊好，但沒清洗。算了，內褲是新的就好。

及川想，內褲太重要了。

穿衣服時，看守人員照例默默地在一旁監視。

及川完全習慣了他的視線，沒有的話甚至會覺得寂寞。

「穿好了。」

雖然看守人員一直在旁邊看，不必特別告知他也知道。

「過來。」

不知為何沒給襪子，走起路來還是啪嗒啪嗒響。聽起來真蠢。尤其現在穿著衣服，相形之下更蠢。

被帶往的下個地方是盥洗室。

及川在這裡穿上拖鞋。啊啊，拖鞋真美好。不，褲子、襯衫都很美好。身上有穿衣物乃是智人的象徵。

心中想著這些，及川望了一眼鏡子，頓時嚇一大跳。

鏡子裡映照出一隻四萬五千年前未能發展成人屬的野蠻動物。年代是隨便說的。

雖是靈長目人科動物，但無法歸類於人屬的及川……看起來就像《妖怪人間貝姆》一樣。

首先頭是螺髮，貌似佛陀的夥伴。

但鬍鬚骯髒。與其說鬍鬚，更像一片片髒東西黏在臉上，宛如裙帶菜般垂掛著。每一條都十分粗大，但不密集，所以看起來倒也不怎麼濃密。

這副模樣走在街上的話，就算被問住在哪個紙箱屋也不奇怪。那個看守原來每天得一直盯著如此邋遢的傢伙啊？

——真佩服。

及川想。現場備有牙刷，決定先刷牙，漱漱口。相隔一個月的刷牙，口腔中變得彷彿高原上的小白花一般清爽舒適。接著問題來了，該怎樣處理這滿臉鬍鬚才好？

應該不會準備剃刀吧？嗯，照理說不會有。

及川用眼神暗示看守人員幫忙刮鬍鬚。

被無視了。

「請問……」

在這個當下，及川完全沒考慮過為何突然被允許穿衣服。

他只以為看起來太邋遢，看守受不了而已。

但若是如此，就用不著提供內褲了。

看守默默指著盥洗室水龍頭旁。

一頭霧水的及川仔細一瞧，發現有個類似便宜旅館內提供的盥洗用具包。拿起來看，是一隻超廉價的T型刮鬍刀。

原來有啊。

撕破袋子，拿掉保護蓋，貼在下巴上。刮鬍刀發出嘎嘎怪聲，一點也刮不下來。不對，盥洗室的地上有一撮撮骯髒的毛束，照理說是有刮下來。但臉上仍有厚厚硬毛，不是廉價的刮鬍刀能處理的。頂多能減少一點量，無法根除。

刮到勉強及格的程度就放棄了。沒啥達成感。

只從邋遢變成不潔的程度。

這兩者哪邊比較乾淨，及川也不知道。

反正就算鬍鬚刮得很乾淨，臉還是一樣醜，彷彿佛陀般的頭髮也無法改變，像這樣就夠了。看守男子問及川是否整理好了。

「啊？」

「你的儀容是否整理好了？」

「這個嘛……」

看守人員沒讓他說完，又命令他跟著走。及川第三次發出啪噠啪噠聲在走廊上移動。

早知道就把浴廁用拖鞋穿出來。不對，這種地板的話，拖鞋的啪噠聲恐怕更大。

繼續被帶往未知之處，被命令進入房間。打開門，見到岡田在房裡。

「啊。」

「及川大哥，你沒事啊？」

「岡田，原來你也還活著。」

咦咦咦咦咦？

及川心中有大量問號飛舞。

岡田看起來很乾淨。

看守要及川在此稍候，及川呆站在門口，又被問何不坐下。原來有椅子。

——是椅子啊，椅子。

整整一個月，除了蹲馬桶外只能席地而坐。

於是及川坐下了。

啊啊，這才是智人。

「什麼？」

「沒事。椅子真不錯。」

「什麼意思？」

岡田一臉不解地問。

「啊，沒有啦。放心啦，我沒發瘋。倒是岡田你沒事吧？你應該受到很悽慘的對待吧？」

「是的。」岡田回答：「明明我們又沒犯罪。」

「不，我不是指那個。這個算違反人權了吧。一般而言好歹會給條毛毯吧？」

「及川大哥沒有嗎？」

「當然沒有。」

「可是我有耶。」

「咦？」

「我的房間裡有一張彷彿臥鋪列車的硬床和一條毛毯。」

「慢……慢著！」

及川驚訝得從椅子上滑落，蹲在岡田面前。

「你說什麼？」

「就是……」

「那窗子呢？」

「窗戶外有鐵欄杆。類似拘留所或牢房那種。」

「咦咦咦？」

這是怎麼一回事？

「那……那廁所呢？」

「廁所沒有另外隔間，直接設在房裡，實在很尷尬。畢竟用餐也在房裡啊。」

「慢著慢著。搞什麼啊，你的牢房居然有廁所？該不會也有電視吧？」

「電視當然沒有。只有一個洗手台和廁所，一張小桌子和床鋪。難道及川大哥的牢房沒有嗎？」

「你有被人澆溫水嗎？」

「什麼意思？」

「直接用水管沖洗。就和《人猿星球》裡人類一樣。聽說最近的重製版換成人猿。總之，就像個剛買新車的老爹在星期日興沖沖地洗車那樣，拿水管直接咻咻地噴刷。」

「及川大哥，你沒事吧？」岡田一臉擔心地問，接著說：「洗澡是三天一次。」

「洗……洗澡！」

「及川大哥，你該不會都沒洗澡吧？很髒耶。」

岡田皺起眉頭，退後兩三步。

「不髒不髒。我有被用溫水沖洗身體啦，像牛或馬那樣。咻咻～嘩啦嘩啦地。算是溫水噴射洗淨式洗澡。無須洗劑，還附按摩功能。」

岡田的視線愈來愈鄙夷。

及川想，連這種事也拿來炫耀，自己根本和排泄物沒兩樣嘛。不，應該是肛門吧。

「所……所以說你有用洗劑嗎？」

「洗劑？有洗髮精和潤髮乳，也有沐浴乳啊。」

「所……所以說也有浴槽嗎？蓮蓬頭也？」

岡田一句話也不說，只露出微笑。

「咦……這是怎樣？待遇怎麼差這麼多？難道……」

因為及川是及川嗎？階級社會連收容所裡也存在嗎？這是有無實力的差別？還是說，早已不是人種的問題，連人屬都不是的野獸沒這資格？不應該如此吧，好歹保護動物一下嘛。

「啊，對了。」岡田拍一下膝蓋說。

「什麼？什麼對了？」

「是等級啊，等級。」

「作為人的等級嗎？」

因為及川不算人嗎？

他不能算是人屬的話，該歸類在哪邊？南方古猿屬？不會是黑猩猩屬吧？

如果是黑猩猩還滿討厭的，聽起來就很野蠻。

「不是啦。」岡田說。但他不是在否定及川屬於黑猩猩，而是指並非作為人的等級吧。

岡田好歹把及川當成人類嗎？

「謝謝，即使等級很低，我好歹也算人類啊。雖然是最底層的人類。」

「我不是這個意思。不是那個等級。我好歹也算是《怪》最後一任的總編，雖然那是因為吉良先生去世，為了收拾殘局才派我擔任的。另一方面，及川大哥則……」

「我只是個一般員工。自誕生以來，從來沒擔任過有個『長』字的工作。什麼長也不是，我不過是個人微言輕的小職員。」

「別這麼說。及川大哥不只在《怪》工作，也編輯過《Comic怪》。初期的話因為只有一個人，相當於總編吧。此外也上過『怪廣播』。名古屋的妖怪活動也是你籌劃的，某段時期相當活躍啊。」

「但後來我搞砸了。」

「所以說，你的妖怪等級比我高啊。恐怕是等級C吧。我應該是等級D。」

「為什麼等級高的人待遇比較差？」

「因為是危險人物等級。愈低者愈不會危害社會，因此……」

「呃……」

真的是這樣嗎？

所以說……

及川躺地板的時候，岡田躺在床上蓋毛毯睡覺？及川被澆溫水的時候，岡田可以舒舒服服地泡澡？及川只能盯著白色牆壁發呆的時候，岡田可以欣賞窗外時時刻刻變化的風景？

上廁所也不必被人監視嗎？

「那……那你都吃些什麼？」

「一點也不美味啊。」

「什麼不美味？」

「味噌湯。湯裡幾乎沒有料呢。」

「有料有味噌而且是湯就很足夠了吧。除了味噌湯以外，還有什麼？」

「白飯……」

及川頓時說不出話來。

「你沒事吧？」

「我……我……我只有這麼丁點大的麵包，以及清清如水的湯。只有這麼丁點大的麵包，以及清清如水的湯。只有這麼丁點大的……」

「及川大哥，你沒事吧？」

「喂，你該不會也有配菜吧？」

「永遠都是那幾種配菜一直輪呢。星期三還只有粉沒攪散的咖哩。」

「咖……」

及川早已忘了咖哩是什麼味道。

「好，我再問最後一個問題。」

「最後是什麼意思？」

「你被揍過幾次？」

「沒被揍過耶。」

「你……你這傢伙……」

及川心中萌生小小的殺意。

雖然一下子就萎縮了。

「唉，人類好好喔。」

「及川大哥，你真的沒事吧？你真的受到那麼慘烈的對待？」

「夠了，我不想講。」

及川站起，重新坐回椅子上。

啊啊，椅子真好。

「岡田，若等級愈高，所受對待就愈差的話，荒俣先生不就慘了？」

「荒俣老師是等級A中的特級喔。」

「特級！不是松也不是梅，而是比A級更高級？」

「似乎如此。我從看守口中聽來的。」

「慢著，你居然能和他聊天。」

「咦？難道你不行嗎？」

「根本想都別想。但如果是這樣，荒俣先生不就受到超乎人類想像的，超絕特別拷問了？」

應該不會有事吧？說不定連命都沒了。

「應該不至於。」岡田說。

「為什麼？」

「荒俣先生不是被關禁閉，而是被軟禁。因為是特級。」

「咦？不是正因為特級，所以會受到嚴厲對待嗎？」

「聽說他被軟禁在一間頗為雅緻的房間，受到還算不錯的對待。雖然一整天接受訊問。」

「……只有訊問？」

「對方應該很想問出某些事吧。例如說，那顆石頭的事。」

「原來是這樣……」

所以說。

不就只有及川一人承受了全部的懲罰？受到生不如死對待的只有及川？

這實在……

「太不公平了。這是歧視。是大問題。」

「說得也是。」岡田苦笑說。

「你笑了。這什麼意思？這樣下去我一輩子都笑不出來了。」

「大概不用介意吧。」岡田臉上仍掛著苦笑。

及川覺得自己白同情了。還回來啊，付出的同情。還回來吧，付出的同情。

呃……

算了，不必還了。

被人報以憐憫的話，真的會羞愧得無地自容的。

「愈想愈覺得自己無地自容。」及川哭喪著臉說：「唉，鬱卒、悲哀且窩囊啊。」

「聽起來真像歌謠的曲名。」

岡田的回答充滿餘裕。

這時，傳來敲門聲。

「有人敲門耶，岡田。果然和人類在一起就能受到人類等級的待遇。」

「請進。」

門打開，有人員指示兩人離開房間。苦樂與共的那位看守已不在了。

及川想，這是斯德哥爾摩症候群在作祟，立刻抹消這種想法。

那樣的話，他不就變成一個被虐狂同性戀者嗎？

呃，及川是不討厭被虐狂或同性戀，倒不如說完全ＯＫ。但他並不是。他很怕痛，也最喜歡異性了。尤其後者他絕不妥協。他在男女混浴的露天澡堂還當過兩小時以上的鱷魚。所謂鱷魚是指躲在浴池裡等候獵物的意思。當時泡得全身皮膚皺巴巴，暈頭轉向。更慘的是來救他的是個老肥婆，結果害他頭更暈。由這個例子便能明白，及川如此喜歡異性。換句話說……他能容許的只有被虐狂吧。

他或許真的挺M的吧。

穿過兩道較大的門扉後，氣氛為之一變。與其說醫院，更像旅館。

即使來到這裡，及川仍然赤著腳。

幸好現在地上不是油氈而是地毯，不再有啪噠啪噠的聲音。地毯對腳底好友善啊。

眼前有一扇超級氣派的門。是左右對開的木門。總覺得好像在哪看過，立刻想起來，是國會或官邸常見的那種門。

「打擾了。」

該名看守人員──也許不是──敲門後，把門推開。

「我把人帶來了。」

兩人在該名男子的示意下進入房內。裡頭是個相當上流，很像高級官員專屬的那種房間。

房間角落懸掛著日本國旗和另一面不知是什麼的旗幟，放置著一看就知道很高級的華美櫥櫃，以及一看就知道很高級的華美擺飾。

此外還有一張巨大氣派的桌子與巨大氣派的皮椅，上頭坐著一個男人。

他背後站著一整排軍服的男子——ＹＡＴＳＳ。當初逮捕及川們的就是這些人。所謂的ＳＳ，是祕密分隊（Secret Section）的簡稱。附帶一提，初期的ＹＡＴ是隸屬於東京都底下的編制，是地方組織，現在已提升為國家級的機關。

在ＹＡＴＳＳ背後是一整面的窗戶。

啊啊，有窗戶真好，能看到外頭的景色。

看得到富士山。

可想而知，坐在椅子上的這名男子地位一定很高。總覺有些面熟。逆光看不清楚，似乎帶著眼罩。

「我是大館。」

男人說。

啊，好像有聽過這名字。及川拚命運作不怎麼靈光的腦袋。

「我是執政黨幹事長。」

「啊。」

沒錯，就是他。地位果然很高。但為什麼？

「兩位是及川先生和岡田先生吧？」大館看著資料說：「我想把你們兩位移送到國立人格矯正中心。」

「矯正？」

「是的。這個設施並不適合你們。這裡是只收容對國家有高度危險，必須密切注意人物的設施，但你們不是。為了方便起見，我們對你們這些妖怪分子進行分級，這裡是B級以上的人物才會送進來的地方。」

「那……那裡……」

有窗戶嗎？及川差點脫口問，但在說出口前忍住了。

「這是荒俣老師主動提出的要求。」

「荒俣先生嗎？」

「是的。他說你們兩個是被他連累的，危險度也低，所以希望把你們移送到適當的機構。這位……及川是吧？你原本是C級，但這裡沒有收容C級人物的地方，所以用B級的方式對待。」

「啊？」

原來被升級了。

「至於岡田則是D級，但也沒有適當設施，所以把你視為等級審議中人物，送進暫時收容的拘留設施。」

岡田則是被降級了。

太不甘心了。

「荒俣老師認為這樣的對待很不恰當。他說得沒錯。人格矯正中心只要心態恢復正常就能離開，但這裡是不可能的。」

不可能離開嗎？

但話說回來，荒俣先生真的是非常體貼。

「請問荒俣先生他……」

岡田問了。

「荒俣老師是A⁺級，所以我也愛莫能助。不過他說假如政府肯調整兩位的處置方式，他就願意和我們合作。」

「合作？」

「他說願意回答我們想了解的事項。如此一來，雖然是有條件的，但也算是合作者，不再是有損國家利益的危險人物。因此縱使無法輕易放他離開這裡，至少不會虧待他，還請兩位不必擔心。」

及川望向岡田。

不知道他對這名叫做大館的男人有何認識。

同時，及川也對於假如自己和岡田成了拖油瓶，害荒俣不得已得變節的話，他會覺得很抱歉。會覺得責任在己。

「我們能和荒俣先生見個面嗎？」岡田問。

「這個要求太得寸進尺囉，岡田。我們對你們已做出極大妥協。你們要知道，一旦這件事洩漏出去，可是會害我的飯碗不保的吶。畢竟你們是試圖顛覆國家的集團。」

「顛覆？」

「你們不是妖怪團體嗎？」大館說：「是大罪人啊。你們知道國民普遍認為無須分級，將你們一律處以極刑即可嗎？就算當場射殺你們也無所謂，那樣做國民也會比較開心。但我們不只違背國民期望，留你們活命，還寬赦你們，多少表示點感謝吧？」

「呃，我們當然心懷感激。但如果您說的是事實，我們更該感謝的是荒俣先生。所以想在離開前當面向他表示心意。」

岡田不愧是個辦事滴水不漏的男人。

哪像及川，聽了老半天也只能擠出一句「顛覆？」又不是顛覆三人組（註6）。現在還有多少人聽過這個團體呢？

「嗯……你這麼說倒也有點道理。荒俣老師也會想確認你們是否真的被移送到矯正中心吧。他相當不信任我們。明明我們這麼誠懇。」

大館笑著說。

「出發前會請他過來。到時候想答謝就儘管答謝吧。就這樣。雖然我很想早點把你們移送過去……畢竟中心位於栃木縣，離這裡有一段距離。」

註6：日本活躍於六〇年代至七〇年代的搞笑團體。

「請問這裡是……」

這裡是哪裡？

「這裡是靜岡縣。」大館說：「在移送你們離開前，有件事想請你們幫忙確認一下。如何，能幫這個忙嗎？」

「確認？」

「事實上，昨天在東京都內逮捕了兩名危險人物。因為現場判斷為A⁺級，所以送到這裡來，但尚未能確定。若根據他本人的申告，是等級外……」

誰？又有誰被逮捕了？

「荒俣老師說假如那兩人都是等級外的話，希望我們能一併送去中心。欺負小人物也沒有意義。但如果是B級以上的話，照規定只能留在這裡。」

「為什麼無法確定？」

「因為臉部辨識軟體判斷他是某個A⁺級人物。機械不會說謊。但是……」

究竟是誰啊？

「帶他們過來吧。」大館說：「他是個很胡鬧的男人。」

既然如此，應該是似田貝吧。會不小心在街上亂走結果被逮捕的笨蛋只有他。再不然就是雷歐。雷歐應該也是輕易就會被抓吧。不過，雷歐的話在被抓之前恐怕會先被射殺。

不久之後，兩名頭上罩著紙袋、被人挾持著腋下兩側的男子被帶進房。

確實及川在被送進這個設施時，頭上也被罩上紙袋。

其中一名的紙袋被取下。

「啊，平太郎。」

是榎木津平太郎。

「岡……岡……岡……岡田先生～」

平太郎說。居然先叫岡田。明明先喊他名字的是及川。

「這位是榎木津平太郎。」岡田回答。

「原來如此，的確和他自我申告的一樣，是等級外的榎木津平太郎。問題是另一位……」

及川確認另一名被押來的人的服裝。他是……

「是這個人。他是誰？」

罩著的紙袋被掀開。

「喔喔……」

呃，是怎樣？

岡田側眼看了及川。

呃，這個人不論誰來看都是村上吧。

村上拚命裝鬼臉，把人中拉得長長的。

這是什麼暗號嗎？

記得是……

「五……五郎……」

「這傢伙是沙汰無五郎。」岡田說。

「不加敬稱？他比你們位階還低嗎？」

其實妖怪相關人士並無位階之別。除了水木大師別具一格外，其他人員一律平等。因為每個都是笨蛋。是政府方擅自訂出位階，替他們分出高下。只是……

「是的。雖然他年齡老大不小了，仍然只是個底層分子。他剛加入我們不久，地位不高，只是個垃圾。不夠格當人類。」

及川趁機拚命扯謊。

得在這裡挽回失態。不能讓岡田專美於前。及川最擅長胡扯了。及川史朗這號人物的成分是由胡扯、搞錯與自以為是所組成，這正是他發揮本領的時候。

「看他那張蠢臉，想也知道不可能偉大到哪裡去。這傢伙是會在露天浴池裡偷尿尿的蠢蛋喔。」

「我才沒有咧！」村上反瞪及川一眼，接著說：「但我真的只是個小人物，現在算是試用期，還不是正式員工。我是靠遞補才進去的，原本在賣納豆。」

這是什麼設定嘛。

「聽起來很可疑啊。」大館說：「你們該不會在串供吧？」

「他本人也自稱是沙汰無……」一旁的人員說。

太好了。

妖怪相關人士不只笨，還很隨便。基本上只要覺得有趣就無所謂，所以名字都亂取。村上有幾個名字。不是代號那麼帥氣的事物，但也不像暱稱表示親密，連綽號都稱不上，只是一些能否代表本人都很難說的蠢名字。

沙汰無五郎是他很久以前的稱呼之一。既然他如此自稱，表示及川和岡田的賭注對了。

「幹事長，我看他們八成早就串通好，一旦被抓就如此自稱。這傢伙以一個小人物而言態度實在太囂張了。」

村上揚起雙眉，嘴巴扭曲微張，極力把面容裝得扭曲猙獰。

也許很痠吧，臉頰微顫著。這個人到底在想什麼嘛。

「他們兩人是有點像，但不同人。」岡田說。

「沒錯。如果是正牌的村上先生早就放了好幾個響屁。村上先生呀，約五分鐘就會放個一發喔。」

及川這麼說，但YAT立刻說：「這傢伙也很會放。」

「啊。」

及川好像不管說什麼都只會愈描愈黑。

「恕我造次，幹事長，還是請您信賴軟體的可靠性吧。卑職認為沒有可懷疑的空間。」

「這樣啊。」

「不然您看這樣如何？別理這群混蛋，直接讓A^+級與他見面對質吧。別告訴A^+級被綁的人是誰，冷不防碰面的話，即使說謊也能看得出反應……」

慢著慢著。

——這下子就糟了。

及川和岡田並非一開始就串通好的。這只是偶然。

妖怪相關人士向來不會準備得如此周到。他們辦不到的。一直都是靠臨場反應，見招拆招。

當然，荒俣恐怕沒聽過沙汰無五郎這個蠢名字，見到村上肯定會直接叫村上吧。

「唔哈～」村上顯得很興奮：「真的假的，能和荒俣先生本人見面嗎！我只在電視上見過他，這太令人高興啦。能和他見面我當然開心，簡直像隻小雞一樣開心呢。」

好白痴啊。

這段話簡直莫名其妙。

這份自信是從哪來的？

「不過，是等級A^+自己要求將低等逮捕者移送到中心。他也許會為了袒護而說謊。」

「畢竟這也是合作條件，由他本人來確認或許也好。雖然那位老師不是個簡單人物，但一定會有某種反應。就對他說如果作偽證就不把這三人移送去中心，直接處刑。這樣一來他肯定會說出真話。就這麼辦吧。帶他過來。」說完，大館轉頭對村上說：「就讓你如願以償，和荒俣老師打聲招呼吧。」

「太好了，太好了！」村上蹦蹦跳跳表示欣喜。又不是小孩子。

平太郎傻眼地看著這一幕。很正常。

目前的狀況有點緊迫。在如此緊張的氣氛中，稍一不慎就會尿失禁，及川很擔心會弄髒新換的三角褲。

唉，妖怪相關人士們真是很髒啊。

「那個叫平太郎的傢伙確定是等級外。在荒俣老師抵達前先解開他的手銬和腰繩吧。否則被荒俣老師看到，耍起彆扭不肯合作的話就麻煩了。」

「那我呢？那我呢？」村上問。

「你當然不行。」

「欸～真是傷腦筋的咧～」村上邊說邊亂扭身體。

究竟要胡鬧到何時啊，村上健司。

及川再次擔憂起來，視線移往窗外。

現在位置看似在二樓。被移送進來時罩著頭套，不清楚這棟房子長什麼模樣，而且館內走廊有斜坡，實際構造不怎麼明朗，至少不是高層建築。

窗外看不到建築物。

只見到一望無際的森林，以及遠方有壯闊的富士山。天氣晴朗，窗外風景如畫般美麗。

這種部分並沒有變化。

不管及川是否愚笨，富士山依舊美麗。

經過約十分鐘的尷尬沉默後。

那扇氣派的門終於打開，在幾名人物陪伴下，荒俣現身了。

他絲毫未變。既無消瘦，也不邋遢。

大館站起，說：

「荒俣老師，如您所見，和您一起被逮捕的那兩人，與昨日逮捕的這個人將會移送至人格矯正中心。」

「喔，這樣啊。」

說完，荒俣轉頭對著平太郎說：

「平太郎，原來被捕的是你。難為你了。」

依然是一派氣定神閒的悠哉語氣。

妖怪相關人士怎麼都這麼沒有緊張感啊。

「然後，關於這名男子……老師。」

「嗯。」

荒俣轉頭朝向村上。

「哎呀。」

「老師，請問這人是誰？」

大館由辦公桌走到前頭。

「若是等級B以上的人物，不能移送，必須關進這裡……」

啊啊，完了完了，不好了不好了。

及川不敢繼續看下去。村上死定了。等級B會被送進那間白色房間。三餐只能吃這麼丁點大的麵包，以及清清如水的湯啊。洗澡只能澆溫水，連上廁所都會被監視。

不忍卒睹的及川轉頭望向窗外。

就在這時。某種「驚人的物體」從底下緩緩升起，擋住窗外風景。那個怪奇之物遮蔽了一整面的落地窗……

「咦？」

原本面向妖怪相關人士的YAT全部回過頭去。

荒俣大聲叫喊。

「喔～！克．里特魯．里特魯！」

什麼？

是咒語嗎？

玻璃窗瞬間粉碎破裂。幾名ＹＡＴ跌倒，大館也失去平衡。

「怎……怎麼回事？」

「那是什麼！怪……怪獸？」

「在……在鶴見湧現的那隻嗎？」

轟隆，地面一陣衝擊。

荒俣彷彿要迎接般地張開雙手。

「邪神，降臨！」

再一擊。

窗邊地板產生裂痕，氣派的辦公桌毀壞，日之丸旗倒下，幾名ＹＡＴ掉落窗外。地板啪哩啪哩地被「挖開」。

ＹＡＴ們失去立足之地，站也站不穩，陷入混亂之中。

這時，平太郎衝向替他解開手銬的ＹＡＴ隊員，從口袋中掏出手銬鑰匙。接著跑到村上身邊，替他解開手銬。

「我我我辦到了。我是敢做就能辦到的孩子！」

「慢死了笨蛋。加快腳步，把荒俣先生……」

一陣嘎哩嘎哩的聲音。

怪獸正在……不，不對。

在搗碎玻璃、毀壞地板的不是怪獸，而是類似挖土機的重型工程機具。怪獸只是站在挖土機背後。

「松村兄！時機恰到好處啊！」

村上大聲地說。

松村？是松村進吉嗎？

是那個據說能巧妙地操作怪手，用裝在挖土鏟前端的筆寫出「鬱」字來的怪談作家？

「你……你果然是！」趴在傾斜地板邊緣的一名YAT喊叫：「村上！你果然是村上！」

「對啦，我就是村上，有意見嗎？笨蛋。哼，遲遲找不到收容荒俣先生的設施地點，多虧了你，總算讓我們找到了。」

「什……什麼？」

「看看你屁股的口袋吧。」

「咦？」

那名YAT人員摸索與其說是屁股，比較接近腰部位置的口袋，取出似為手機之物。

「你……你什麼時候放的！」

「反正一定會被沒收，所以先塞到你的褲子裡了，笨蛋。」

「啊！」男人驚叫：「是……是那時嗎？原來你們早就有預謀！」

「廢話，笨蛋。我們這些妖怪痴再怎麼笨，也不可能被你們這些蠢蛋輕鬆逮到。其實連通報也都是串通好的。想也知道吧？然後，雖然這只是區區一支手機，也能十足發揮GPS功能。所以說，雖然跟我無關，你們實在應該多相信一點最新技術啊。」村上痛快淋漓地數落對方。

的確，假如那個臉部辨識軟體只要扮個鬼臉就失靈的話，未免也太遜了。

「及川，你也快來吧。」荒俣呼喚。

荒俣和岡田、平太郎登上挖土機的機械臂上。

「咦？要爬上機械臂前端嗎？真的假的？」

「不想要的話就去死啊。」

村上說完拔腿就跑。及川也跟著跑。

「大館先生，多謝您這段期間的照顧。」

荒俣臨走前說。

及川縱身一跳，不知該叫挖土機還什麼的巨型粉碎用重機具的前端接頭部分開始下降。外表強悍卻缺乏臂力，耐力差，腰桿子也很虛弱的及川，當然無法應付這種像好萊塢電影的情景。如同料想的一般，及川手沒抓好，整個人滑落了。幸好當時接頭已降到離地二公尺左右，伸長手的及川長度差不多就這麼高，就算掉落也頂多只摔了十幾公分而已。

即使如此，及川還是扭到腰，在地上滾了幾圈。

村上和岡田對荒俣伸出援手。

倒地的及川看著他們伸長的手，心想，果然智人就是不一樣。及川用兩腳步行的歷史太短了，難怪比這些人屬動物的腰部腳部都更脆弱。畢竟雙方差了四萬五千年啊。再強調一次，這個數字是他亂編的。

總之，在這個瞬間，及川腦中想著這些無聊事。

「發啥呆，還不快點搭上來。」

聽到聲音，及川回過神來，發現大家正準備搭進停在一旁的廂型車。從重型機具的駕駛座上，一張剃了小平頭的古銅色圓臉探出，快步跳下車。

「別看我這樣，我很膽小的。像這樣破壞公共設施我快怕死了。講真的，我只覺得饒了我吧。」

哭喪著臉，語帶哭音訴說著的這名男子——松村進吉逃也似地離開重型機具，奔向廂型車。

「就這麼放著？」

「還用問嗎？開怪手哪逃得了啊。那是工程用的重型機具耶。別說了，快上車吧。」

「啊啊。」

腰好痛。

「及川兄，你怎麼還發呆啊。我都快怕死啦。」松村說。

「好，松村上車了，我們走吧。」這句話則出自村上，他接著說：「及川選手似乎很喜歡這個地方，我們就別管他，先走一步吧。」

「咦？」

呃，不是這樣吧。

及川對只有這麼丁點大的麵包、溫水澆浴以及附帶監視的廁所沒有任何留戀。不過倒是有點想和看守人員說聲再見。

「我……我的腰……」

岡田跳下廂型車，迅速跑到他身旁，伸手攙扶他起身。

岡田真是個好傢伙，雖然發生了很多事，全部付諸流水吧。

「你沒事吧，及川大哥。」

「我的腰……我的腰……」

「嗯？及川大哥，你身上怎麼臭臭的？」

沒辦法，被監禁的這個月只用溫水澆淋啊，沒有香皂也沒有沐浴乳，皮脂都多到足以堵塞毛孔了。

雖然岡田前來攙扶是很感激，但他一臉嫌臭的表情，看來一切付諸流水的事還是先暫緩吧。

及川一搭上車，廂型車立刻飛也似地衝出。

開車者似乎是黑木主。

「黑兄，把那個縮小一點啦！」

黑木主大喊。但是……

「已經縮小了。」

回答得很平淡。是黑史郎的聲音。

黑坐在車廂的最後方，他的頭上有一隻章魚趴著。有點像漫畫的情景。

坐在黑身旁的村上戳戳那隻章魚，問：

「這就是剛才的怪獸？能伸縮自如嗎？最大能膨脹到什麼程度？你讓牠脹大的時候要使力嗎？類似那種泡水就會膨脹的章魚玩具嗎？」

「用不著用力啦。而且我容易拉肚子，用力很危險。」

「只要靠想像力就行，對吧？」黑木主說。

「根本是邪神使者。」坐在正中間泰然自若的荒俣說：「真是厲害。」

荒俣似乎感到很滿意。記得他剛才有唸誦咒語，而且還問黑：「這是召喚來的嗎？」

「不，不是召喚的。」

「這樣啊。」

「祂……一直存在。」

黑縮起肩膀，略顯緊張地說：

「只是能縮小而已。」

「靠意志力就能使那個怪物變大？」村上問：「你去做過什麼特訓嗎？例如去印度深山之類。」

「沒去印度啦，也沒作任何修行，這段期間我只是四處逃亡，顛沛流離。就算什麼都不做也很醒目，有非常多人聚集在我身邊，我們整團人一起行動。由於平山先生只會在旁邊起鬨，頂著這麼一隻怪物也很引人側目，繼續巨大化下去恐怕有朝一日會遭到集中攻擊，就當我覺得『不行了！要拉肚子了！』的瞬間，沒想到祂就縮小了。雖然在這之前也拉過好幾次肚子，根本是拉肚子的泡沫經濟啊。」黑說。

完全不懂他想表達什麼。

「先不說這些了，現在是怎樣？」

及川仍搞不懂狀況。

「什麼怎樣？你是問小克嗎？」

「小克？」

「另一個綽號是小洛。」

「啊？」

黑指著自己頭上的章魚，說：

「因為是克蘇魯，所以叫小克。作者是洛夫克拉夫特，所以也叫小洛。」

「不，我不是想問這個。」

「一切都在計畫之中喔。」荒俣說。

「咦？」

「荒俁先生，您是故意被逮捕的嗎？」

「當然是故意的。」

「岡……」

難道岡田事先知道這件事嗎？及川射出怨恨與嫉妒的眼神，敏感察覺到的岡田打了個冷顫，拚命搖頭。

「我不知情喔！」

「我也不知道！」平太郎慌忙跟進。「因此及川先生，請不要用宇宙猿人（註7）的手下般的眼神看我，會害我嚇得尿出來的。」

宇宙猿人……

應該是拉吧，不是哥利。

腦袋不靈光，但力量強大。這麼說來的確是猿人。

村上說：

註7：1971年起播映的日本特攝影集《宇宙猿人哥利》，後改名為《電子分光人》。

「知道荒俣先生計畫的人只有我和郡司兄與京極兄而已。」

「咦？可是他們兩位聽到荒俣先生不告而別，不是深受打擊嗎？他們看到荒俣先生留下的紙條，還擔心得到處打電話呢。我也拚命拜託京極先生，無論如何『唯有』荒俣先生一定要拯救出來。『唯有』荒俣先生絕不能讓他受難。」平太郎說。

「唯有」嗎？

村上眼神輕蔑地看著正在表示不滿的平太郎，說：

「那是演的。」

「是演的嗎！呃，可是……」

「京極兄沒打電話。打電話給被捕的人，不就會害我們的位置也曝光了？現在和以前不同，甚至不需要進行反追蹤就能查到位置。郡司兄和京極兄不可能做這麼不經大腦的行動，全部都是假裝的，是演技。」

「真的假的！純真的我被騙了！」平太郎說完，轉頭看及川。

不管是被騙了或被威脅都無所謂，及川唯一在意的是「唯有」兩字。

「我們不確定是否有內賊，畢竟連薩摩太郎的老闆娘都背叛了。而且宏島先生也是真心背叛的。只是我們事先知道他準備背叛，所以私下和小西先生交涉。」

「簡直是《24反恐任務》的劇情嘛。」黑木說。

「總之就是這麼一回事。岡田和及川，辛苦你們了。」

荒俣面帶微笑，如此總結。

真希望別這麼輕鬆總結啊。雖然及川也同樣被騙了。

「呃，該怎麼說，算是欲擦屁股先掰臀部吧？」

「您在說什麼嘛。而且屁股和臀部都同一個部位吧？」

「大概是把『不入虎穴焉得虎子』和『欲欺敵先騙己』混在一起的自創成語吧？」

松村精準地吐嘈。

「沒錯，是從這兩句改的。」荒俣說：「照這樣下去會陷入膠著狀態。拖得愈久對我們愈不利，繼續袖手旁觀也無濟於事。因此我主張必須主動出擊，打探敵人底細才能見到勝機。」

「但荒俣先生為什麼要親自出馬呢？」

「如果派出底下的人恐怕會被殺。」村上說：「雖然我們妖怪相關人士並沒有高下之別，但對方似乎什麼都想分個高下。因為他們全都是一群巴著頭銜不放的蠢貨。從敵方的觀點看來，荒俣先生可說是妖怪界的第二把交椅，反而不會當場解決他。但假如我們派出及川選手單獨潛入，一旦被逮捕的話，恐怕就永遠不見天日了。」

「啊……」

永遠被關在那裡？

「不只如此，在發現的瞬間就被射殺也大有可能呢。」

射殺……

及川當然不想死，但愛耍帥的他想，與其受到地獄般的對待，寧可選擇壯烈犧牲還比較帥氣。萬一殉職，也許還能獲頒特別晉陞兩級吧。

如此一來，應該就能升級成人類了吧？雖然只有兩級的話或許還是有困難。

「所以說，岡田選手和及川選手是因為和荒俣先生在一起才得救的。」

「我很感謝您。」岡田說。

岡田這傢伙果然是滴水不漏。但追根究底，他們兩個人會陷入危險之中也是被荒俣強拖出去害的。

「沒告訴你們真相就帶你們出去，我感到過意不去。幸好你們沒受到太過分的對待，應該沒事吧？」

沒受到過分對待的人只有你啊，荒俣先生。及川本想這麼說，想想還是作罷。

如果是受到岡田那種程度的對待，應該還在容許範圍吧。好歹能洗澡，也有窗戶，餐飲也能吃味噌湯和咖哩飯。

哪像及川，都忘了咖哩吃起來是什麼味道。

「而且當初計畫是不管是否有成果，都會在一個月後把我們救援出來。所以才能忍耐啊。」荒俣說。

「救援？有什麼計畫嗎？」

怎麼看都很像臨機應變的行動。不，甚至很草率。妖怪相關分子訂立不出周延的計謀吧。

因為他們只是一群笨蛋啊。

「哪有可能毫無計畫。」村上瞪著及川說：「毫無計畫地救援荒俣先生？實際行動的我們可是得搏命咧。雖然當時已經聯絡上小黑他們，知道他們能自由放出怪獸，也能調動大型重機具，才能實行這項作戰。」

可疑。怎麼聽都很可疑。

派出巨大怪獸擾亂，用重型機具破壞，到這邊為止是沒問題。

但剩下的部分怎麼看都只是見招拆招吧？

「臨場……」

「才不是臨場發揮咧。」村上彷彿看穿及川的想法，解釋道：「及川選手和岡田選手，你們兩個的手機都被拿走了對吧？無法確定你們的位置就無法去拯救你們，所以我們主動當誘餌。由於我可能會喪命，保險起見又帶了平太郎來。我揍了看似現場負責人的傢伙一拳，偷偷把手機塞進去。我可是用生命在拚鬥啊，假如他換褲子的話就完了，我自己也很怕啊。」

「呃，可是那樣不就是……」

「是什麼？我連ＹＡＴ的制服設計和功能都調查過了喔。他們平常不會出來巡邏，所以我放出假情報引他們現身再偷偷觀察，確認屁股……不，腰部附近有個能裝東西的口袋，大小恰到好處。也反覆練習如何把手機偷塞進去。」

「然後呢？」

「什麼然後？」

「呃，就算查出我們的收容設施，不代表他們一定會把你帶去那裡吧？就算帶去了，荒俁先生也不見得會和我們關在同一處吧？」

「實際上不就在一起？」村上說。

「是沒錯，但你們在實行計畫前有確認過嗎？」

「沒有。」

果然沒有。

「事先講好的指令只有對手機所在地點進行突擊，超粗糙的。」坐在副駕駛座的松村說：「我快怕死了。還好沒昏過去。」

「幸好事態比原訂計畫更順利地發展，我沒想到所有人會集中在那麼容易襲擊的地方。」

「原來你沒想過會那樣發展……」

果然只是湊巧而已。

「別計較，反正所有人都得救了，那不就好了？」

「是沒錯。結果而言，損失的只有內褲和襪子。現在內褲也拿回來了，而且是新品。」

至於身為人的自尊……算了，及川從一開始就沒那種東西。

因為不是人屬。

「話說，對方沒追上來耶。」駕駛者黑木主說：「要直接回基地嗎？克蘇魯營隊應該也來到附近了。」

「先捨棄這輛車，各自徒步前往比較好。」荒俣提議：「也許被偷偷跟蹤了。」

「好是好，但沒問題嗎？我們這些小人物姑且不論，沒人陪同的話，荒俣先生也許會被襲擊吧？」

「那就派小黑陪荒俁先生一起走吧。若有萬一就派出邪神……」

「叫出邪神也沒用啊，祂什麼也辦不到。」黑一臉窩囊地說：「頂多能巨大化。」

「那樣就夠了。祂不是怪獸而是太古邪神，不需要口吐火焰或發出怪異光線。」荒俁說，並以底下這句作為結語：

「總之，這次行動的收穫真是超乎想像啊。」

廿參

陰陽師作家告知祕密

「陰陽師軍團是什麼意思？」郡司高聲問道：「你說的應該不是以前有段時間常上電視的那些冒牌陰陽師吧？」

「不是。」回答者是位和尚。雖然在他自稱僧侶前，雷歐☆若葉還以為他是光頭的音樂家。

因為他聯想到搖滾樂團「BAKUFU-SLUMP」的Sunplaza中野。

有剃度，但沒穿袈裟。他身上穿的是瀟灑的名牌西裝，臉上戴的是窄框太陽眼鏡。臉有點長。

其實臉長不長無所謂，但對雷歐而言意外地很重要。因為在沒頭髮的情況下，腦袋瓜的輪廓會很明顯。

雖然真的只是無關緊要的事。

簡單講，就是橘子或茄子或草莓的差別。

這個和尚應該是冬瓜吧，真要說的話。

「雷歐，你又在想啥無聊的事了吧？」郡司以低沉懾人的嗓音說。雷歐覺得很恐怖，不敢直視他的面容。

聽說這位和尚的地位很高，德高望重。他和已休刊的《怪》前編輯顧問郡司是舊識，也是遊樂同伴。據說在高野山接受剃度後就跑去西藏修行。即便這些傳聞有加油添醋的部分，也還是很了不起。他是四國赫赫有名的寺院——夜叉院的住持，名叫早崎信海。

「是很正統的陰陽師喔。」回答這句話的是作家夢枕獏，他說：「雖說什麼叫正統其實有待商榷。」

「正統陰陽師有那麼多嗎？多到能組成軍團的程度？」郡司問。

「說軍團是過於誇張了點，早崎兄，實際人數是多少人來著？」夢枕說。

「有十五位。」信海回答。

「大概就這麼多，算集團吧。」

「有這麼多啊？」

「嗯……其實歷史上存在過的各門派都細水長流地延續至今，現在則是把他們統統召集起來的感覺。」

「所以說……這個陰陽師軍團會做什麼？實行魔法攻擊嗎？但政府不是宣稱妖怪騷動已經告終？」

「表面上是如此。」信海回答。

「你的意思是，政府私底下不認為？」

「不，不是這個意思。」夢枕回答：「偶爾不是有反抗勢力出現嗎？類似恐怖攻擊的……不對，更像以前的學運。不，說人數不多的平民起義或許更精確吧。記得不久之前也有人也突襲官邸。」

「嗯。」

發動突襲的是……刺穿都知事一隻眼睛而被射殺的木原浩勝的夥伴，同時也是《新耳袋》的共著者——怪談蒐集家中山市朗，以及以他為中心的關西地方的前怪談相關人士。雷歐算是妖怪界的人，和這群怪談界作家不怎麼熟，不過聽說主要是以怪談社的成員或《幽》的怪談實話大賞的得獎者為中心，糾集了約十幾名人士。

中山透過電視看到過去夥伴木原的壯烈死狀，猛烈地受到感動，痛下決心要實行這個計畫。

「雖然你我之間發生了一些事，你的遺志，就由我來繼承吧！」

他如此呼喊後，做出此一決定。

中山去和木原身邊的朋友——雖然大半不是已被逮捕就是被處刑——接觸，得知木原所取得的機密情報，立刻展開行動。

一襲白色壽衣的中山與其贊同者高舉竹竿綁草蓆而成的簡易旗幟，在竹竿前端挾著封面寫著大大「訴」字的訴願書，一行人赴往首相官邸。

聽夢枕的形容，他們一行人的模樣極為古風，彷彿從古代穿越到現代來的上京訴願的農民一般。

這不是恐怖行為，僅是訴願。

雖然模樣有點時代錯誤。

中山的目的只是想對首相警告，都知事才是一切邪惡的根源。

然而，很可惜的是……中山這群人最終未能對首相訴願。阻止他們去路者不是警察也不是自衛隊，當然也不是ＹＡＴ。

而是一般市民。

抵達官邸前，民兵隊或脾氣火爆的市民一個接一個襲擊他們，演變成鬥毆場面。如此一來根本顧不得訴願了。

中山無論如何都想貫徹初衷，撥開亂鬥中的人群，朝著官邸大門跑去。他拚命地跑著，同時大喊：「訴……訴願……我要訴願……」然後就……

被射殺了。

因為他手上的竹竿被看成竹槍。就算不如此，一臉絡腮鬍、長髮、壯碩的大叔穿著白色壽衣跑來，那情景想必挺可怕的。

中山的內心肯定是無比遺憾吧。

其他同志與襲擊他們的群眾也被當場處刑。罪名是騷亂罪。有些人說不定什麼也沒做，純粹路過被連累了。這個年頭，襲擊者和被襲擊者都直接以同罪論處。

「唉，那個事件對政府而言根本不足以構成威脅，反而是樁可悲的事件，應視為一種悲劇。只是，這個事件也提醒了政府這類反抗分子依然存在的事實。」

雷歐想，夢枕貘想必是位個性平穩溫和的人吧。他態度認真，卻不失柔和特質。雷歐身邊都是些愛開玩笑、個性帶刺的傢伙，夢枕柔和的語氣帶給他滿滿的療癒感。

若是夢枕先生，肯定能溫柔地包容雷歐的玩笑吧。

正當雷歐如此想的時候。

「請問這位是『笨蛋』嗎？」

夢枕貘指著雷歐問道。

「抱歉，他是個笨蛋沒錯。」郡司回答。

「我看他從剛才一句話也不說，卻一直散發某種干擾進行的氣息。」

「您說得沒錯。」郡司低頭致歉。「請忽視他吧。」

「為什麼帶他來啊？」

「這個笨蛋是若有萬一時充當代罪羔羊用的。」

「類似持衰（註8）那樣？」

「不是的，就算一切平安也不會給他賞賜，所以不同。單純是一旦發生不測事態，率先拿他當犧牲品用而已。」

「哇哈哈。」作家與和尚一起笑了。

「原來是這樣啊。雖然也有人主張倭人實際上並沒有帶持衰去。」

「嗯嗯。啊，抱歉，有他在真的很干擾對話進行啊。雷歐，你去給我把臉蒙住。」

「咦～」雷歐抗議。

「蒙臉的話，反而更會讓人分心呢。」夢枕笑著說。

實際上被笑的只有雷歐一個。

「總之，現在的情況是體制方重新體認到是叛亂分子依然存在，『尚未』浮現表面而已。」

「是的，仍然存在啊。」

雷歐他們就是。

「就在這裡啊。」夢枕指著郡司說，接著說道：「水木先生地位崇高所以先不討論，你們妖怪相關分子的人數明明相當多，卻沒人被逮捕也沒人被殺。真正做出激烈行動的反而是……」

「怪談創作者那方。」郡司回答。

「雖然要將怪談和恐怖故事和妖怪之間劃分界線並不容易。算了，由我來說這句話也有點奇怪。」

「我想……這三者的區別應該在於笨蛋程度吧。」

註8：典出《魏志倭人傳》，倭人前去魏國朝貢時會選一名人員作為持衰，若旅程不順即予以處死，若平安則給予豐賞。

「妖怪算是『笨蛋』嗎？」

「是的。妖怪的笨蛋程度非常高。」

「可是小松先生靠著妖怪研究獲得文化勛章，水木先生也是。」

「小松先生是因為研究妖怪此一日本特有『文化』成果豐碩才受勛，水木老師則是作為妖怪此一日本特有『文化』形成的推手而獲頒勛章。換句話說，他們兩位受褒揚的理由在於妖怪背後的『文化』兩字啊。」

「嗯，雖然我還不是很懂，原來差別在這裡。」

「若不視為一種文化，妖怪只是一些胡言亂語；沒有以文化作為底蘊的妖怪只是笨蛋。」

「那怪談呢？」

「怪談嘛……怪談耍帥的成份較高，所以並不笨。」

「耍帥？」

「簡單說，內容其實很蠢，但隱瞞愚蠢的部分，並煞有其事、繪聲繪影地述說的就是怪談，而將這種愚蠢部分毫不隱瞞地暴露出來的就是妖怪。」

「喔喔。那麼貧僧算是妖怪那方嗎？」信海問道。

「嗯，早崎兄應該歸類為妖怪。不對，你們兩位不都是體制那方嗎？話說回來，獏先生您崇尚的是暴力與恐怖，怎麼會和體制方站在一起呢？」

郡司問，夢枕滿面笑容回答：

「因為我有這個、這個和這個啊。」

他比手畫腳地說。

似乎是指爬山、釣魚和格鬥。

「況且，陰陽師算是擊退鬼怪的那方吧。」

「原來如此。」

「我也因此被舉薦為道德國家保全局不健全思想管理委員會特別顧問。雖然我完全不明白那到底是怎樣的職位，只聽說是研擬擊退鬼怪的方法的組織，沒多想便接受了。當時沒想到事態竟會惡化到這種地步。話說，京極兄不也是因為你們那個妖怪啥的……」

「全日本妖怪推進委員會。」

「對，就是那個。在參加這個組織的祕密集會而遭到檢舉前，他不也和我一樣沒受到不當對待嗎？」

「京極兄他啊……」

京極喜歡的不是釣魚或格鬥技，而是搞笑和時代劇，或者古典遊戲或特攝之類。雖然社會上認為格鬥技可以，但時代劇不行的理由也莫名其妙。雷歐對這些興趣一竅不通，不管如何，可以確定的是京極不是一個活動力很強的人。

「京極兄喜歡的淨是一些蠢蠢的事物。」郡司一臉遺憾地說：「這點很致命。」

「荒俣先生也是嗎？」

「在世人的觀點中，荒俣先生算是世界妖怪協會的第二把交椅。即使是現在，他依然被視為是建造妖怪生產工廠，大量生產出妖怪的元凶。」

「真不幸。」愛好釣魚的作家彷彿事不關己地說。

實際上也真的不關他的事。

「總之，這個陰陽師軍團就這樣被政府相中。其實這麼說也不對，他們原本就……」

「在宮內廳任職了。」信海插嘴：「在妖怪騷動剛開始變得顯著時，為了鎮護國家，宮內廳的斡旋人暗自將這群人召集而來。雖然沒有特別的頭銜，說起來，就像現代版的陰陽寮吧。」

「原來如此。所以說……這群人會對我們？」

「是的。」

什麼？

「所……所……所以說，式神會來襲擊我們嗎？護法童子會進攻過來嗎！會一邊喊著『不管躲得多麼隱密，你那條髒兮兮的內褲都被看得一清二楚囉』一邊把我們揪出來嗎！真傷腦筋。要襲擊的話，真希望派送過來的不是式神而是衛生紙啊。」雷歐興奮地說。

「剛剛是說……他是個『笨蛋』對吧？」信海說。

「對不起，他就是個笨蛋。」郡司低頭致歉：「我們妖怪界這種人很多。」

「沒關係。雖然挺困擾的，不會造成什麼危害就好。」

作家與和尚一同輕鬆地笑了。

「明明沒有造成危害，只因是『笨蛋』就得被殺實在不合理啊。」

「嗯……雖然雷歐的話，我是覺得就算被殺也無可奈何。總之請兩位先忽視他的發言吧。言歸正傳，那個陰陽師集團會做什麼？」

「其實，雖然警察人數一天天地增加，卻明顯失去了維護秩序的功能。」

「是這樣嗎？」

「接下來這件事請別張揚……不對，這次祕密會面本來就不能張揚。總之，日本警察以一個組織而言，目前其實已經瀕臨瓦解。內部失去上下關係，人人疑心生暗鬼，鬥爭不休。」

「啊啊。」

互相信賴或互助合作這類詞語如今已成過時詞彙。「自己的生命由自己守護」、「切莫輕信他人」、「世態炎涼，冷暖人間」、「敵人的敵人也是敵人」……現在社會上流行的是這些標語。

「基層警察不聽長官命令，彼此憎恨，都只依循自己的判斷行動。換句話說，現在的警察就像一群能合法逮捕人、能殺人的流氓。但惡質的是，這批有牌流氓的身上有槍。總之，警方完全無法進行搜索或搜查，完全失去了這種機能。」

「這樣啊……」

「所以要他們去搜查根本辦不到。警察根本不懂檢舉或舉發，一切都直接在現場解決……也就是殺掉。至於自衛隊，他們本來就不是防範犯罪的組織。這和去災害現場搜尋失蹤者是不同的。自衛隊的內部情況也和警察一樣，變成一群能合法攻擊的流氓。但他們擁有戰車和飛彈，所以更惡質。唉，這世界一切都變得亂七八糟的。」

夢枕貘露出窩囊表情，吟唱般地說。

「但是，日本現在不是變成充滿猜疑的相互監視社會嗎？難道沒有一般民眾去檢舉不法嗎？雖說恐怕是真的沒有，所以我們才能逍遙法外。」郡司說。

「嗯，沒人檢舉了。」信海答道：「市民們只相信自己，認為自己才是正義，從不信任他人。這個社會已失去了悲天憫人的慈悲精神。民眾們恐怕連警察也不信任吧。畢竟隨便通報的話，搞不好連自己也被當成共犯而遭到肅清。」

「可是內閣的支持率不是很高嗎？」

「所以才覺得不可思議啊。」信海說。

「真的令人不可思議。」夢枕也附和。

雷歐不由得鬆了一口氣。由於身旁有個熟人總是主張「這世上沒有任何不可思議的事」，害雷歐變得不敢說出這句話。生怕一不小心脫口而出就會被罵。不可思議就好像一團薄霧，令人舒適。若是可以，雷歐凡事都想宣稱不可思議就好，不想去深究。

「但是……」信海表情凝重地說：「從另一方面說來，現今的政治只強調個人主體。對於身為宗教界人士的我而言反而是個頭痛的問題啊。」

「慢著，早崎你不也是體制內的人嗎？」

「不，貧僧也和獏先生一樣，現在的我們無力改變現況所以才加入的。郡司兄你想想看，要是貧僧現在才爆料說自己其實是反體制派的話還能活命嗎？就算心不甘情不願，為了生存，也只能委屈自己了。」

早崎信海雙手合十說。

雷歐在心中默念南無。

實際上，這部分的界線劃分的確很微妙。

雖然現在瀰漫著光沾染到妖怪或怪談就理所當然該被射殺的風氣，但在變成這樣之前就先被吸收進體制內的人們仍然平安無事。

在面臨抉擇時，學術界各自選邊站了。

例如前東亞怪異學會老早就察覺社會異常，改名為東亞怪異解放聯盟，揭竿起義——但也因為他們太早就表現出反體制態度，現在全體成了國賊。以大江篤為首，榎村寬之、久禮旦雄等中心人物皆被發布了全國通緝令。雷歐想，恐怕現在大街小巷或橋的兩端的警告告示牌上，都張貼著他們的大頭照；或在聚集不法之徒的賞金獵人酒館裡，張貼著印有大大的「Ｗａｎｔｅｄ」懸賞海報了吧。

所以，前怪異學會這幫人現在也和雷歐們一樣躲在妖怪迷聚集的祕密村，隱姓埋名度日。成員之一的木場貴俊曾因為太想看動畫，前往市區的地下DVD販賣店時不小心多嘴，無法自圓其說，在支吾其詞時慘遭圍毆，勉強拖著一條老命逃出後，又怕祕密基地的位置被得知，只能四處露宿，輾轉流浪了一週後才回來……如此悽慘的遭遇，令雷歐油然心生親切感。

可是。

東亞怪異學會創始者西山克教授卻因在他們起義前早已辭去代表一職，並未直接參加反抗運動，僅因這般理由就逃過肅清，現在仍被視為怪異研究的權威。

西山老師如今和早崎們站在相同立場，過著寧靜的生活。睡眠時想必高枕無憂吧。雖然枕頭太高脖子會痠痛，但沒有枕頭一樣很傷脖子。

另一方面，以小松和彥所長為首的國際日本文化研究中心眾研究員一樣也平安無事。這裡原本就是國家機構。據說對此一狀況感到不滿的只有大塚英志一個。只是，大塚先生也沒和其他妖怪迷會合，而是孤高地——也許吧——在某處獨自奮戰。至於麥可．佛斯特或海耶．麥提亞等海外妖怪研究者們則擔心自身安危，早早回歸母國了。佛斯特回國後被當成了日本毀滅者——ＹＯＫＡＩ的專家，美國各大媒體競相邀請，一躍成為時代寵兒。這個結局也很和平，高枕無憂。至於年輕一輩的研究員，以袈裟羅．婆裟羅研究聞名的飯倉義之為首，許多研究者都被體制方吸收，曾投稿至小松所長監修的共同出版物的經歷為他們帶來好運。

比較可憐的是今井秀和。今井學生時代參加過《怪》主辦的怪大賞。後來又以關於偷油怪圖畫的論文獲得京極獎勵賞。這個人生汙點帶來不幸，今井因而受到嚴厲抨擊。待不下去的今井只好孤寂隱居，現在應該也在富士山麓餓著肚子吧。只是，如果要說在《怪》投過稿，小松所長自己甚至還在《怪》連載過呢。只不過今井投稿是在他成為研究者前，而且是主動投稿，也許是因此才出問題吧。他想必對當時身為評選委員的京極懷恨在心。

同樣嚐到苦果的是京都精華大學的堤邦彥教授。堤教授的研究主題是江戶怪談。不是妖怪，而是幽靈。而且是文學。和怪談實話那群人有明確分別，老實說並沒有受到抨擊的道理。然而，堤講座的學生們都是些會定期舉辦怪談會的活躍怪談迷。他們見到憂國憂民的關西怪談迷們的決死抗議行動而深受感動，於是和教授討論，也希望發起抗議活動。如果他們和東亞怪異學會一樣，在社會風氣尚未如此嚴峻前就起義就算了，在此種狀況下發起抗議活動根本形同自殺。別說潛逃，光是舉起手來無疑就會被肅清。結果當然是「砰」地一聲，這個「砰」是槍聲。

經過一番深思熟慮後，堤教授做出決定。學生們的主張很有道理，假如這世間真的有正義的話，他們肯定是站在正義的那方。但在這個世道下，並不是起身宣揚理念就能被接受的。於是，為了達成目的，他們行事不能過於張揚；為了繼續活動，他們只能潛伏地下。

因此，為了守護學生們的性命，堤教授挺身擔任首謀者，率領學生們轉往地下活動。聽目擊者說，他們朝富士山前進時，堤站在前頭引領學生前進的模樣，恰似領導修卡怪人的死神博士。

同樣定期召開怪異怪談研究會的橫濱國立大學一柳廣孝教授卻做出相反的決定。一柳長年研究心靈主義及靈學傳播至日本的歷史，為了見證這異常社會的最終結局，故意選擇靠攏體制方，也因此很安寧，得以高枕無憂。

然後，作為除妖咒術專家而受到矚目的常光徹，或者想復興明治初年被視為妖怪剋星的井上圓了的妖怪學的菊地章太等人，也趕在局面變得無法挽回前加入了體制派，並不清楚這是否為他們的本意。

雖說如此，若照信海所言，其實都是不情不願的吧。雷歐能理解他們這麼做也是迫不得已。雖能理解，真要選的話還是枕頭高一點比較舒服吧，雷歐想。上述這些人大多都在《怪》或《幽》執筆過，一想到這點，雷歐不免覺得他們有點奸詐。

飯倉與常光以前還曾經在多田克己的妖怪講座上擔任特別來賓呢，後者如今已被世人視為邪惡化身。登上多田講座講台的學者及策展人當中，除了京極以外，現在受到通緝中的只有湯本豪一個。多麼不幸啊。

命運的分歧點究竟在哪？

決定他們往後命運的，恐怕不是志向、思想或信條，也不是人格或立場，而是某些微不足道的小事吧。

只因登上小艇的順序先後錯開，一方日後成為偉大的漫畫家，另一方卻慘遭鱷魚吞噬。若想深入了解這個故事，去讀水木大師的漫畫吧。雷歐們無疑是被鱷魚吞食的那一方，尤其雷歐本人更是鱷魚特選吧。

被鱷魚一口吞已經算比較簡單了事的。

這些嚴肅的問題在笨蛋代言人雷歐腦中翻騰，令他疲倦。雷歐一向約隔十秒就會開個玩笑，現在他這個特質卻毫無發揮空間。

「總覺得有些愧疚。」信海說：「貧僧照理說應該是站在你們這邊的，然而貧僧的信眾甚多，這麼做的話可能會連累他們。貧僧的心一向都是反體制啊。」

郡司露出不知在笑還是生氣的表情說：

「用不著感到愧疚嘛。荒俣先生或京極兄都曾說過，妖怪基本上就是一群邊緣人，受到這種對待反而合理。我們這些妖怪迷受到迫害只是家常便飯。明白自己不應該太醒目才是有常識的妖怪迷該採取的態度。雖然說，就算如此也沒道理被人逮捕或殺死。」

「大量妖怪迷被逮捕了呢。」信海說。

「也有不少人被殺了。」夢枕貘也說。

「因此我們絕對不想被發現啊。信海兄剛才說警察現在失去機能，對我們反而有利。即便如此，我還是不懂你提的陰陽師集團是怎麼回事。這年頭還有人相信占卜嗎？難道那些陰陽師們真的像這個笨蛋雷歐說一樣，能派出式神？」

夢枕貘微微一笑。

「當然不會像漫畫或小說那樣發射出去。」

「不會發射嗎？」雷歐問。「當然不會發射呀。」夢枕貘答。

果然是個好人。

「不會有那種彷彿電影般的展開。那在現實中是不可能的。陰陽師們是科學家，是技術人員，但不是魔法師。況且所謂的魔法根本也不是什麼超自然的力量。」

「京極兄也常這麼說。」郡司說：「他說式和數學的算式是同樣的。簡單說，是一種理解事物的結構、用以影響結果的技術——換句話說，是一種『做法』。」

「對對，這個說明頗能切中核心，正是如此。陰陽師們做的事並不神祕。不是魔法師，也不是妖術師。或許會覺得既然如此不就毫無幫助嗎？倒也不是。實際上他們在極初期的階段就看破妖怪騷動的本質。」

「本質？是什麼？」

「能看見妖怪，與世間的騷亂，兩者的因果關係是顛倒的。」

「換句話說，把這一切亂象歸罪為妖怪是錯誤的。」在一旁的信海補充。

「我們也是這麼認為……」郡司說。

印象中在受到ＮＪＭ（日本情操守護會）襲擊前也討論過這個問題。雖然雷歐早就忘了。

「就是這樣啊。就算能夠擊退妖怪也『毫無意義』。陰陽師們早就明白這個道理了。」

「呃，可是……」

「我再重複一次，陰陽師們並不是政府僱用的妖怪撲滅團隊。我們從一開始就是為了擔任政府成立之團隊的顧問，從民間被徵召而來的，但陰陽師們和我們完全不同。他們和政權無關。至少宮內廳是這麼認為的。」

「只不過……」

「嗯，後來事態的發展急轉直下。」信海插嘴。

「民意的風向全變了。」夢枕說。

「民意才是大問題啊。」郡司說。

「總之，陰陽師雖是獨立於政府機關的團體，但無關乎他們的想法，社會風潮全面翻盤了。於是，政府這次直接要求他們提供協助。於是，我和信海兄代表國家去和他們交涉。畢竟我寫過那個嘛。」

夢枕是《陰陽師》系列的作者。

「若沒發生過那件事，派荒俣先生去恐怕更適合吧。話雖這麼說……老實講，我們這些擔任政府顧問的知識份子，幾乎所有人都很反對政府。」

果然如此。枕頭太高的話，脖子反而會痠痛。

「現在這個政府太扭曲了。」郡司說。

「不知扭了幾圈呢。」夢枕愉快地笑了。

「身為顧問團領袖的小松老師也相當痛苦。我相信他一定很厭惡這樣的現況吧。此外，幹事長也是個討厭的男人。和他碰面的話，心情至少會鬱卒個好幾天。」

「大館嗎？」

「嗯。那個男人乍看很親切，卻給人一種很不愉快的感覺。」

「會覺得好像身上的氣都被吸走了。」信海說道。

「那個先姑且不論。總之，雖不知怎麼辦到的，陰陽師們使用某種正常方式——不是詭異術法的意思——找到了各位的所在位置。」

「唔……」郡司悶哼一聲，說：「原來是這麼回事。飯倉兄找上門來時，我完全不懂是怎麼回事。」

「嗯嗯，飯倉啊。因為你們電話也不接，郵件也不收，這是理所當然的。所以要和你們這群逃亡者接觸，只好直接派人去了。指派他的人是小松先生。他還年輕，一直很希望也能夠亡命至此。」

「亡命！」

雷歐不知為何對這個有所反應。

「亡命到俄羅斯國（註9）嗎？」

「啊？」

「呃，英吉利、美利堅、御法蘭西……謝～！（註10）」

在偉大的作家面前，這是多麼愚蠢的反應啊。雷歐反而覺得自己……蠢得有點可愛。認真模式持續過久，他再也無法忍耐了。當然，講到「謝～！」的時候，順便擺出矢井見的招牌動作。

……沒有反應。

所以動作無法解除。

夢枕貘持續了整整三十秒左右的僵硬微笑，不久，視線朝向郡司問道：

「郡司兄，你剛才好像說……這個人是『笨蛋』？」

這是第幾次這麼問？

「嗯，是世界遺產級的笨蛋。要隔離他也可以。」

「這樣啊，那可得好好維護才行呢。哈哈哈。」

「何……何時登錄的？UNESCO……UNESCO……」

雷歐維持「謝～！」的動作說。

註9：出自井上靖的小說《俄羅斯國醉夢譚》。

註10：「謝～！」是赤塚不二夫的漫畫《小松君》配角井矢見吃驚時的口頭禪，同時會擺出一手垂直高舉，腕部直角朝頭部方向彎曲，另一手手肘朝內彎曲，平舉至胸前，同時一腳膝蓋彎曲朝上的招牌動作。

「你閉嘴啦！」郡司瞪了他一眼，接著說：「我們這個亡命之處有很多像他這種人喔。」

「不是很好嗎？像他這種『笨蛋』最近都見不到了。政府官員們永遠一臉嚴肅。一旦露出笑容就會被撤換，開個玩笑就會被解僱。不僅如此，那些官員淨是些毫不有趣的傢伙。不單不知變通或腦袋頑固，根本就像失去餘裕的感覺。不知為何，只有大館幹事長還會笑。但他的笑容也……」

「那是惡鬼羅剎的獰笑啊。」信海說。

「他的笑容根本是在嘲諷吧。」聽到夢枕的這句話，雷歐重新擺出「謝～」的動作（註11），但很快就放棄了。

「有些人啊，明明也沒做什麼，看了卻會生起一把無名火，對吧？那個叫大館的男人的態度啊，就好像這種性格的集大成。或許這就是所謂的笑裡藏刀吧，總之很擅長觸動人的憤怒開關。而大館以外的人則是暴躁易怒，只知大吼大叫。」

「官僚和議員根本不聽別人的話，若被人反駁就暴跳如雷。就算提供建言，他們也完全聽不進去。會以溫和態度對人的只有大館。」

「可是大館啊……」

「沒錯，見到他就滿腹怨氣。我雖算不上是高僧，好歹也修行過。可是在和那個人見面時，總覺得就算有上百年的修行也會一瞬消失，變得和餓肚子的不良少年一樣暴躁。只不過，似乎連揪住對方的力氣也被吸光，只能縮起來生悶氣。」

信海像個忍者一樣結起手印。

也許是想要集中精神。

「現在想起來我還是很不愉快。真的很想說把貧僧的修行還來啊。那個人究竟是什麼？記得水木老師也有畫過類似角色。我年紀還小的時候在動畫中看過，是一種能吸走人的愉悅心情的妖怪……」

「是異爺味（註12）。」郡司回答。

聽到這句，雷歐又忍不住——

「謝～！」

再次擺出井矢見的招牌動作。

沒人做出任何反應。

這種情況下，要判斷何時收起動作很困難。

但完全沒人有所反應也是挺傷人的。

誰來制止一下啊。

註11：「井矢見」與「嘲諷」發音類似。

註12：發音與「井矢見」類似。

「飯倉也對他很感冒，他說與其和這些傢伙一起工作，不如潛入地下，四處逃亡反而樂得輕鬆。雖然他說這話時，應該沒想到這裡竟然有像這位……他叫雷歐是吧？他應該沒想到這裡竟然有人『笨蛋』到這種程度，但即使如此『愚蠢』，如此『白痴』，依然比政府那群人好多了。當然，只是相較之下。於是，小松老師派飯倉擔任密使。」

「但是飯倉兄把信件遞給偶然下山採買的梅澤兄手裡後，立刻掉頭就走了耶。」

「當然啊，郡司兄，總得小心謹慎地避人耳目吧。他算是政府的智庫，倘若被人發現前往地下組織基地的話，下場會很慘。」

「就算要脫離組織，也得要事先疏通和周全準備。」夢枕以很有說服力的語氣說：「聽說他在入山處偶遇梅澤先生，真是太好了。否則，他就得一路爬上森林深處的別墅地帶了。如果他被跟蹤，肯定是會引來軒然大波吧。雖然是偶然，幸好出來採買的是飯倉的熟人。」

「雖然一般民眾不認識他，但還是很顯眼啊，梅澤先生。」

身軀真的很龐大。

與其說是去採買，更像是去用餐的。

根據梅澤所言，飯倉一臉畏怯。梅澤發現他後想打招呼，對方立刻轉頭，佯裝不認識地接近梅澤，將信件迅速遞交給他後，立刻頭也不回地離開。

梅澤說，簡直和純情國中生要將告白信交給心儀對象的情形沒兩樣。

飯倉的信中寫著，想和全日本妖怪推進委員會殘黨進行祕密接觸。信末署名為道德倫理諮問委員會、非合理現象對策協議會主任委員一同。

一般而言，會懷疑這是陷阱。

但是妖怪分子並不如此認為，主要有幾個理由：

首先，身為世界妖怪協會的顧問兼妖怪推進委員會的頭腦，且是妖怪相關人士中最高智者的荒俣宏這時並不在。這點很重要，因為其他人不怎麼思考。

其次，如同前述，被徵召為非合理現象對策協議會成員的幾乎都是熟人，議長就是小松和彥。

聽說小松在妖怪騷動浮上檯面，政府成立妖怪撲滅委員會時，堅決拒絕徵召。後來情勢改變，國際日本文化研究中心改組為國粹日本文化養成中心時，他抱著難以言喻的虛無感不再堅持，就任議長。

他心中的酸甜苦辣，外人恐怕難以明白。

見到小松就任議長，過去和小松一樣激烈拒絕政府的知識分子也紛紛改變初衷。只不過，眾人並非起而效尤，而是基於各自判斷所作的決定。換句話說，他們見到連小松所長都表態後，覺得也該決定自己今後的去向。西軍或東軍，尊王或佐幕，必須在兩者之間擇一。雖然這和關原之戰或幕末維新的情況不同，勝敗從一開始就很明顯。小松的動向成了決定枕頭高低的契機。

只是，也不能否定妖怪相關人士心中抱持著「高枕方的諸位賢德全是熟面孔，都是一些老朋友。複雜的問題姑且晾在一旁，既然是過去的好夥伴，見個面又何妨？」之類的天真想法。

然後——

最後成為決定性關鍵的，是京極的意見。

他提出「我們是群笨蛋，但體制方現在也愚蠢到不輸我們的程度」理論。

這算理論嗎？

這先姑且不論，總之他主張現在體制方已失去設置陷阱的深謀遠慮。

的確，現在的內閣和行政人員和國民不僅不夠深謀遠慮，根本是淺謀短慮。每個人都依循「被揍前先揍人」、「討厭的傢伙就幹掉」這種彷彿幼稚園兒童的行動原理在行事。雖然簡潔易懂，卻極度低能。不肯協商也不肯相互瞭解。可容許範圍猶如針尖般狹隘，彷彿一盤散沙，只懂得自我主張與爭吵。

這樣的政府不可能做出設置陷阱如此麻煩的事。

京極說，假如政府得知富士山麓的妖怪村所在位置，必然會彷彿脊髓反射般直搗黃龍。看是要發射飛彈還是噴灑毒氣，不管如何，一定會想快速解決的。

他的說法確實有道理。

妖怪相關人士現在就和廁所蟑螂一樣，一旦被發現，立刻殺害，絕不寬赦。

京極接著又說，體制內目前唯一理性的，恐怕只剩從民間徵召來的非合理對策協議會成員了。

很合理的推測。

就算人在體制之內，身不由己，小松和彥或常光徹這些高風亮節的學者沒道理接受那種幼稚的思想。也很難相信現在的政府會進行洗腦或思想控制這些麻煩事，也沒這麼做的意義。

若不滿意，直接殺了就好。

不對，就算他們和政府唱反調或起身反抗，事到如今也構成不了威脅。大眾的意志，民意是站在政府這邊的。

唉，只能嘆氣。

某個時期，人文學科曾被社會大眾瞧不起。

被認為很多餘，沒有用，也沒意義。

甚至被視為根本沒存在的必要。

但從現在這種狀況看來，似乎並非如此。

的確，理科並不多餘，很有用，也有意義，很有幫助，有存在的必要性。

但深入思考的話，究竟去除多餘要幹嘛？要用在哪？有什麼意義？有什麼幫助？雷歐想，這些事對他們而言，其實不太重要。

因為他們不是使用者，而是創作者。

這些事是覺得多餘、感覺不方便、感覺不到意義，或希望能有所幫助的人才該思考的。也許只有笨蛋才會認為不方便比方便好，然而，這世間並非任何事都毫無累贅之處就是好。否則，像雷歐這種從頭頂到腳趾甲無一不多餘的人恐怕0．1秒就該被肅清。會被吸血鬼精英在臉頰上注射溶解液，溶解全身。但雷歐不是鬼太郎，死了再也無法復活。

是溶解液啊。

這樣不好。

人文科系快回來啊。

但是，如果雷歐高聲主張這些事，會害人誤會讀文科的都是一群笨蛋，這樣反而更被討厭。

總而言之，說得更明白點就是既然敵方也是笨蛋，想來合作的則是熟人，而且是一群聰明的朋友，很少深入思考的妖怪推進委員會就這樣不做多想地前來赴約了。

但荒俁去向不明，村上也不在，多田不適合，京極或梅澤怎麼看都太醒目。於是，只好由前《怪》編輯顧問郡司加雷歐這對組合前來赴約。

對雷歐而言無異為飛來橫禍，但很遺憾地他無力抗拒。能幹的岡田和沒用的及川兩人都隨著荒俁失蹤。在雷歐心中被定位成小弟的平太郎也被村上帶去辦事所以不在，被雷歐偷偷認定為同類的似田貝也才剛調度物資回來……其他成員不管立場如何，全部都比雷歐更抽不開身。

……就這樣，雷歐來到久違的東京。

雖然不是二十三區內，而是二十三區外的市町。

「其實是這樣的………」夢枕獏身體往前傾，說道：「有件事想請各位幫忙。」

「啊？」

「郡司兄，信任我一下嘛。其實在政府的委託下，各位的藏身處早就被陰陽師軍團透過陰陽術找出來了。」

「真的是靠占卜得知的嗎？」

「就說不是靠魔法嘛。」夢枕獏苦笑說：「我們和你們聯繫不也是透過正常手段嗎？更何況，郡司兄，這個消息我們還沒讓警察或政府知道喔。徹底沒有走漏風聲。所以希望你們能看在我們的誠意上，和我們合作。」

「呃，我們從一開始就很信任獏先生您啊。如果不信任，也不會傻傻地來赴約……」

「說不定是明知山有虎，還上山來探探狀況的啊。我偶爾也會寫這種劇情喔，明知是陷阱仍一腳踩入，鑽入敵人的懷中再一舉殲滅。誰知道你們是不是懷著這個企圖來的？」

「如果明知是陷阱我才不肯來咧。難道這真的是陷阱？」

「就說不是了。」夢枕露出亦哭亦笑的表情：「算了，你我是追逐與被追逐的關係，要相互理解或進行接觸並不容易。而我們察知你們的位置這點也很奇怪。」

「獏先生，我們能體諒的。但是我們真的什麼事也幫不上忙啊。我們在做點什麼前就會被逮捕了。就算是被一般民眾認出來，也會遭到一頓毒打。還是說，你是來勸告我們乖乖和體制合作的話就能特赦？」

「不，這個請求並非來自體制方。」信海壓低聲音說。

「啊？」

郡司表情扭曲，感到不解。

「所以是背……背叛？」

「噓……」信海把食指豎在嘴巴前。「雖沒和政府明著作對，實際上擔憂現狀的人並不少。首先是我們這些和尚。」

「和尚？」

「我們這些信佛的在妖怪騷動席捲全國時被派出擊退妖怪，去各地驅邪或祈禱。照理說，佛家修行並非為了對抗鬼怪。不過，當時我們認為撫平人心不安也是僧侶之責，便唯唯諾諾地答應了。」

「原本說來，佛教連幽靈也不承認呢。」

「那只是心靈的迷惘啊。」

「遑論妖怪。」

「會去擊退那種的只有裡高野的退魔師吧。雖然高野山無表裡之分。不只高野山，也沒有所謂的裡比叡。佛道無裡道，現世無孔雀王，僧侶也非魔鬼剋星或鬼怪獵人。即使如此，我們依舊努力加持祈禱。雖然主要是鎮國護持的祈禱。正常的和尚根本不會去收妖，因此理所當然，完全沒效。」

「當然不會有效。」夢枕笑了。

「之後，就這樣直到現在，日本政府儼然成為我們和尚的頂頭上司。當然，不管哪個山哪個宗派都不認同這樣的結果。不，應該說完全無法接受才對。真言、天台、曹洞、臨濟、淨土、日蓮、淨土、真宗……不分宗派，所有有良知的日本佛教人士都否定此一現況。在我們這些宗教人士的眼裡，政教分離也是基本原則。國家不該把黑手伸入宗教背後。而且，不只佛教……」

「神道教也是？」

「不，包括基督教、伊斯蘭教或新興宗教，全部都是。不論哪個宗教哪個門派，只要是信仰堅定的教派，都不可能認同現今狀況。二戰期間，日本的宗教人士沒能在真正的意義下堅持信仰，向國家低頭了。別說是國家神道，寺院或教會也不敢高舉反戰旗幟。不，根本沒人起身反抗過。他們不得不把一切行為歸為個人判斷，但這是信仰的敗北。而現在，這個國家的狀況恐怕比當時更糟糕。」

沒有外敵。

也沒有戰爭。

卻充滿了國之將亡的氣氛。

在世界地圖上的日本這塊土地已被插上死旗。

「國政不該由一群蠢蛋來掌控。然而，現在不只船夫，連乘客也已變成蠢蛋。雖然我們也稱不上聰明，但至少沒這麼蠢。蠢蛋們對自己搭上泥船也毫無所覺，就算底部已經溶化破洞也還是繼續划船，最終只會落得全體溺死的悽慘下場。」

「日本人全部溺死嗎？我是溺死者～（註13）」雷歐開玩笑說。

「你說得沒錯，雖然很蠢。」信海說。

連信海也吐嘈雷歐。

「聽好，保護國家真正需要的，不是軍事力也不是經濟力。你說對吧？」

「或許是吧。」郡司心不在焉地回答：「至少在這個時代，武力無法發揮作用。」

「沒錯，無法發揮作用。雖然愛國心往往會被和軍國主義化上等號，但如果是個好國家，國民也都會喜歡。既然喜歡，自然會想要好好守護它。所以一旦國家有難，國民也會絞盡腦汁來解決。不只政治人物，只要國民深思熟慮並化為行動的話，不管何種國難都能度過。保護國家真正需要的是智慧，以及讓人肯拿出智慧去維護的生活與環境吧？」

「嗯，是這樣沒錯。」

「這年頭很難發生戰爭。只要考慮到國家利益，就算猴子也明白打仗只會勞民傷財。若真的開戰，不是為政者是無可救藥的愚人，就是背後有什麼利益勾結。而且真的打起來的話，下場只有悲慘與增添麻煩罷了。國家不會因此滅亡，頂多國土遭到破壞，部分國民死亡。不管勝或敗，這點都不太有變化。」

「的確是如此。」郡司回答。

「對吧？原本說來軍備根本不需要。這個國家現在除了購買兵器武器以外，並沒有把預算用在這裡……但問題其實更嚴重啊，郡司兄。」

「呃……」

「戰爭不應發生，但現代戰爭不會消滅國家。戰爭只會荒廢國土，屠戮百姓，勝負則由雙方的共識來決定。但照這狀況下去，就算沒有戰爭，這個國家也會真的毀滅。不必被侵略也會滅亡。所謂的內部崩解是無法從外頭阻止的啊，郡司兄。」

「呃，我懂你所說的。我能理解。但對我滔滔雄辯也沒用啊，早崎兄。瞧你整張臉都靠過來了。」

「抱歉。」整個人差點快撲上去的信海退後一步，說：「不小心太激動了。總之，各宗教宗派的上層祕密協商，成立了日本宗教聯絡會。」

「呃……應該算是好事吧？」

「不只如此！」

信海拍桌。心情依然很激動。

註13：「溺死者」日語中與「哆啦A夢」諧音。

「事實上，學者或文化界人士也對此現狀感到很憤怒。雖然他們敢怒不敢言，但也沒撒手旁觀。」

「可是所謂的學者或文化界人士，不是像各位這樣選擇加入道德倫理諮問委員會，就是像我們這樣潛入地下過著流亡生活了嗎？」

「並不是。」夢枕插嘴道：「他指的是地位更高的人士。高非常、非常多的人士。」

「啊？」

「是那些就算持續拒絕國家徵召也不會被責問的人物。那些人士不像你們遭到通緝，他們不躲也不藏，但也不在表面舞台露臉。然而，即便他們的日子過得安穩，依然憂心這個世態。」

「所以到底是……誰啊？」

「若從《怪》相關的人物說起，就是高田衛先生或梅原猛先生這個等級的人物吧。」

「喔喔！」郡司驚訝地喊出聲來。

「他們之間其實會祕密聯絡，也會和我們聯絡。對小松先生而言或對你們而言，都算是老師級的人物，可說是地下樞密院。」

「聽起來好像邪惡組織啊。」

「單就反體制這點來說，或許是惡吧。」信海說：「但真誠可是站在我們這邊啊。」

「怎麼講得好像新撰組的口號。」

信海扭曲他那張宛如冬瓜般的臉。

「呃，郡司兄，你沒幹勁嗎？」

「不是這樣的。我們的確不擅長戰鬥，但並不是沒有幹勁。只是我聽到現在也還是沒搞懂。過去和地方自治團體打交道時，對方往往在會議上聲嘶力竭極力主張，但講半天還是不懂他們究竟主張些什麼……所以我也滿習慣這種討論，可是……」

「說得也是。我們的來意是不好懂。」

「獏先生，該從哪裡說起比較好？」信海問。

「嗯……我想想。郡司兄，以及旁邊那位『笨蛋』傢伙。」

「笨……」

笨蛋傢伙啊……真直接。

而且，好像從剛才起說到笨蛋時都會特地強調耶，獏先生。

「這種事態過去幾乎沒發生過。佛教、神道、基督教、伊斯蘭教，以及人文學科界大老私底下相互聯絡，真的難以想像。畢竟就算同樣是佛教，各宗派的主張也不盡相同。這種事在海外恐怕也難以想像吧。」

「嗯。不同的信仰就如油與水一樣互不相容。這也沒辦法，信仰就是這麼一回事。」

「的確，站在信仰的層面上本來就是不可能包容對方。但，要說是否就無法合作？倒也不見得。實際上啊，我們有個新發現。」

「呃。」

「郡司兄，你聽過《未來記》嗎？」

「記得那是……假託聖德太子的預言書吧？神祕學信奉者很愛討論這本書……但現代已經亡佚了吧？」

「《太平記》有引用，因此鎌倉時代應該有流通過吧。當然，多半是偽書。室町時代發現這是偽書時還引起一番騷動呢。實際上就算廄戶王子（註14）有寫了些什麼也已佚失了。只不過，郡司兄，其實《未來記》的作者除了聖德太子外，另有其他候補人選喔。」

「我們的開山祖師爺也是作者候補之一。」信海插話。

「開山祖師爺？所以是空……空……空……」雷歐結結巴巴地說。

「就是空海（註15）啊，『笨蛋』傢伙。」連信海也跟著這麼稱呼了。

「空海……所以是弘……弘……弘……」

「就是弘法大師啊，『笨蛋』傢伙。」夢枕獏也說。

「閉嘴啦，笨蛋。」郡司跟著罵。

「當然，由於目前《未來記》一本都沒保留下來，連斷篇殘章也不剩，所以也沒證據能證明這本書的存在。雖然在其他書中有引用內容，但《未來記》本身沒留下來。至於作者，連傳教大師（註16）或達摩大師也被視為候補之一。」

「換句話說，根本沒這本書吧？」郡司說。

「並非如此。」兩人異口同聲地反駁。

「簡單說，鎌倉時代流行把預言書的書名取為《未來記》。當時的人寫了許多預言書，名字大多為《未來記》。」

「但應該是偽書吧？」

「應該說，他們只是隨便找個名人充當作者，想沾光增加可信度而已。」

「這不就叫偽書嗎？」

「不，作假的只有作者和成立年代的部分。」

「但一般所謂的偽書就是這樣啊。」

「被視為最澄撰寫的《末法燈明記》這本預言書在鎌倉時代也被認為是真的，知名僧人紛紛引用，後來才發現作者另有其人。若就這層意義說來，的確算是偽書，但不會使引用該書的法然或親鸞的作品就失去意義吧？」

「是這樣沒錯……抱歉，你們愈說我愈糊塗了。彷彿看著漆黑無光的黑暗一樣。」

「變得更難懂了嗎？好吧，單就偽書的定義而言，那的確是偽書。然而，在這些偽書之

註14：聖德太子的本名。
註15：平安時代僧侶，派遣至唐學習佛法，回日本後開創真言宗。
註16：日本平安時代僧人，法號最澄，日本天台宗的開創者。

中的知識是否就毫無意義呢？我要說的是這個問題。」

「意思是……書中內容也有部分真實嗎？可是……那不是預言書嗎？」郡司蹙眉反問：

「換句話說，內容記載的應該是預言吧？預言。」

如果京極聽到這段對話，肯定會嗤之以鼻並捧腹大笑吧。不，連肚皮都會笑破，當場開腸破肚，血流成河吧。對於這名即使妖怪在眼前跳起撈泥鰍舞或貼面舞也毫不動搖，持續主張這世上任何不可思議都不存在、沒有就是沒有的男人，預知或預言毫無意義。

「是預言吧？」

「並非如此。」兩人又齊聲反駁。

「可別和諾斯德拉達姆斯混同了喔，郡司兄。其實，這對他而言只是憑添麻煩而已吧。他寫《百詩集》的時候應該沒想到會被人這樣曲解。只不過，雖然被誤譯為《諸世紀》很扯，畢竟這本書的外號是『大預言』啊。」

「不……不是大預言嗎！諾斯德拉達姆斯做出大預言了喔。一九九九年七月，會有連安哥爾大王也會嚇一跳的庫巴大王降臨喔！」雷歐搶著說。

「所以說真的是……」夢枕笑了：「算了，你是個……」

「我是笨蛋。」

「不，不只你而已。當時大家都認為是大預言啊。但是……」

「難道《未來記》不是預言書嗎？」

「是預言書，但並不是能預知未來的那種……呃，信海兄。」

「不是能預測幾年後會發生地震或戰爭的預言。而是一種對今後的局勢預測，以及若發生什麼就會如何的分析。」信海幫忙解說。

「唉，要說明真不容易。」兩人互視一眼，同聲說道。

「在鎌倉時代流行時，當時的人們也將他們當成現代所謂的預言。這就和諾斯德拉達姆斯所寫的四行詩的一部分被當成『諾斯德拉達姆斯大預言』一樣不恰當，但或許也是不得已的吧。因為這些詩的內容究竟寫了什麼，其實沒人能看懂，結果就被人自由解讀了。不只如此，作者自己也是個占星術師，也說過這些是我的預言，於是順理成章地就被視為預知未來了吧。人們總是比較喜歡簡單明快的事物，也喜歡奇特的事物。只不過，問題在於……」夢枕滔滔不絕地說。

「可以別再討論諾斯德拉達姆斯的話題了嗎？」郡司插嘴道：「我不是很有興趣。」

「這樣啊？」

「我們是逃亡者，其實沒太多心思管這些事。」

「喔，說得也是。」夢枕獏微笑，接著說：「簡言之，將鎌倉時代流行的各種《未來記》視為與昭和時代流行的『諾斯德拉達姆斯大預言』有異曲同工之妙就對了。如此一來便很好懂。如果說昭和時期流行的各種『大預言』解說書是因為原本的詩太難懂，才因應而生的作品群……」

「大量的《未來記》也是解釋某個原典而生的作品群？」

「是的。」

「原典在哪？」

「散落於各處。」《陰陽師》的作者說。

「啊？」

「事實上，疑似《未來記》原典的斷簡殘篇分散在各大名寺古剎裡。以這些殘篇組成的典籍作為基礎，加以詮釋或補足的作品，就是各種名為《未來記》的預言書。以上就是這次所得知的新事實。」

「咦咦？」郡司目瞪口呆：「這次所得知的新事實？」

「是的。嚇到了嗎？」

「我都快嚇傻了哩。」

「嗯嗯。那部原典一小片一小片零碎地分散在各處保存至今，一千數百多年來從未被拼湊在一起。但在這次的祕密協商中，在這個二十一世紀裡，首度被拼湊起來了。跨越宗派的藩籬……那叫什麼集會來著？」

「日本宗教聯絡會議。」信海答道。

「真的是多虧了這個會議啊。很厲害吧。」

夢枕眼神泛出笑意說。

「呃，是很厲害，可是……」

「不不，這可不是聖德太子寫的喔。原典的作者不明。」

「既然如此。」

「成立年代相當久遠。只是各寺寺內的傳承不盡相同，有些地方保存的則是抄本，所以關於起源恐怕一時之間難以確定。但從這些斷簡殘篇中仍可看出彼此間有某種程度的聯繫。然後，串連起來後，我們發現上頭寫著相當有意思的內容。」

「但是預言——即便與我們所謂的預言不同——真的存在嗎？」

「要說預測……其實也不太對，比較類似天氣預報，是一種一旦發生這種狀況會變得如何如何之類的分析。整體說來，所描述的乃是佛法消滅情景，或佛法消滅後的世界將落入何種慘況，是一部分析末法時期的典籍。由此觀點看來，其實與剛才提及的《末法燈明記》也很類似……不過，這可不是只有佛教才如此喔。」

「等等，又開始愈聽愈糊塗了。所謂的末法，不是指釋迦的教誨開始失去效果的時期嗎？」

「是的。分為正法、像法、末法三個時期，簡稱三時。」信海回答。

「午後三時，下午茶時間嗎？」雷歐插嘴。

「喔喔，這次的耍寶是正攻法耶，小『笨蛋』。拿大家都能想到的點子當哏，算是『笨蛋』的基本功吧。」

小笨蛋！

「關於三時有諸多說法，主流說法是正法千年，像法千年，末法一萬年。若根據剛才提到的《末法燈明記》，在永承七年就進入了末法時期。」

「請……請問永承七年是什麼時候？」雷歐問。

「西元一〇五二年。」

「所以是……」

雷歐掰指頭計算，當然不夠算。

「大約是九百六十幾年前吧。」

「這麼久以前嗎！幾乎快一千年前！在鶴的千年壽命即將結束的歲月以前！就一直是末法了嗎！」

「末法時期更長達一萬年呢。」

「今後也一直是末法！一直一直是末法！生生世世沒有頭髮！」

「別再鬧了。」郡司制止。

無法發揮搞笑本領。雖說雷歐剛才也還沒想到下一句該玩什麼哏。

「可可可……可是，那本書不是假的嗎？如果是假的，寫的內容也是假的吧。」

「就算是『笨蛋』，也還是懂得分析別人的話呢。」

被感到佩服了。

「他只是矇到的而已。」郡司說。信海接著說：

「不過他沒有說錯，的確如此。雖然關於何時開始或持續多久未有定論，末法思想在初期佛教經典便已存在。」

「但末法思想應該是佛教特有思想吧？」

「若單論末法的話，是這樣沒錯。」

「言下之意是？」

「例如世紀末或千年王國，不管哪個宗教都有末世論。基督教就是個好例子。雖然名稱不同，先知書中也有不少看似預言未來的部分。新約聖經中唯一具有預言性質的，就是著名的《啟示錄》。有人把它視為一種末日預言。」

「《啟示錄》也是一本引發種種議論的麻煩經典吧。」

「的確是呢。雖沒被當成偽典，但被視為作者的約翰生平不也是不明不白嗎？自古代起，聖經學者們就對這件事感到很頭痛。」夢枕插嘴。

「是一本令人煩惱的聖典啊。」信海說：「聖經並非基督教所獨有，猶太教也有聖經，伊斯蘭教也有古蘭經。對這幾個宗教的聖經進行比較研究者甚眾，往往由歷史文化思想的角度切入，卻沒人想要將之與收藏於佛教寺院的古籍連接起來。雖然並不意外就是了。」

「真是的……可以快點進入正題嗎？」郡司有點不耐煩了。

「好啦好啦，別生氣嘛。你的眼神很嚇人啊。」

關於這點，雷歐完全同意。

「總而言之，郡司兄，這個國家目前確實陷入一種非常詭異的狀況。然後，各宗教關於末日的預言或神諭——不是大預言那種預言。將各式各樣的古文獻與作為《未來記》原典的古老殘篇交叉比對，加以驗證，結果我們發現了某個共通的關鍵句。」夢枕代替信海回答。

「關鍵句？」

郡司以滿臉狐疑的神情先看了雷歐一眼。但這件事真的和雷歐無關，雖然他平常是很可疑。

「不管是古語、漢語、梵語、希伯來語、阿拉伯語或波斯語的經典都有類似語句存在，直接說原文的話很難懂，將之譯為現代日語的話就是……」信海緩緩唸出：「如果『過去襲擊而來』，那將成為最大的危機。」

郡司默不吭聲，又看了雷歐一眼。

雷歐心想：呃，跟我沒關係啊，小的不是專賣可疑的大盤商喔。雖然事業也算滿大了。

「呃……早崎兄，我和你是老交情了，作為朋友我很信賴你，作為佛教界人士我也尊敬你，而你對佛典的鑽研我也相當信任。我知道你在家鄉是受眾多信徒景仰、德高望重的僧侶。可是……」

「慢著，這不是貧僧得出的結論喔，是地位更高的師父或神父或學者們的共同結論。」

「呃……但這太難接受了啊。難道會有來自過去的人穿越時空，對現在的我們進行攻擊嗎？是誰會這麼做？信長？希特勒？還是成吉思汗？」

「當然不是！」兩人齊聲駁斥。

「那位『笨蛋』傢伙也就罷了，沒想到連郡司兄也說出如此異想天開的話。」

「欸～」雷歐抗議。

「可是，從你們所言我只能這樣解釋啊。怎麼聽都是這個意思。」

「呃……其實不是這樣的。」

夢枕貘難得眉心深鎖地說。

「不然是怎樣？是一種哲學上的譬喻？」

「不，不是哲學，郡司兄。所謂的過去已經『不存在』了，對吧？」

「嗯，的確是不存在。佛家不是說諸行無常嗎？過去的事物不復存在。是無啊，無。」

都快搞不懂誰才是和尚了。

不過，郡司被譽為業界第一饕客，熱愛印度，也喜歡咖哩，是個有名的咖哩狂熱者佛教徒。因為他常穿著在印度購買的便宜襯衫，也被稱為印度三百圓男。雖然這麼稱呼他的只有京極。

不管如何，雖然郡司沒出家，但基本上是個佛教徒。

「嗯。過去並不存在。」夢枕貘重複一次。

「嗯，不存在。」

「真的不存在啊。」

「只存在於這裡。」

傳奇作家用食指指著自己的太陽穴說。

「或者，以這種形式存在。」

作家接著指向桌上資料說。是什麼資料雷歐並不清楚。

「換句話說，就是記憶和記錄吧。您想說過去只存在於記憶和記錄裡？所以反過來說，若是在這兩者之中就能存在？」郡司問。

「沒錯，正確解答。」夢枕獏笑道：「除此之外，過去並不存在。雖然記憶與其說是積存在腦中的資訊，視為物體的時間經過本身更貼切。一旦記憶經過資訊化，就成了記錄。即使只經過腦內的處理也一樣。」

「換言之，一個是物理的變化，另一個則是資訊化後的結果，這樣說對嗎？」

「是的。我們人類必須透過把事物資訊化才能在意識之中浮現，所以要說明這個很困難。此外，我們也必須透過比喻或模擬的方式才能理解時間，所以只能將時間的經過摹寫到二次元裡才能理解。其間的關係或許和類比與數位的關係很相近吧。」

「在講電子和紙張嗎？」雷歐說。

「哎呀，這個『笨蛋』傢伙似乎沒聽懂吶。」

「我……我是笨蛋沒錯，我有聽沒有懂。」

「書籍是物品，作為物品是類比，但記錄在裡頭的訊息作為一種概念，則是數位的。」

「因為是用電腦製作的關係嗎？」

「大錯特錯啦，笨蛋。」

郡司怒瞪雷歐。

「所謂的類比，是指具有連續性。類比時鐘的指針會不斷旋轉，雖然有刻度，但刻度和刻度之間依然是相連的。然後，所謂的數位則是不連續的，和電子化或機械化其實並無關係。數位時鐘在數字和數字之間沒有間隙，所以是不連續。言語在符號化的階段已變成不連續，所以是數位。若是腦的記憶也被訊號化的話，一樣是數位。獏先生是這個意思吧？」郡司說。

「對對。」夢枕點頭，說：「類比是不可逆的，時間無法回溯。數位則具有可逆性，能夠覆寫。但是，不管哪邊都『不存在』。」

「不存在。」

「過去並不存在。至於未來，更是真正不存在。」

「沒錯。」

「未來是無。但過去並非無。它曾經存在，保留在記憶和記錄裡。我和郡司兄都比昨天更老了一些，我們對於這段又老一天的時間經過無可奈何，記錄上也會如此記載。然後……」

「呃。」郡司張開手掌阻止夢枕繼續講：「請等一下，所以您的意思是，『這樣的過去會襲擊而來』？」

「是的。」

「唉，我真的不懂。」郡司歪頭說道：「我雖不像這個笨蛋雷歐那麼笨，但還是聽不懂你的意思。被資訊化的過去——記錄和記憶——會襲擊而來是什麼意思？襲擊而來是一種比喻嗎？到底在說什麼啊，您自己不覺得論點支離破碎嗎？」

「會嗎？不是有些事物『雖然不存在，但是存在』嗎？」

「雖不存在但存在？」

腦筋急轉彎嗎？

機智問答嗎？

如果要像《笑點》（註17）那樣比機智的話，雷歐就跟得上了。

就在雷歐為了搏君一笑，拚命轉動空空的腦袋思考冷笑話時，郡司小聲地說：

「是……鬼嗎？」

「你答對了。」夢枕喜形於色說。似乎對自己的意圖能被理解感到高興。

「會聯想到鬼很正常。鬼的原意是『不存在』之物（註18），對吧？死者已不存在。不在這個世間。明明『不存在』，卻又『存在』。若不將它視為『存在』，就無法認識到它。但即使能認識到，卻依然『不存在』。百鬼夜行原本並非妖怪的遊行，而是一群看不見的事物。安倍晴明據說能『見鬼』，意思是他能看見原本無法看見的事物。」

「嗯嗯。」

「之所以無法看見，是因為『不存在』。倘若存在，自然能看見。雖『不存在』卻『存在』，這就是鬼……這樣懂了嗎？鬼是幽靈，是祖先，或者說……是過去本身。同時，也是神啊。」夢枕獏說。

「對……對了，記得水木大師大人也說過一樣的話呢。他老人家說：你啊，看不見的事物是存在的吶，但我們看不見，為了能夠看見，你啊，得像個笨蛋般付出極大的努力才行吶。」雷歐說。

為什麼說起水木大師名言錄時，每個人都不自覺想模仿？

「像個『笨蛋』一般嗎？」夢枕獏說。信海也望向雷歐。

呃，這是……

「嗯，的確是這樣吧。我想兩者架構上應該是相同的……但關於他的話我有個疑問，水木先生說要努力看見的事物應該不是鬼吧？」

註17：日本長壽綜藝節目，以傳統說唱藝術為主軸。

註18：鬼的訓讀「おに」由「おぬ（隱）」演變而來，意思是隱而不見的事物，與中文中的「鬼」比較接近。後來引申為超越人智的神祕事物，又與佛教的羅刹等形象結合，變成一種頭上長角，口生獠牙如威猛野人般的妖怪。

「他老人家似乎很討厭鬼。」

「討厭？」

「他在妖怪會議上說過。鬼窮極無聊，一點也不有趣。對一般人而言，鬼和妖怪是同類，但對水木老師而言還是不一樣吧。如果是作為一種妖怪的鬼還能接受，除此之外的情況他就不喜歡了。」

「原始意義的鬼也不行嗎？」

「水木老師對幽靈也沒什麼興趣呢。他曾經說過幽靈原本是人，並不有趣。」

「靈也不行嗎？」

「與其說不行，水木老師口中的靈，比較像是神吧。」

「喔喔。」

夢枕獏沉思了。

郡司也同樣陷入思索，不久後抬起臉來。

「對了。」

「怎麼了？」

「鬼會殺死妖怪……」

郡司突然喃喃說出這句話。

「什麼？」

夢枕露出詫異表情。

「沒事，我只是突然想到某件事。雖然時間有點久了，但水木大師曾把這句話寫在一張紙上，貼在牆上。」

「鬼？殺死妖怪？」

「是的。」郡司略顯陰沉地回答：「現在想來，水木老師這句話也許正確說中了日本悲慘的現況。雖然我剛才說預知不可能存在，現在這麼說彷彿在自打臉。」

「那不是預知。」信海說：「人們不也說鯰魚能預知地震嗎？但正確說來那並不是預知。對鯰魚而言，地震在大地騷動的時候已經發生了。牠們感覺到人體無法感應的振動，所以不是在搖動前先知道，而是感覺到搖動才有所反應。水木老師或許也感覺到什麼了吧。」

「嗯，他自稱在這方面的感受度非常良好。不過，他那時也說鬼怪消失了，實際上卻正好相反。所以我後來就忘了這個小插曲。」

「等等……」夢枕手貼在額頭上，說道：「水木大師說的並沒有錯。妖怪雖變得能被看見，卻從人心中……或說，從腦中消失了。實際上，變得可視的話，就不再是原本的存在方式了吧。」

「啊啊。」郡司的手也貼上額頭，說：「對了，那些可視化的妖怪能以竄改數位訊號的方式被記錄下來。數位化不完全的儲存媒體只能映出模糊影像。至於在卡式錄影帶或膠卷上則完全無法留下形影。即使人眼能看見，實際並不存在，所以牠們的模樣也會隨著所見者不同而變化。不知道這件事是否有關？」

「肯定有關啊！」兩人異口同聲回答。

「妖怪原本就不存在吧？和鬼不同，完全不存在。空無一物，從一開始就只是資訊。因為不存在，所以不會受到時間經過的影響。由此看來，妖怪徹底是一種數位的存在啊。這樣的事物……能實際被肉眼看見，本質上就是錯誤的。」夢枕說。

「我聽說靈異現象反而消失了，關於這點又是如何？」信海問。

「聽說是如此沒錯。」郡司回答：「有陰陽眼的人不需要像水木先生所說，像個笨蛋般努力，也能看見對吧？看見曾經是人，且不怎麼有趣的幽靈。我們這些喜歡妖怪的傢伙大多是笨蛋，幾乎沒人具有陰陽眼，和靈異界人士也大多保持距離。」

「但外界經常把你們兩邊混為一談。」

「是啊。只能說會這樣並不奇怪。因為我們這些妖怪界人士都很喜歡神祕學。但我們是把神祕學當成一種哏來喜歡。喜歡歸喜歡，對我們而言畢竟只是個哏。」

「會保持距離。」

「是的。靠得太近的話就無法觀察清楚，不能觀察的話就不能當哏。我們現在躲藏的祕密村裡也有許多靈異怪談界的人士躲藏，他們有許多人醉心於神祕學。由於沉浸得太深，往往無法看清自己周邊狀況。取而代之的是能見到幽靈。」

「幽靈啊……」

信海和夢枕苦笑了。

「嗯，幽靈。據他們所言，在妖怪變得可視的前夕，突然再也看不到了。」

「幽靈嗎？」

「是的，幽靈。雖然我們推測那是因為當前社會現況影響人心，使得人們不再以幽靈來解釋所碰上的現象。」

「某種意義下那樣解釋並沒有錯。」信海說：「說到底，幽靈只是一種解釋的問題啊。碰上百思不解的現象時，該如何解釋的問題。」

「就是這樣。只不過，後來妖怪開始湧現，輪到我們也混亂了。」

「所謂的幽靈，其實就是原本意義下的鬼啊。」夢枕獏說。

「總覺得妖怪與幽靈的差異似乎能成為解開奧祕的關鍵。明明兩邊都同樣是『不存在』的事物，卻有某種說不上來的差異。究竟妖怪和幽靈哪裡不同呢？」

「原本是否為人、是否帶有怨恨、是否會固定出現在某處、是否會附身……在分析這個問題時，這些老套分類完全無效啊。」

「真的呢。」

「因為是『不存在』的事物啊。」三人異口同聲說。

只有雷歐沒開口。說實話，他聽不太懂這段討論在講什麼。

「在限定的文化模式的文脈下或許有效，但那不是本質上的差異。即便說到底只是種解釋的問題，但在這些文脈背後……總覺得有某種明確的差別。雖然現在連妖怪也跟著銷聲匿跡了。」夢枕說。

雖然只是表面上消失了。

「一旦鬼怪們消失了，人類也活不下去。這樣下去，日本會出問題的——這是當時水木老師的話語。」

「這正是一種預言啊。」信海佩服地說：「果然和妖怪相關人士們接觸是對的，獏先生。各項線索看來能拼湊起來了。」

「的確。」

「慢著慢著，雖然我差點被你們說服，但還沒有。」郡司表情凶惡地說：「獏先生，信海兄，你們來和我們接觸不可能只為了講這些無聊事吧？你們所說的狀況我明白了，但你們剛才說要我們幫忙，是要幫什麼？難道討論這些定義就算幫到你們的忙嗎？」

「郡司兄，你的個性怎麼愈來愈急躁啊。」信海瞇細眼說：「因為老了嗎？」

「沒這回事。我從以前就是急性子。」

「是嗎？但你某一時期變得穩重許多。果然是潛入地下，長期過著逃亡生活所造成的嗎？」

「喂喂喂，信海兄，你別亂講啊。長期待在出版業界，我早就習慣看不清未來與講道理沒用的煩躁情況。如果是年輕時候的我，根本不會跟你囉唆那麼多，早就打道回府了。」

「好啦好啦。」夢枕獏攤開雙手，做出收攏的動作，說：「至此，話題總算又回到最初之處。」

「最初之處？」

「就是陰陽師軍團啊。」

「啊……」

雷歐完全忘記了。

彷彿在夢中依稀聽過般的遙遠記憶，明明四、五十分鐘前才剛聽過。

類似影子軍團、大門軍團或北野武軍團的……

算了。

「說軍團或許太誇張。陰陽師們不是軍人，用這種字眼來比喻的確不怎麼貼切。但我們在形容集團時往往會用這個字眼，也許是受到職業摔角的影響吧。說到這個，職摔也消失了吶。電視上的格鬥技節目現在改教護身和攻擊的實戰技巧……不對不對，現在不是聊這個的時候。呃，這個現代版陰陽寮啊……和日本宗教聯絡會一樣，過去並不存在。以前土御門是土御門，賀茂是賀茂，並不是互不干涉或在乎彼此的問題，是根本不知道對方的存在。」

「我很訝異居然有那麼多陰陽師流派保存到現代。」

「我也很驚訝啊。」

在雷歐的印象中，是一群打扮宛如平安時期貴族的俊美男子，排成兩列坐在和室裡，而且還是坐在圓形編織座墊上，前方掛著竹捲簾。雖然這般印象和現實的陰陽師軍團絕對不一樣。

「因為受到禁止的歷史較長，除了少部分人外，陰陽師們承受著打壓與歧視，將知識保存下來。雖說天文或曆法一直受到重用。直到全面改用太陽曆為止，編纂曆法的人們一直都留在表面舞台上。總之，睽違約一千年後，這些零碎的陰陽道知識或技術重新匯聚一堂。然後，這邊也有許多新發現……」

「新發現？」

「怎麼又露出那種冷漠的眼神。有新發現也不奇怪吧？而且這邊發現的是能因應即將襲來的威脅的方法。」

「威脅……啊。」

「據陰陽師們所言，現在這個國家陷入可怕的反剋狀態。」

「漢卡克嗎？漢卡克的話推薦《上帝的指紋》。ACECOOK泡麵則推超級杯系列。茲寇克是吉翁公國的水陸兩用ＭＳ。Peacock是孔雀也是超市，曼谷Bangkok是泰國首都，正式名稱是恭貼瑪哈納空阿蒙拉達那哥欣．瑪興塔拉……呃，接下來忘了。」雷歐抓準時機搞笑。

「你閉嘴啦。」郡司斜眼瞪雷歐。

比揍人更尖銳的吐嘈。

「至少你聽過《上帝的指紋》這點我給予讚許。雖不懂你背曼谷的正式名稱幹嘛，而且也只背了一半。」郡司沒好氣地說。

只是有個印象而已。

「是反剋啦。」夢枕強調：「陰陽五行說將世界抽象化為木火土金水五種類。木能燃燒，故生火。火燒成灰，故生土。土能凝結，故生金。金能結露，故生水。而水又能培養出樹木來。此為相生。相反地，木能從土壤吸取養分，土能使水混濁，水能消除火，火能融化金屬，金屬製成的刀斧能伐木。此為相剋。」

「類……類似猜拳那樣？」雷歐問。

「嗯，是有點像。」夢枕苦笑，說：「相生相剋是正常形式，反剋則是顛倒過來。」

「剪刀勝過石頭嗎！」

「是的。嚴格說來不一樣，但大致類似。陰陽師們認為現在的世界變成類似石頭能在水上飄，樹葉會沉入水底的那種異常狀態。可以理解他們的感覺。」

「印象上或許是如此。」郡司說：「但現在這個世界也無法違逆物理法則而行吧？」

「這可難說。例如你剛才提到數位資訊被竄改，照理說應該相反吧？正常而言，腦內的訊號覆寫物質訊號的情況是不可能發生的。」

「是這樣沒錯。」

「因此我想，所謂的過去襲擊而來，恐怕也是一種反剋現象。」

「等等，獏先生，這太硬拗了。根本是穿鑿附會，擴大解釋。」

「嗯……雖然我也寫科幻小說，我這句話請別用科幻的文脈來解釋啊，郡司兄。已逝的事物不再歸來，但萬一回來了，不就是種反剋嗎？」

「我們現在是在談文學？」

「不是的。這和陰陽五行相同，請用抽象的概念去思考吧，郡司兄。雖然我自己其實也不能說是很懂，才會來找你們討論，希望你們能幫忙。」

「所以到底要我們幫什麼忙？問題一直在這裡啊。我們並不認為這樣的潛伏生活能一直持續，實際上也快撐不下去了。我們努力摸索能否有突破之道，依舊看不見未來。如果能夠有個突破口的話，我什麼都肯做。但你剛才談的事，除了讓我覺得挺有意思的以外，別無其他感想。說要幫忙，我也……」

「關鍵在於石頭。」

夢枕獏冷不防地冒出這句話。

「石頭？」

「是的，石頭。名為反剋石。據說就是《先代舊事本紀》中記載的十種神寶之一的死反玉。死反玉是天照御祖賜予饒速日命的寶物之一。」

「慢著，《先代舊事本紀》不也是偽書？」

「郡司兄，先別打斷我啦。宣稱那是偽書是江戶時代的國學家吧？但對物部氏而言，這本書可是先祖們的偉大記錄呢。雖然成立年代比《古事記》或《日本書紀》晚了許多，卻是長年被伊勢外宮神道或吉田神道重視的典籍，就算成立經緯和傳說有所出入，也不能貿然輕視吧。」

「我沒有輕視。但死反玉不是一種類似反魂香的能招回死人的寶玉嗎？」

「是的。那是能把『逝去的事物』呼喚回來的寶玉。」

「逝去的事物啊……」

「正是如此啊，郡司兄。陰陽寮的——雖然正式稱呼不是這樣，乾脆叫陰陽寮比較省事——陰陽師們說這顆反剋石封印在信州某處，詳細地點早已失傳。不過……」

「不過？」

「據說封印已經解開了。」

「為什麼？」

「箇中道理尚未明白，據他們的說法，《未來圖》已經發動了。」

「嗯？《未來圖》是什麼？」

「據他們所言，那是一幅記錄未來的卷軸……但沒有被言語化，所以應該是繪卷吧。聽說妖怪會湧現也是因為那個。」

「啊？」

「那……那個就是那個吧！」雷歐大喊。

「那個是哪個？」

「我我我！笨蛋傢伙想要發言～」雷歐舉手說：「就……就是之前從妖怪製造工廠公寓生還的山田老爺爺收藏的那幅……很像舊式書信或捲筒衛生紙的那個啊。」

「你是說那幅一片空白、單純很古老的紙卷？」

「是的，《未來圖》就是那個吧。雖然這只是我的直覺。」

「說是卷軸，但什麼也沒畫呢。而且外盒上還寫著『怪』。」

「山田老爺爺說那是他的曾祖父寫的，如果我這個笨蛋沒記錯的話。此外，那幅卷軸據說原先有圖畫。」

「啊，我想起來了。印象中香川先生和平太郎也這麼說……還說那個可能是各種妖怪繪卷或百鬼夜行繪卷的原版……慢著慢著，所以說，那些可視化的妖怪是從那幅卷軸……」

「跑～出～來～的～」雷歐用嚇人的語氣說。

「你們手上有那幅卷軸嗎！」夢枕獏將他和善的瞇瞇眼睜得又圓又大，高喊：「那可是類比版的《未來記》啊！」

「不不不，那只是很平凡的一捲紙。雷歐你別亂講，這種蠢事哪有可能發生。」

「可是現在這個世界不管什麼事都很蠢吧？況且，小的也很蠢。」

「等等，呃……獏先生，所以是怎樣？那個反剋石的封印被解除就是一切問題的起因？」

「不，並非如此。」

「啊？」

原來不是。

「並非如此。根據陰陽師們的說法，造成現在整個國家亂哄哄的狀況另有其因。反剋石反而是為了對抗那個原因才自己解除封印的。」

「為什麼？」

「當世界因反剋之相而紛亂時，反剋石的封印就會解除。換句話說，反剋石並非引起反剋之相的石頭，而是為了對抗反剋之相，使世界『恢復原狀』而解除封印的石頭。在五行說裡，這種反剋之相又被稱為相侮。一旦反剋之相過強，這個國家將會瓦解。為了阻止此一悲劇發生，唯有趕緊找到反剋石來對抗，刻不容緩。」

「所以說，妖怪們反而是為了補足這個扭曲的世相才湧現的？」

「沒錯。由此看來，政府將撲滅妖怪當作國策，視為最重要的項目來實行，其背後的用意也昭然若揭吧。」

「你認為政府就是元凶？」

「不，應該有某種想毀滅這個國家的事物在操控政府……這是我們非合理現象對策協議會和日本宗教聯絡會，以及地下樞密院共同得出的結論。換句話說，要保護日本，就得……」

「等等，你該不會想說得打倒政府吧？」

「這可是靈魂層面的國安問題啊。」

聽到這裡，雷歐想起某件事。

「等等，請等一下。」

他站起身。接著以更大的聲音叫喊：

「那……那個萬……萬國博覽石！」

「啊？」

「不是啦，呃……漢卡克石。您剛才說那顆石頭藏在長野，這件事千真萬確嗎？」

「確定無誤。」夢枕獏說：「雖然古代的信濃國和現代的長野縣在行政區劃上有些出入，但基本上信州就是長野啊。」

「我！我！請讓我發言！」

雷歐舉手。

「幹嘛啦？笨蛋，現在在討論重要問題，別吵啦。」

「是是，郡司大人。但是，您是否忘了一件重要的事呢？」

「什麼啦？我勒死你喔。」

「就是那個啊～是我，是我喔。就是不才在下我和村上大前輩去採訪時，把那個帶回來了。某個神祕不可思議的超重要道具。」

「啊？喔喔，你是說呼子石吧？」

「嘖嘖嘖。」雷歐搖動食指否定：「那個名稱只是個自然產生的名字——雖然命名者是荒俣老師大人，畢竟只是個暫定稱呼，沒想到就這麼定了下來，其實那可不是正式名稱喔。」

「你們在說什麼？呼子是那個會發出回聲的妖怪？」

「你是說木靈？或是山彥？」

「是的，就是那個『呀呵～呀呵～唷雷咿咿～』的那個。」雷歐基本上有問必答。這是基本禮儀。他接著說：「但呼子是那個湧現的小孩型鬼怪的名稱，我們因為呼子會隨石頭現身，所以將之暫稱為呼子石。但本體還是石頭啊，石頭。」

「石頭？」

「是的，不折不扣的石頭。而且我們去採訪的地點，也就是我們找到石頭的地方就是長野縣喔。記得是在鸚鵡石背後的小祠堂裡。那顆石頭就供奉在祠堂之中。而且那顆石頭，不管是死人還是鬼怪，都能『呼喚回來』，是超級神奇驚天動地的道具呢。」

「啊，原來如此！」郡司也驚訝得站起來，大喊：「原來那顆石頭就是那顆石頭啊！」

「石頭……什麼？欸？別跟我們說你們連反剋石都有喔？」

「很抱歉，那就是我們的答案。」

郡司果斷地回答。

廿肆

異神信徒騷鬧動搖

「活著回來啦？」平山夢明笑逐顏開地說：「我還以為你們這次死定了。我還特地供奉那個叫啥陰膳（註19）的咧，雖然後來我自己吃掉了。現在米飯很寶貴啊。然後我說勃吉啊，你犯下重大罪行了喔。我聽說你用怪手破壞了政府設施，假如現在還是正常社會，你頂多被判毀損建築那種小罪，但現在你已經是能獨當一面的恐怖份子啦。我看你啊，今後乾脆就改名為恐攻村怪手吉吧。」

平山特色全力發揮。

黑想，單論絕不動搖這點，平山乃是足以與京極並列雙雄的男人。雖然現在的狀況讓人笑不出來，但看到他處變不驚的態度，多少令人安心。

在非日常的狀況下，充滿了日常感。

平山肆無忌憚地嘲弄松村後，轉頭看向黑。

「對了，你那隻章魚能吃嗎？」

「想吃也可以，吃了之後會怎樣我不知道喔。味道我也不敢保證。」

真是亂七八糟。

不是指平山。雖然平山也是個很亂七八糟的人，但黑指的是自己頭上的章魚。

從卡波．曼達拉特變成精螻蛄，經由克蘇魯化為阿撒托斯，現在則成了章魚。彼此之間什麼關聯也沒有。密克羅尼西亞的象皮病女神，而且是水木版的，和庚申信仰之間毫無關聯。鳥山石燕也沒替洛夫克拉夫特畫過插圖。虛構作品中的太古神祇亦非軟體動物，不能做成生魚片也不能水煮。

黑背對哈哈大笑的平山等人，走出帳篷。

克蘇魯信徒們緩緩移動，目的地是富士山麓平原。黑不明白他們為何以那裡為目標。不過，富士山麓有一群人在此隱居。以全日本妖怪推進委員會殘黨為首，還包含前東亞怪異學會的成員，以及其他從事過和妖怪相關的工作而受到社會迫害的人們。

只不過，克蘇魯信徒似乎也沒有要和他們會合。

或許有什麼理由吧，黑沒被告知。

黑也不清楚現在營隊總共有多少人，只知有一大批人架起帳篷在此紮營。這個營隊生活持續了好一段時間。

幸虧現在是夏季。

來到外頭，福澤徹三站在大樹旁抽菸。

「辛苦你了。」

福澤說。

註19：祈願長期旅行或出征的親人能保平安、沒有飢餓之虞而供奉的餐膳。

「唉。」

「呃，平山兄他啊，看似很愛胡鬧，其實相當擔心你們喔。你們去執行有生命危險的任務，全體平安歸來，所以他開心得胡說八道。畢竟你們FKB全體都出動了啊。」

「唉。」

「小黑，你是考慮到將來的事，心情才這麼沉重吧？這隻章魚……」

「唉。」

「你現在也是一天讓牠變大一次？」

「嗯，不過會限制在遠處看不見的程度。」

為了讓信徒膜拜。

「能伸縮自如後多少輕鬆了點。」黑說。

假如像當初一路巨大下去就無所適從了。雖不是完全沒有重量，但幸好外型和重量完全脫鉤，再怎麼巨大也不會被壓死。不過看起來的比例真的很怪。

例如說，一隻哥吉拉蹲在人類的頭上，怎麼看都很奇怪吧。

雖然拯救荒俣行動時差不多就那種感覺。

「最終能大到什麼程度啊？」福澤問。

「我也不確定。之前我在腦中默念能變得多大就變多大，結果大概長了有百米之高吧。」

「百米！好巨大啊。只要心中默念就好？得使力嗎？」

「使力的話，屎會拉出來。我只是在心中默默地想。」

「所以不能控制動作？」

「動作嗎？我也不知道。不管變得多大，祂依然不肯離開我。所以命令祂『衝啊！』或『前進！』之類的是辦不到的。」

「只能自己走。」

「是的，只能用我的步伐前進。雖然觸手會自動扭來扭去。」

「真不方便。」福澤吐出一口煙霧說：「但既然能變大，應該也能縮小吧？你只要想著縮小，應該就能讓他縮得只剩一丁點吧？也許能使之消失不見？」

「最小似乎只能縮成這樣。」

「頂多章魚大小嗎？」

頭上攀著一隻章魚的男人，果然還是不會有好的將來吧。福澤又說一次「辛苦你了」。

「總之，你能平安回來真是太好了。」

「我只是跟著去而已。破壞房子的是松村先生，開車的是黑木先生。對了，荒俣先生怎麼樣了？」

「不清楚。剛才看他在和作家老朋友談笑，似乎明天會回妖怪村。」

妖怪村。

似乎如此通稱。聽起來給人印象挺不錯的啊，妖怪村。

可能黑的感性和一般人不同吧，黑聽到妖怪村率先想到的是極為悠哉的、宛如牧歌般的《漫畫日本昔話》的風景，小溪中有洗豆妖在洗紅豆，廁所裡有加牟波理入道發出鳥鳴，河川裡有河童或川猿游泳，山上有子泣爺爺哭泣，座敷童子和小孩子玩籠中鳥（註20），在家睡著的話，還會有狸貓不依節奏亂敲打一通，宛如樂園一般。

當然，福澤口中的妖怪村並不是這麼安詳和樂之處，但這裡還是有許多和妖怪沒兩樣的笨蛋朋友。這些人不管面對多麼急迫的狀況，依然不改笨蛋性格，現在肯定也過著傻裡傻氣的生活吧。

黑有點想加入他們那邊。

但這個營隊是因為黑而成立的團體。他頭上這隻章魚乃是向心力的根源。一旦黑不在了，營隊究竟會變得如何？

黑邊想著邊朝森林深處走去。

有的在地上鋪著野餐墊，有的是架設簡易帳篷，到處都有一團團的信徒。

也有人一看到黑就膜拜一番。

當然，他們膜拜的對象是黑頭上的章魚，但黑不免陷入自己成了活佛的錯覺，屁股微微癢了起來。

這些信徒是怎麼過生活的？大家都那麼有錢嗎？似乎沒人擔心食糧問題。也許是一路順便採集來的。

黑不確定現在所在地離樹海是否很近了。或者說，這裡就是樹海？

只知道森林寬廣深邃。

避開帳篷密集區，來到彷彿廣場般的草叢地帶。

正中間有株倒木，東雅夫坐在那裡。

他在發呆。東以前不管去哪都會帶著筆電，不管在哪都會工作。講課、演講、公開對談、司儀、怪談會、朗讀、甚至在舞台上唱歌演戲，宛如三頭六臂般活躍。某一時期，他縱貫橫斷日本列島，從北到南奔波不停，即便如此，仍然沒有疏忽文藝評論家和雜文集的工作，真令人欽佩。在火車上或飛機上或旅館的房間裡，他總忙碌地寫著原稿。

太了不起了。

比方說，京極雖然也常忙碌於參加演講或朗讀或妖怪活動這類需出門在外的工作，但並不會歌唱跳舞。然而東幾乎已臻能歌善舞的怪談表演家的程度。

而且，京極一旦離開那個彷彿駕駛艙的書房後，就徹底不碰稿子。反過來說，如果待在書房裡就會一整天一直工作，也有人說他不只不眠不休，連廁所也不上，過著彷彿千日回峰

註20：日本兒童遊戲。一個孩童當鬼，其他人圍著他唱同名的童謠，童謠結束時，鬼若猜中背後是誰就換對方當鬼。

行（註21）或強制收容所或佐渡金山挖金礦的日子。相反地，只要出門就徹底不動筆。京極出門時主要和妖怪夥伴們一起耍蠢。在同為妖怪夥伴的黑眼裡，怎麼看都是個笨蛋。但東出門時還是在工作。

東雅夫發呆的模樣，黑從未見過。

「啊，是小黑啊。」東說：「你怎麼了？」

「我才想問這句話呢，東先生，您怎麼了？」

「唉。」有氣無力地嘆口氣後，東視線朝上。

只看到樹。

即使虛弱無力，東的聲音聽起來還是充滿光澤感啊，黑心想。

「小生啊，在這個業界也算待得挺久的。」

「這我知道。所謂業界，是指奇幻文學業界嗎？」

「該說是奇幻文學還是怪談呢。《奇幻文學》的前身是小生在學生時代編輯的同人誌《金羊毛》。那個時候就和這方面的作家有所交流，後來也有許多人自成一家。小生和奇幻文學人們的交流算是夠多也夠久了。」

沒錯，東與尚在世時的澀澤龍彥與中井英夫、種村季弘等人相知相識。在身為後生晚輩的黑眼中，就如同……神明的拜把兄弟一般崇高。

「不只奇幻文學界而已。」

東這時望著黑的頭上。

「有獨自觀點的人們聚集一定數量以上的話，自然會發生點狀況。」

「呃，是指形成派閥嗎？」

「不是派閥。彼此的看法都不一樣，自然也會有些不肯相讓的點，不可能永遠都維持和好共處的狀態。這才是正常的。比起一味讚美自己人或同派互捧好多了……」

「嗯，我能理解。」

一般人往往習慣讚美自己人，這種心態雖不是不能理解，聽久了不免噁心。即便那些讚美很正當，還是難以相信。那些「好厲害」、「好棒」、「多麼完美！」之類的讚美，聽在黑耳裡，反而像是「我很厲害」、「我好棒」、「我好完美」的自誇。

妖怪相關人士們一向以彼此挖苦嘲諷為樂，或許是因為黑習慣了妖怪界這邊的風氣吧，特別覺得如此。但不可思議地，一碰面就互相數落、嘲弄對方的妖怪相關人士反而很少吵架，就算偶爾吵架也馬上和好。與其說感情很好，不如說大家都很習慣被數落，所以覺得對方也好不到哪裡去，也可能因為都是笨蛋，一下子就忘記了。不管經過多少年，彼此的關係都不變，也維持著同樣的往來方式。或許是因為這群妖怪夥伴沒什麼成長吧。

註21：天台宗在比叡山上進行的修行方式。每日六小時繞巡山上二百六十多處聖蹟禮拜，長達千日，不得中斷。

另一方面，習慣互相讚美的人們若因某種小契機開始互相批評的話，之後友情往往會產生決定性的破裂，再也無法修復。絕交，斷絕來往，乃至決裂。雖然不想說，這種情形在靈異界時有耳聞，其他領域恐怕也相差無幾吧。

「就是說啊。」東說：「這個營隊也是這樣。這裡有不少是小生的熟人或老朋友。雖然說來更像是吳越同舟之感，畢竟大家都是成年人，平常是不會發生什麼爭吵……」

「但還是發生了嗎？」黑問。

東指向右邊。帳篷密集。

接著指向左邊。這邊也不少。

最後指著背後。

「三方互相牽制。」

「哎呀呀。」

「這幾天的氣氛啊，真是非常險惡呢。小生與三方人馬都有往來，但當小生站在維持中立、居中仲裁的立場後，不知不覺間反而被三方都孤立了。唉，雖然也不重要了。」

東空虛地笑了。

「妖怪迷們的關係真令人羨慕。」

「妖怪迷不是不會吵架，但真的不多見。科幻或奇幻文學領域的作家頭腦通常很好，反而不肯相讓。即使是妖怪界，假如是頭腦非常聰明的人，其實也會變成這樣。」

黑說完才發現。

果然笨蛋才是關鍵因素。

東又朝上方看。

「一片綠油油的，真好。」

「快別喪氣了，您這樣會害我也跟著喪氣呢。倒不如說，喪氣快變心情的常態了。」

頭上的章魚微動。

「那個東西一直在頭上很麻煩吧？」

被頭上物體造成困擾的不只黑，某種意義下整個營隊都被添了很多麻煩，是麻煩大遷移。

一思及此，心情又更沉重了。頭上的章魚不沉重，但心情很沉重。

「東先生，請打起精神吧。」黑難得說出鼓勵人的話語後，繼續往森林深處走去。

走一段路後，發現在一團團草叢旁奇妙地鋪了一張藍色鋪墊，岡田、及川和村上在那裡休息。

「啊，是小黑。哈囉章魚～」

什麼招呼嘛。

就說這些妖怪夥伴實在是……

「你們沒事吧？」

村上剛達成決死潛入作戰。

「我沒事，但及川選手似乎不太行了。肯定再過不久就會死吧。」

及川趴著，直喊著「我的腰」。此外也聽到唔唔咿咿口齒不清的言詞，似乎也是從摀住臉的及川口中發出。

「你在鬼嚷著啥？臨終了嗎？」

村上又瞪著，及川抬起頭來。

「我是在說並不是這樣。我現在啊，正在用全身去感受大地的恩惠。我感謝著泥土和草地的柔軟、藍色鋪墊的唰唰聲，以及偉大的內褲。真好啊，真好啊，能當人類真好啊。」

他發生什麼事了？

「我現在還想對世上萬物感謝呢。」

「及川大哥似乎變成一個情操高尚的人啊。」岡田說，及川不知為何眼眶泛紅，說

「吶，我……我也是人類對吧？」

他究竟碰上什麼事了？

「村上先生，你們接下來要怎麼辦？」

黑無視及川，直接問村上。

「我們想先討論荒俣先生獲得的新情報，接著恐怕免不了和敵人一戰吧。不過，並非採用暴力方式……反正我們也沒有武器。」村上說。

「戰鬥！」黑大聲喊叫：「而且是手無寸鐵？」

「什麼也沒有啊。」

沒錢，沒糧，也沒工作。

「天天睡到自然醒啊。」村上說：「但也開心不起來。」

「那麼，你們要和什麼交戰呢？」

「被你一說我才發現我不知道。喂，我們要跟什麼打啊？」村上轉頭問岡田。

「我也不曉得。」

「岡田選手不是和荒俣先生一起潛入敵方巢穴收集情報嗎？難道一無所獲？」

「我被監禁在類似拘留所的地方，什麼事也做不了。而且位階很低，只是個囚徒。」

「岡田是位階較高的囚徒。」及川說：「能洗澡就算上流階層。有毛毯根本是士紳名流。而且他還能吃到咖哩，根本是總裁級的。至於有窗戶，完全就是……王公貴族。光是有穿內褲就算是人類了。」

不知為何，及川說出彷彿把岡本太郎加上栗本慎一郎除以北海獅的話語來。

他究竟碰到什麼遭遇？

「內褲，excellent。」

「你到底在說啥啊。」村上戳了一下及川的腰，及川立刻像《北斗之拳》的拳四郎般「啊噠噠噠噠噠噠噠噠！」地慘叫。

「及川選手真沒用。虧我還拚命救你出來，居然一無所獲，真是白救了。滾回去吃牢飯吧。當然，你自己回去就好。」

「咦～」

「不不，我們兩個不知道這是個臥底任務啊。」

岡田連忙打圓場。不愧是個做人做事滴水不漏的人。

「不管最終頭目是誰，眼下的敵人應該是自衛隊或警察、ＹＡＴ之類的吧。」

「沒勝算啊。」

黑不假思索地回答。

「是嗎？真的沒勝……」

「對，完全沒勝算。」

在對方還沒講完前，黑斬釘截鐵地再說一次。

「我們妖怪迷真的弱爆了。就算集結一百個，頂多也只有一、兩個狠角色。而且是柔道……」

妖怪夥伴中也有肉體派或武鬥派。雖然少，但還是有。而且相當強。強歸強，那份強悍並沒有用。因為除了比賽以外，並不會拿出真本事來。而且，終究只是徒手格鬥技。

「強是很強，但對手好歹拿著警棍，而且人多勢眾，我們一定無力抗衡的啦。他們手上都有武器啊。他們擁有槍械大砲，而且還是全副武裝呢。」

「的確，來個一輛那種戰車，就夠讓我們全軍覆沒了。」

「輸定了。」

「應該會死吧。」村上說：「不過，小黑你應該不用擔心吧？你有營隊的人充當肉盾保護你啊。」

但這件事……反而很傷腦筋。

這個事實彷彿有一顆大石壓在黑的心上。

如同村上之言，這支包含外國人的大隊伍肯定是抱著萬一有狀況，要捨身保護黑的心情來的。平山夢明或許不會保護，其他人肯定會拚命地保護他吧。照剛才的情況看來，東雅夫或許也不會保護他，但其他人應該會全力保護。不過，乍看之下雖然像個武鬥派，其實個性卻很穩健的福澤徹三肯定不會保護他吧，但其他人會用生命來保護。雖然松村進吉多半會躲起來，而黑木主則恐怕老早就會開溜，即便如此……其他一般無辜信眾一定會挺身抵抗的。

黑開始覺得熟人們應該都不會有事了。

營隊之中的熟人們應該還是很關心黑，但也僅只於關心。畢竟會真的行動的只有水沫流人。但水沫在戰鬥上毫無建樹，說不定還需要黑來保護他呢。

即使如此，那群不熟的人們依舊會捨身捨命地護衛他吧。無論如何。

會守護的。

不是守護黑，而是他頭上的那隻……章魚。

他們的眼神充滿瘋狂。已超出粉絲或狂熱者的程度。也許已經成為信仰。

但他們的對象卻是一隻章魚。

克蘇魯神話只是一種創作，用更直接一點、毫不含蓄的話語來說，就是虛構的內容。呃，雖然真要說的話，其他神話其實也……總之，如果要吹毛求疵的話，恐怕有很多事情維持不了體裁吧。不管如何，邪神並不那麼值得崇拜的。雖然假如宙斯或天帝或天照大神顯靈的話，黑可能也會跟著崇拜吧。但這另當別論。

畢竟他頭上的真的只是一隻章魚啊。

就算克蘇魯諸神真的降臨，也不可能是他頭上這隻章魚。因為他頭上這隻原本是妖怪，不，是莫名其妙的某物。就算能化為相同模樣，這隻章魚也不可能是邪神，而是一隻假章魚。

然而，現在卻有一批人為了這隻章魚發起暴動。

面對槍械與大砲，勇敢地，果敢地，悽慘地，悲慘地。

赤手空拳地。

啊，也許會撿拾樹枝當武器吧。

但就算有棒子……

如果是外國電影，面對這種情形，主角們一定會拿出手槍或手榴彈來對抗。就算沒有重火器，也有十字弓或野外求生刀；主角群之中說不定還有手持日本刀、宛如忍者一般的高手。但前來幫助黑的人們之中雖有不少外國客，看起來個個都很善良，手上也沒有如此危險的物品吧。

而且看似都是文組。不，說不定摻了幾個理組。但就是沒體育科的。一團和氣，沒有上下關係，雖然有協調性，卻缺乏命令系統。雖然彼此的主張或看法大異其趣，頂多進行無止盡的爭辯。爭執歸爭執，倒也不至於臉紅脖子粗地動起手來，由此看來不愧是文組。東的朋友們應該也只是如此。

況且有這麼多人過著嚴苛的營隊生活，卻沒發生過鬥毆事件。這代表的不是感情很好，不會起爭執，而是單純對動手動腳沒有自信吧。

大家都很弱啊。

但是，就算很弱，他們依然會挺身而戰。他們是殉教者。雖然黑並不對他們教誨，給予啟示的是以創始者洛夫克拉夫特為首的偉大先賢們，即使如此，他們仍然會為了黑殉教吧。

唉，這是黑最不想看到的狀況。

他們的眼神很可怕。

表情也有點變化。

過去曾約在家庭餐廳碰面，現在連名字也不太記得的那位朋友——是的，就是害黑被章魚糾纏的肇始者——記得她叫鴨下。現在黑的追隨者表情也變得和鴨下小姐很相似。若繼續往深處沉淪，眼中裡將會棲宿瘋狂的神采。

這是介於正常與瘋狂之間的面容。

黑開始覺得他們和某些拚命保護海豚鯨魚的人們——尤其是當中特別激進的人們——變得很像。這世間有形形色色的立場，有各式各樣的意見，對這類活動自然會有各種見解，無法一概武斷說好或壞，但黑認為人們想抱持任何主張或信念都沒問題。

因此，想要保護什麼都可以，想為了什麼而戰也可以。當然，必須在合法範圍內，或顧慮到文化的差異性才行。但反過來說，只要是在此制約下，要主張任何事情都應該被尊重。只是……假如想強烈主張，尤其是性格好戰的人，拜託至少……至少將守護對象限定在現實存在的事物吧。

比如說，黑很喜歡喪屍，也喜歡打倒喪屍的遊戲，他是在虛擬遊戲空間內令數萬名喪屍化為亡者的人。

或許有人認為先化為亡者才會成為喪屍，也有人說喪屍早已死了，所以用「亡者」這個字眼怪怪的。不過，就算已經死了，喪屍仍有「活動力」，說要讓他們化為「亡者」其實也還算合理。

這種情形下，既然喪屍原本是人，或許也具有某種程度的人性尊嚴，他們並非自願成為喪屍，襲擊人類也只是受到喪屍的本能所驅使。因此，或許有人會對於是否應該用槍械射爆頭顱、用刀劍砍斷頭顱、把頭顱扯下、用銳利物貫穿頭顱、用鐵鎚敲爛頭顱之類的事表示反對吧……但是，這樣的主張對黑而言很困擾。要說殘酷當然是超級殘酷，這種行為無疑是血腥至極，但假如有人主張喪屍也有生命的話，黑就不得不反駁了。就是死了才變喪屍的啊。

如果這樣算犯罪，頂多是屍體毀損罪。

而且是在遊戲之中，並非現實。

最近有人討論作品有殘酷描寫是否應當，幸好還沒有人發起保護喪屍運動。但是，和這個不是相差無幾嗎？

邪神保護運動。

有不少人認為怪獸算是珍稀動物，所以應該受到保護。也有人從倫理面上認為不應濫殺無辜。因此過去有不少創作反應這種觀點。當然，反對暴力此一正義凜然的主張應當成立，黑舉雙手雙腳贊成，但他還是覺得怪獸應該另當別論才對。

怪獸原本是為了被打倒而誕生的事物，後來在不知不覺間卻被別的概念取代。

恐怕是因為設定變得更真實，特攝手法更細膩，致使產生太多現實感，結果和倫理觀念相牴觸了吧。

然後——

只是這隻章魚不是圖畫，不是漫畫，也不是動畫或特攝。雖不清楚是什麼，但確實「存在」。不，不只「存在」，根本就好端端地擺在眼前。

能看得見，也能觸摸。

問題就在於這裡。

照理說，邪神根本不應存在。

現在聚集在這片森林裡的人明明每一個都是怪奇小說愛好者，難道不是嗎？不管要從小說或漫畫或電影哪邊入門都好，你們該敬奉的不是這隻章魚，而是那些虛構事物才對吧？你們該守護的是過去被撰寫出來的文本，以及這些文本所產生的豐富劇情。藉由文本所編織出來的想像力或創造力應該是這些非現實的事物才對吧？你們該對抗的是限制或踐踏或焚燒或掩埋這些內容的行為，與武力或暴力並無關係，既然是文組，怎麼不透過對話來解決呢？

黑史郎對營隊的人們聲嘶力竭地如此主張過無數次。

但是，「存在」於眼前的現實之力太過強大。

不管黑主張的理論多麼正確，多麼能言善道地陳述，多麼比手畫腳熱切說服，一旦章魚巨大化，所有人又會平伏在地。

變得彷彿金剛現身時的骷髏島居民。

然後，開始念起「Iä Iä」（（註22））的禱文。

到此為止還好，但一旦真的發生什麼事，這群信徒們恐怕……也許……大概……一定……不，絕對會。

會壯烈犧牲吧。

一想到這點，黑的心情變得沉重，胃部緊縮，腸子開始無止盡地進行蠕動運動，括約肌緊張起來，用力收縮。

一聽到「iä iä」便覺得憂鬱。

去廁所的次數也增加了。

雖然不是廁所，而是露天。

也就是所謂的野外大便。

「你的表情很陰沉啊。」村上說：「雖然想到你當前的狀況，不陰沉也難。」

「我看會沉淪到底了吧。」

「下痢泡沫經濟嗎？」

「呃。」

印象中這是黑的自創詞，其實他自己也只是隨口亂說的。這世上只有四、五個人使用這個詞。而黑本人一年恐怕用不到一次，因為那是什麼意思連他自己也說不清楚。

就在他思考該回答哪句話的時候，突然有兩尊地藏菩薩從草叢背後顯靈。黑差點不由自主地朝他們頂禮膜拜，隨即發現那不是雙胞胎地藏，而是作家牧野修和田中啟文。

「你在這裡啊。」

牧野說完，恭敬地行禮了。

「呃……」

註22：克蘇魯語中讚美神之語。

「想說好像很有趣，大約三天前也來參加了。」

「參加嗎！」

「是的，參加了～」

「這……這樣啊。」

「我孫子武丸先生阻止我，要我別作傻事，但反正這個年頭又無法寫自己喜歡的小說，都沒工作啊。」

連推理類小說都沒有人邀稿了，遑論恐怖類。

「從早到晚一整天窩在家裡發呆也沒用，想說既然如此，乾脆……」

「乾脆？」

「雖然比我想像的更無聊點。」

田中說完，臉上露出笑容。

「我特地來的，卻還沒看過克蘇魯神。」

黑這幾天參加救援荒俣行動，所以不在。

「想說來參拜一下。」

兩人都是態度和藹，有親和力，說話也很得體的人。黑和他們的交流不多，但有閱讀他們的作品。

不，應該說曾閱讀過。

包括黑的著作，這類作品現在已成為焚書對象。

「然後。」

「然後？」

「然而。」

「然而？」

「我們現在在吵架。」

「啊？」

可是看起來交情很好。還滿面笑容呢。

「其實爭執不休喔～」

「啊？」

可是看起來很和平啊，因為是地藏菩薩。

「但其實交情還算好。」

「可是你們看起來超級要好啊。」

「是的，平常的話交情很好的～」

「但現在不是平時，所以相當險惡。」

「已經到想狠狠揍對方的程度。」

「不，根本是要刺殺的程度。」

「漫……」

本來想問這是漫才嗎，但還是作罷了。假如這是新型態的兩人落語的話會很失禮。唉，沒有比揣測他人內心更令人腹部絞痛的事了。

「自從進入樹海之後，總覺得好像變得很奇怪。」

「變得很奇怪？怎麼說？」

「不是指腦子喔。」田中說。

「雖然腦子也有點奇怪。」牧野說。

「你那是什麼意思？你想說我的腦子有問題嗎？」

「不是，我是在說不論你我或其他人，都是。」

「要這麼講是無妨。但你這樣還是把我也算進去了不是？」

「是沒錯，但我主要想表達的是，不論你我或其他人，都是。」

又來了。

又來一對講話鬼打牆的人了。

「不是的。」

田中表示否定。

難道他看穿黑的內心在想什麼？

「這不是我們的常態喔。如您所見，現在是與平常截然不同的敵對模式。」

「抱歉，我不清楚兩位平時相處的情形，在我看來你們現在也不像在敵對。」

如果這算異於平常的爭論不休，妖怪迷們的相處模式根本就是殺紅眼了吧。就算沒動手，整天彼此陷害譏諷怒罵，關係根本僵到底啊，妖怪迷們。

「真的嗎！」兩人同聲說。

「不過，我們其實也是成熟的大人了～」牧野說。

「表面上或許看不出來，但內心之中啊～可是怒氣翻騰呢。」田中說：「只是，很奇怪啊，這種好像失去餘裕的感覺。明明對方又沒說什麼令人不愉快的話，卻莫名地在意。」

「真的很在意。」

「平時的話，這些小事根本不會掛心。」

「但就是無法放過。」

「真不爽啊。」兩人齊聲說道。

看來感情真的很好。

「其實大家都跟我們一樣。」

「大家？」

「營隊的人們。」

「真……真的嗎？」

「是的～」

牧野笑了。毫無危機感。

「我來參加的時候，每個人感情都很好。類似御宅族社團一般，只需一點小事就能讓大家嗨翻天。」

「但隨著接近樹海，爭論就增加了，類似互看不順眼，雞蛋裡挑骨頭的感覺。這也很有御宅族社團感。」

到底是哪邊？

「現在啊，營隊也分成兩派，各自喊著『Iä Iä』呢。」

「『Iä Iä』！」

兩派？

「妖怪容忍派和妖怪排除派。」田中說。

「容忍和排除？」

「是的～」牧野合掌說：「認為克蘇魯和妖怪無關的人們對於襲擊政府設施，救援妖怪推進委員會成員一事感到相當憤怒。尤其是本尊親自出馬，更令他們極度憤慨。而且逃亡者們還前來會合，如此一來，克蘇魯營隊一定會被政府盯上，遭到殲滅。」

「另一方面，認為妖怪也該保護的人們則聲稱應該要和妖怪聯盟會合，揭竿起義，推翻蘆屋政權。這是革命啊，革命。」

「真……」

真的要戰鬥嗎？

而且由他們主動發動嗎？

「多麼扭曲啊～」牧野說。

「什麼扭曲？我的腸子嗎？」

「黑先生，你得了腸扭轉嗎？」

「我沒有腸扭轉，只是會蠕動而已。」

雖然現在正相當激烈地蠕動。

期待今後括約肌的活躍。

「妖怪容忍派的人某種意義上是博愛主義者。他們宣稱妖怪也有人權，雖然那是個滿愚蠢的標語，但根本的意思是消弭歧視，提倡寬恕。結果現在卻變得好戰了。」

「另一方面，排除派算是基本教義派。原本是非常激進的，現在卻徹底朝往穩健、閃避的方向進行。」

閃避比較好。

「不過，」牧野接著說：「兩邊都不是鐵板一塊。」

「所……所以是兩塊嗎？」

「我也不知道。鐵板用一塊兩塊來計算嗎？」

「我……我也沒數過鐵板。」

「有幾塊鐵板我不知道。總之，即使在克蘇魯基本教義派當中，也是有各種聲音存在。當初閱讀《克．里特魯．里特魯神話大系》才一頭栽進這個世界的人，認為理所當然要救援荒俁老師啊，『Iä Iä』。」

「連這句話也要讚頌『Iä Iä』嗎！」

「是的。」

「為什麼？」

「可是，這些人當中，也有人主張雖然『唯有』荒俁大人必須救援，但其他人是死是活並不重要。」

「啊，我也是這麼講的。」村上插嘴：「而這幾個就是所謂的『其他人』。」

村上拍了一下及川的腰說。

及川發出「唷喔！」怪叫。

「喔喔～他們就是順便被救援的『其他人』啊？先不討論這個，總之，那些人認為把和克蘇魯大人無關的傢伙綁縛起來，找個地方將他們拋棄或引渡給警察比較好。」

「那就綁走這傢伙吧。」

村上更用力地刺激及川的腰。

及川丟臉地呼天搶地、語帶哭音地說：「那是平太郎的任務吧！他是遇到緊急狀況時的棄子啊。」

「但他身體狀況沒問題，這種時候應該獻上動彈不得的及川選手當祭品才對吧？岡田選手。」

「的確是呢。真的派不上用場啊。」

這些妖怪迷的關係果然很冰冷啊。

「你們感情不好嗎？」牧野問。

「很差啊。」村上和及川齊聲回答。

「倒也不見得。」岡田回答。

「這樣嗎～不過，愛的形式也有很多種。」

「的確是啊。」田中附和。

「不管如何，有人主張主動把逃犯交給警察能減輕不良印象，也有人認為這是通敵行為。有人堅持連荒俣先生也該放逐，也有人認定『唯有』荒俣老師必須保護。」

「連他們也說『唯有』啊。」及川不知為何，對那個字眼很在意。

「果然是『唯有』嗎……」

他突出下唇，反覆唸著「唯有……唯有……」。

及川史朗不會在那個設施裡被動過前額葉腦白質切斷手術了吧？

「有人說，不如乾脆把妖怪愛好者們統統殺掉，棄屍於此，早早離開這附近。」

「有人說，這裡是應許之地。」

那是另一個宗教的主張吧。

「有人說，極樂淨土明明在西方。」

這好像也怪怪的。

「有人說，應該把克蘇魯帶去英國。」

「有人說，在離島另建新國家吧。」

「有人說，在被攻擊前先自裁吧。」

「有人說，橫豎要死還不如和政府同歸於盡。」

「有人說，這世界的一切都很討厭。」

「總之說了這些事。」兩人同時說。這次就沒那麼統一了。

「多麼可怕的主張啊。」

「而且營隊也變得更不合了。」

「然後就吵架了～」

「沒錯，就吵架了。」

「吵架了？」

「於是，我們想說來報告這件事，並順便來膜拜本尊，就一同來見你了。」

「相親相愛地。」

「感情險惡地。」

田中踏一步向前，蹲下，戳戳黑頭上的章魚。

「這個真的不是章魚？」

「不需要待在水裡，也不吃飼料，所以不是章魚吧。雖然我也不確定。」

「會變大？」

「能變得很大。」

「不重嗎？」

「只會讓人覺得煩而已。」

「真的非常章魚的咧。」

「是的，非常章魚……的咧。」

黑受到影響也跟著說了。

「但是，為啥其他邪神不會冒出來？」

「這我也不知道。而且這傢伙原本是卡波．曼達拉特呢。」

「有這種邪神嗎？」

「沒聽說過耶。」

「那不是洛夫克拉夫特的創作。而是大洋洲司掌象皮病的神明。形象是寄居蟹。」

「不是章魚啊？」

「不是。話說，這傢伙一度也曾是精螻蛄喔。」

「精螻蛄？」

「是妖怪啊，妖怪。」

「不怎麼熟悉，但有聽說過。」牧野說。

「所以會變身嗎？」

「那算變身嗎？」

或許是吧。

「至少外型改變了。」

「是的，改變了。」

所以說變身也不算錯。

「所以那個叫什麼？卡波？小穗（註23）？」

「和植田正志先生無關，是卡波。」

「卡波和精螻蛄之間有什麼關聯性嗎？」

「應該沒有吧。」村上說：「我想完全沒有。」

「您是京極先生的那位妖怪專家朋友嗎？」

「兩位好，我是多田克己。」村上撒了個謊。

「你在騙我們。我記憶中多田克己不是長這樣。不過，既然妖怪專家的你這麼說，這兩者肯定沒有關聯吧。但是，難道沒有所謂的共通項目或相容性之類的嗎？」

「多少、些許、極小、微量地相似吧。但只限於水木大師所畫的圖之中。」
「在水木先生的圖中大概多像？」
「大概是約翰萬次郎年輕時期的肖像畫和槙原敬之的相似程度。」
「這太微妙了吧？」
「就是說啊。而且……」
黑回想起來。
和鴨下的見面猶如遠昔。
記得鴨下一開始是說「會走路的百里爺爺」。
她最初是提到這個。
這隻章魚一開始應該是那種會跟在人背後的妖怪。而且目擊者不是鴨下，而是第三者。最初只是一團走路時跟在背後的灰濛濛黑影，和啪噠啪噠或嗶嚓嗶嚓等妖怪比較類似。
那種怪異並沒有實體。
至少在水木大師將之繪成圖畫前，並不具有角色性。啪噠啪噠的插圖很有名，被製作成角色玩偶。但嗶嚓嗶嚓的話，依然沒有明確的形狀。
只有聲音和氣息。

註23：日本漫畫家植田正志的四格漫畫《人小鬼大》主角「小穗」發音與卡波類似。

所以是影子。

而這樣的怪異……

記得鴨下是說，車子在高速公路上飛馳時依然能夠跟蹤而來。時速恐怕超過一百公里。能跟上這個速度的怪異恐怕只有百里婆婆。江戶時代或明治時代的人類不可能以時速一百公里來移動。因此，並沒有能辦得到這種事的鬼怪。因此，應該是現代都市傳說的角色。

但為何不是老婆婆？

恐怕是因為鴨下是女性吧。

同時，也因為她一開始單純以為對方是跟蹤狂的緣故。

雖然同性戀跟蹤狂也不是不可能，當然會有，只是像鴨下這種類型的人，應該不會碰上這樣的情形。相對地，如果是老婆婆跟蹤狂也太可怕了點，還能以時速一百公里的極速移動。鴨下因為自己是女性，下意識認為跟蹤狂是男性的，使得老婆婆變成了老爺爺了吧。

然而——

能做到這種事的不可能是人類。

既然如此，是老婆婆還是老爺爺其實都不重要，但在這階段仍很模糊。不管如何，速度超過一百公里的話，肯定不會是人。

在這個階段，跟蹤她的怪異是一道在偷窺的黑影。

但是，鴨下對妖怪並不熟悉。興趣主要在於密克羅尼西亞神話的她，附插圖的妖怪書恐怕只看過黑推薦的水木大師著的《東西妖怪圖繪》。

所以她才認為是卡波．曼達拉特。

然而，黑把那個……

「斷定」為精螻蛄了。

如此斷定的不是別人，正是黑自己。

但那只是從會偷窺的屬性所導出的結論。

接著……他目擊到了。親眼目睹之後更確定了，就是精螻蛄。

難道不是嗎？

之所以斷定為精螻蛄是因為外型很像。外型類似卡波，具有窺視的屬性，根據這兩點，他在腦中想像出具體的模樣，並以此斷定為精螻蛄。換句話說，直到此一階段……

那個怪異才首度獲得形體。

結果是自己啊。

將那個怪異「變成」精螻蛄的人，就是黑自己啊。

「啊……」

大腸開始痙攣。

換句話說，這隻章魚是基於觀看者的認定來決定外型嗎？

平山或福澤等對妖怪不怎麼熟悉的人粗略地觀察，憑感覺描述的形象湊巧和克蘇魯相近，因為很相近所以……

又是黑自己。

寫過洛夫克拉夫特相關作品的不是平山也不是福澤，而是黑。

於是這個怪物又成了克蘇魯。

然後，在模樣變得更明確的時候，又被平山觀測，讓他更相信這是邪神。結果，反應了平山的邪惡而變得更猙獰的模樣被拍了下來，接著被同樣也喜歡洛夫克拉夫特的松村與黑木觀測到……

「所……所以這隻章魚是……」

「看來就是這樣吧。」牧野說：「應該就是能回應觀測者期待的妖怪吧？」

「很有可能喔。」村上也贊同：「之前在日本各地出沒的妖怪基本上都是如此。會以目擊者所知的模樣出現，隨觀測者的理解變化外型。」

「原來是這樣！但不是有影片嗎？」

「那是攝影者或製作人等攝影主體的腦中資訊覆寫了數位資料的結果。」

岡田說明。

「哇，好像科幻小說的情節。」

「沒有那麼愚蠢的科幻啦。這樣講會被科幻作家圍毆的，會被科幻迷痛打的。」

「所以在影像確定前，就能看到各種模樣囉？」

「似乎是如此。」岡田回答。

「但是不固定的話，所看到的妖怪是什麼不就沒個標準了？」

「屬性是固定的。」村上說。

「屬性？」

「先有會變大、會舔人、會撒沙等各類屬性，再隨著體驗到這些性質的人進行解釋……」

「會撒沙的不是老太婆嗎？」

「狸貓也會撒沙。名字也是屬性之一，假如有人先說是撒沙婆婆，其他人看起來就會變成那個模樣。」

「喔～因為那個角色太有名了的關係嗎？」

「應該是吧。」村上說。

「換句話說，這個是……」

「是……是我。」黑說：「是我做出解釋的，基本上都是我的問題。」

「喔？所以說，如果其他妖怪有人做出不同解釋的話，也會變身嗎？」

「不會。」村上回答：

「雖然偶爾屬性會重複，大部分的妖怪一經認定後，就維持那樣了。雖然有時會和設計一樣，出現類似衍生型的情況。總之，妖怪通常不會長時間現身。消失後下次再出現時，若被做出不同解釋，就會變成另一種妖怪。」

「但這個一直存在啊。」

黑指著頭上說。

「因為一直存在，所以才會變化吧。照這個理論，任何出現的妖怪根源都是相同的，只因觀測者賦予外型和名字……不對，不可能是這樣。因為都有所謂的百鬼夜行了……所以是先有屬性，然後……」

「這個，應該是某種妖怪『變化』的吧？」田中戳戳章魚，說：「假如牠的屬性就是能變化成各種模樣的話……」

「啊。」

「有非常多鬼怪具有變化能力，但川獺或鼬所變化的主要是人類。具有能變化成各種事物的屬性的……恐怕是狐狸或狸貓吧。不，狐狸應該沒辦法變成那麼多種類的事物。牠們大多變化成女人。而狸貓則具有能從無機物到其他鬼怪都能變化的特性。從大入道到一目小僧到轆轤首，其實都是狸貓變化而成的。狐狸就很少變成那麼沒品味的事物，雖然有狐狸被打倒後變成了石頭。另外，狸貓也能變化成器物。」

「文福茶釜，對吧？」

「記得在某些故事中，狸貓還變成火車過呢。」

「是的。明治時代有偽火車，是關於狸貓變成火車和真正的火車比速度，結果被輾斃的故事。此外，狸貓還能變成月亮或佛像之類的巨型物體哩。」

「所以……應該也能變化成邪神吧？」

「啊。」

黑從剛才起只會說「啊」。

「有時也會跟在背後惡作劇。」

「的確。」

「如果是古代，百里婆婆一定會被當成狸貓幹的好事。」

「肯定會吧。」

「記得也會附在人身上，難道不是嗎？」

「記得有所謂的……狸貓附身啊。」

「換句話說，這個應該就是狸貓了吧？」

就在田中啟文這麼說的瞬間。

「啊，你們看。」

及川伸出手指指向某處。

他指著黑的後腦勺。黑自己看不見。

全體望向該處。

黑覺得難以靜下心來。

肚子開始翻騰。

廁……廁所。

「這真的是章魚腳嗎？看起來一點也不像觸手。」

「真的，還有毛呢。」

「反正這也不是那種叫『章魚』的軟體動物，有毛並不奇怪吧？」

「可是，這怎麼看都像尾巴哩。」

「這麼說來……這是角？還是……」

「應該是耳朵。」

「果然是狸貓啊！」

慢著慢著。

狸貓？會敲腹鼓的那個？

雖然對黑來說，頭上那隻是什麼都無所謂，但營隊的信徒們知道這件事後……

又會如何呢？

廿伍

妖怪推進委員會掌握真相片鱗

「結果小黑怎麼了？」

京極問村上。

「這個嘛……」

村上含糊其詞，站起身來，故意抬起屁股，朝趴在沙發上的及川鼻孔放了一發。

「村上先生，請別這樣好嗎！」及川抗議，村上卻胡謅：「及川選手，你隨便放屁啊？這樣不行喔。」

「我？我沒感覺到自己有放屁啊。」

「你的腰部以下該不會沒感覺了吧？」

「是嗎？可是我覺得臭味好像離我很近耶。」

「抱歉，及川牌瓦斯我也敬謝不敏。」京極說。要作弄人時，這兩個人總是狼狽為奸。

「小黑現在很頭大吧。」村上很快就對放屁問題失去興趣。「事到如今，總不能告訴大家，他們崇拜的對象是狸貓吧？狸貓最愛的就是欺騙大眾啊。」

「畢竟是狸貓啊。」京極感到佩服。

那尊邪神原來是狸貓啊。及川見到祂的時候，模樣是阿撒托斯。

「那時超巨大的。」及川說。

「狸貓有時甚至能變化成天體。」京極說：「變成中秋明月，變成茶室，變成火車，狸貓最愛變化了。某則故事中的狸貓即使在露餡被殺後，經過數日仍未恢復原形，看來附在小黑身上的是修煉多年的老狸吧。」

「我能問個問題嗎？」真藤順丈舉手。

陪荒俣離開營隊移動過來時，及川等人和一些作家在妖怪村會合。

「關於京極先生剛才所說的事，內容上雖然沒問題，但這段話是以狸貓能變化作為前提，而且您還煞有其事地討論起來，這樣您仍要堅稱這世上沒有不可思議的事嗎？」

「當然。」

「真的假的。」

「我在說的是過去流行過的文化與傳說。」

「但如今明明在現實發生了。黑先生現在就在這附近，正因一隻不知是狸貓還是章魚的怪東西攀在他頭上而大感苦惱，不是嗎？」

「小黑他肯定很傷腦筋吧。知道內情的朋友全都來我們這裡了。以平山兄為首，包括東先生，全都過來了啊。還留在營隊的只剩水沫兄嗎？小黑的肚子現在想必又在……」

「一定又開始下痢泡沫經濟了。」村上說。

「就說了，那種形容根本莫名其妙。」

吐嘈的是河上前店長。

「怎樣，有意見嗎？」村上回嘴。

「沒有啊。」河上露出似哭亦笑的表情回答，嘴裡依然碎碎唸著「根本莫名其妙……」

他的抗壓性變得比以前更高了。

然後——

及川的腰仍在痛。

從樹海走到別墅地帶的過程十分艱辛。

其他人嘴上冷漠，仍然出手攙扶他，但那不是傲嬌，他們從頭到尾嗆著「怎麼不快點死啊」、「唉，真想拋在這裡」、「把他推下去吧」、「乾脆燒掉」等狠話。

而且……他們是真心這麼想的。只不過如果及川真的死在半路的話，對所有人都是樁麻煩，所以才勉為其難幫忙的。攙扶總比挖墳輕鬆多了。不對，萬一真的死了，他們肯定會直接棄屍吧。

對及川而言，能活著抵達這裡就算萬幸了。

「真的不懂耶。」真藤說：「我聽不懂下痢泡沫經濟想表達什麼，但狸貓變化也難以理解。」

「下痢泡沫經濟姑且不論，狸貓變化主要是根據文化中的約定俗成來規定其存在，再根據解釋者腦中的意象來規定其形體與性質。這是一種文化上的規矩。」

京極說：

「至於現在為何會變如此，理由我並不清楚，但既然已經發生了，就沒什麼好不可思議的。不懂箇中道理的事情所在多有，難道要將之全面定義為不可思議嗎？那樣的話，和原始人又有何差別？難道不是相信其中必有因的心態才催生了科學，帶來了文明？還是說，你想讓人類偉大的步伐復歸於無呢？」

「當當當……當然不是！」

真藤搔搔發亮的光頭。

至於及川，剛才聽到原始人這個詞的瞬間略略產生反應，覺得這樣的自己很丟臉。現在他穿著內褲，已經非常接近智人了。

「嘿嘿嘿。」

京極不懷好意地笑了。

有時總覺得這個大叔似乎跨越了不該跨越的一線。

「及川，你腦中在想著什麼對吧。」

「我什麼都沒想。我是沒能成為人類的業界猿人。只求早日成為人類。」

「放棄吧，你是辦不到的。話說回來，黑史郎作為數百人大營隊的頭目，現在也仍扮演著邪神使者嗎？」

「還在演哩。」村上說：「雖然他比較想加入我們這裡。不過，他也沒打算一直持續下去，反正也不可能。萬一害營隊受到攻擊，肯定會死傷慘重，如果在這緊要關頭發現賭命保護的不是崇高的邪神，而是愛惡作劇的狸貓的話……」

「大概就像費盡千辛萬苦總算抵達亞歷山大城，等候自己的卻是坂田利夫（註24）這般落差吧。」木場貴俊打趣地說。

「這什麼爛比喻嘛。」久禮旦雄吐嘈。「雖然感覺上不是不能理解。」

「這種事感覺上能理解就夠啦。」

「哪種事啊？」

「你們不要打斷話題啦。」

松野倉制止兩人。

「呃，總之……他打算伺機而動，慢慢地……」

「不行不行，想軟著陸有困難吧。還不如直接宣告『這傢伙其實是狸貓唷呵～』比較快。」京極說。

「等等，京極先生，『唷呵～』是什麼鬼。」黑木吐嘈。

「順勢講的。」

「順勢講的？『唷呵～』耶？」

「幹嘛？有意見嗎？黑木。」京極瞪人。「不……不敢。」黑木滿臉苦澀地說。雖然少有往來，但及川對黑木受到的對待產生親近感。

「可是真的很難說出口啊，考慮到數百位信徒的心情的話。他們每個都是認真的耶，真心誠意地信仰著邪神耶。」

「所以才說你不行啊，黑木。」京極說。

黑木垂下頭，「怎麼連京極先生都這麼說……」說出意義不明的話。

「既然是真心誠意，那就更應該說啊。把真相說出口。」

「不，可是……」

「我說啊，這種事拖愈久只會愈難開口。既然是終有一天會曝光的謊言，早日公開真相才是明智之道。」

「是這樣沒錯，可是……」黑木欲言又止。及川忍不住替他打圓場：

「那種情況……真的很難說出口啊。」

「就是說吧。」黑木附和。

「所以說你不行。」京極再度批判：「居然還被及川這傢伙贊同……」

幹嘛說到一半就不講了？

及川很想知道接下來京極要說什麼。「居然」是什麼意思嘛，「居然」。

「黑先生不是存心騙人的。他不是說謊，他本人之前也不知情啊。」

「但他現在已經知情了，還不公開的話就是騙。愈延後公開真相，就騙得愈久。這樣一

註24：隸屬吉本興業的老牌搞笑藝人，通稱「蠢蛋坂田」。

來與詐騙又有何差別？早點說也能早點止血。況且邪神崇拜團體是各自決定參與，各自決定要保護邪神的，又不是小黑拜託他們的。」

「是這樣沒錯。」

「大體說來都是如此。有一顆愛護動物之心當然很偉大，但我們永遠不知道動物受到人類保護是否很感謝。又不是動物自己來拜託『保護一下唄』。」

「動物不會說『唄』啦。」黑木說。

原來如此，這個黑木天生習慣吐些不上不下的嘈，及川總算懂了。見不賢而內自省。及川往往也會犯這個壞毛病。

「慢著，動物根本不會說話吧。」村上吐嘈。的確是這樣。

「不過，邪神的信徒姑且不論，動物的話，責任的確在於人類身上啊。」

「嗯，但在長遠的地球歷史中，有無限多的物種滅絕了。被人類滅絕的話，原因當然在人，但那是把人類視為一種特別的存在才會有此說法。若將人類視為生態系一部分的話，事情又另當別論了。這世間啊，往往只會變成它該變成的模樣吶。」京極以老頭子般的聲音說：「不管要怎麼對抗，怎麼忤逆，終究逃不出如來佛的手掌心啊。」

「京極先生，似乎偏離討論的主題了？」

「真的，不知不覺間變了。」

「原本在談什麼？」

「我們在討論黑史郎今後何去何從的問題啦。總之他絕對說不出口的。」黑木重複：「我知道我這個人不行，但現在真的不是說什麼『唷呵』或『唄』的輕鬆狀況啊。你們如果看到信徒們的眼……」

「長了很多顆眼珠子嗎？」京極開玩笑說。

「是百目還是目目連（註25）？」村上接著說。

前店長河上曾用「目目連」當成自己的代號。聽說身為簽名書迷的他到處參加在東京一帶舉辦的簽名會，讓許多偉大的漫畫家或厲害的作家們簽下「致目目連先生」這行文字。若該名作家是妖怪愛好者也就罷了，一般人根本沒聽過這種怪名字。因此，作為一名擁有奇妙名字的男人，河上在部分作家之間很有名。

「拜託，別再打斷話題了，京極先生。您這樣與平山先生幾乎沒有差別啊。」

「被人這麼說我很遺憾。」京極繃著一張臉說。

這群人根本像是為了打斷話題才參加對話的。雖然及川的腰是真的快斷掉了。

「村上先生也看過了吧？那些信徒的眼神。」

「嗯，看過了。很像瘋狂信徒啊。」村上說。

「真的那麼恐怖？」久禮問。

註25：均為有許多眼睛的妖怪。

「不，一開始還好。但在靠近樹海後，大家都彷彿變了個人似的。」

「或許是群體心理的問題。」木場說。

「木場的分析總是這麼粗略。」京極傻眼地說。「唉，小黑個性太老實了。雖然他會盡可能說得委婉一點。」

「既然如此，何不乾脆開溜呢？」及川如此認為。完全欠缺思慮。他說：「這樣的話，那些信徒應該頂多找個幾天，如果都找不到的話，應該會自然解散吧？」

「呃……雖然不太好，也許是不錯的策略。」

「嗯，似乎不錯。」京極也贊同。「及川，你現在回營隊對他建議吧。」

「咦～」

「當然是你親自去，用走的，快去。」

「可是……」

「別找藉口。」

「沒錯，別抱怨。」幾乎在場所有人同時說。

及川的扭曲個性讓他感覺到某種階級差距。

「黑木先生，要不要也一起來啊？」及川試著問，立刻被拒絕了。

連底層也有階級差距嗎。階級差距內的階級差距。

「對了，荒俣先生呢？」

京極問，村上看了一眼窗外後，答道：

「他現在和郡司兄一起去向大師報告中，等結束後似乎有事要向大家宣布。」

唉。

既然都說「唯有」荒俣先生必須救援，他想必掌握了某種資訊吧。就在及川被澆溫水的時候，荒俣先生肯定在大浴場進行諜報活動吧；就在及川喝著清清如水的湯的時候，荒俣先生肯定邊大快朵頤豪華餐點邊打探消息吧；就在及川被人監視上廁所的時候，荒俣先生也在監視敵人吧。就算當初「唯有」荒俣先生被救援回來，相信有他就夠了。

唉，及川個性果然很扭曲吧。器量狹小，屁眼窄小，心胸狹窄，度量有限，人格卑劣。

不，連人格都稱不上。

因為他還不是人類啊。

不久，人群聚集過來了。

是非合法地佔據了這個別墅地帶——通稱祕密村——的妖怪難民代表們。全都是名人，大部分都是會在公開場合露臉的公眾人物。

也有演員。

例如，曾登上世界妖怪會議講台的佐野史郎先生，以及在電影中飾演過加藤保憲的古怪演員嶋田久作。

如果是參與妖怪電影演出的人物，像是鬼太郎電影中擔任過貓女的那名女演員，或演過天狐的那名女演員，以及曾經演過妖怪人間貝拉的那名女演員的話，感覺就算出現在這裡也不意外，但是沒有。不只如此，連飾演鬼太郎的Wentz瑛士也不在。沒有貝姆，沒有貝洛，也見不到演怪物王子的演員。也許是靠著事務所的權勢力保他們沒事吧。

飾演第二代加藤保憲的豐川悅司先生也不在。

不過扮演撒沙婆婆的室井滋小姐倒是在場。

看來不是事務所，而是個人嗜好的問題吧。

沒看到間寬平先生，不過初代子泣爺爺赤星昇一郎先生時常見到。

他的名台詞是「會作夢喔」。雖然很舊了。

假如由利徹先生或奧村公延先生仍在世的話，肯定會在這裡吧。不，仔細想想，緒形拳先生也演過滑瓢，忌野清志郎先生也一樣。

唉，真想再見這些飾演過滑瓢的人啊，默哀。

漫畫家的話，除了狗狗是夜叉的小子們的那位大師、又潮又虎的那位大師，或在地獄擔任教師眉毛很神的那位大師以外，從年輕人、中堅漫畫家，到大師級人物，可說百花繚亂，或說豪華絢爛。及川沒有直接擔任過這些人物的責編，所以不敢直呼其名諱。

此外還有怪物君那位老師、炎魔君那位老師、妙殿下那位老師，以及友人帳那位老師、憂鬱那位老師、少爺那位老師等等。當中最醒目的，是身上老是穿著紅色橫條紋T恤、喊著「咕哇西！」、媽媽很可怕的、很嬰兒少女的那位大師中的大師。

真不知道他究竟準備了多少件這種橫紋T恤啊？

當然，在《怪》執筆過的唐澤直樹先生或志水明小姐、今井美保小姐也在這裡。

如果現在整個國家很正常的話，這個連載陣容——不，是避難者——恐怕會豪華到讓人昏倒吧。

說起以妖怪為題材的作品，比起小說，漫畫更是壓倒性地多。京極曾說妖怪不適合小說。但怎樣的內容才該歸類於妖怪漫畫其實不容易界定。

日野日出志先生或古賀新一先生的作品或許會被歸類於神祕學或恐怖類吧，但他們是自己主動前來這裡的。至於伊藤潤二先生，由於夫人石黑亞矢子徹底是個妖怪畫家，所以舉家前來避難。

諸星大二郎先生在事態惡化前早就移居這裡，至於鳥越幹雄先生或結城正美先生總覺得是隨興所至才來的。兒嶋都先生就算來這裡也不意外，但他似乎跑到美國避難了。

雖說……不管是神祕學還是恐怖、懸疑或怪談，如今都同樣遭到人們忌恨，所以是同病相憐。不過，聽說怪談類和奇幻類的相關人士，不管是漫畫家還是小說家，現在都遷往其他場所——北海道附近。輕小說類的也大批遷居到那裡。

也許是想和妖怪劃清界線吧。

可能因為如此，那個領域的作家只有參與克蘇魯營隊的人們在這附近。就算在《怪》連載過的小松愛美爾小姐比較接近妖怪這邊的人；和像圓城塔先生這種受到家人連累，只能跟著來的類型就很令人同情了。圓城先生的伴侶田邊青蛙小姐原本就是及川等人的妖怪夥伴，也寫過怪談，是個妖怪與怪談混合型的麻煩人物。另一方面，恩田陸小姐或畠中惠小姐雖然也曾是《怪》的連載作家，卻選擇了逃往北方。

另外，及川特別在意的是聲優們。

他曾在這個妖怪村見過某一時期讓人懷疑是否全日本的少年聲音都由她包辦的野澤雅子小姐。畢竟初代鬼太郎、炎魔君、第二代怪物王子都是她配的，這也沒辦法。不僅如此，小宏、鐵郎、剛八與悟空也全是這位女士配的。

她身旁有個很像《小雙俠》系列中的伯亞基的人，其實就是伯亞基本人——演過木棉妖的八奈見乘兒先生。雖然木棉妖不算他的代表作，但演過三期和五期兩次的木棉妖，還唱過兩首形象歌曲，會來這裡也是無可奈何的。

龍田直樹先生也因為演過兩次塗壁和一次木棉妖而遭到連累。

千葉繁先生對及川而言是《福星小子》動畫版的眼鏡，但第三代鼠男的衝擊性更強烈。這些前輩級的聲優就算出現在這個小小避難村也不意外……或者說，他們其實也是不得已的。

另一方面，三期、四期的鬼太郎——戶田惠子小姐和松岡洋子小姐的身影倒是沒看見。

應該不是因為瑪蒂達中尉或珍葳艦長的緣故吧？懷疑是因為這兩位都曾在昔日公共頻道的晨間連續劇擔任過旁白所以才沒事的，但應該不是那麼簡單吧。

然後，在第五期《鬼太郎》擔綱的聲優們，以飾演鬼太郎的高山南小姐為首，今野宏美小姐或山本圭子小姐、高木涉先生等，幾乎全員集合了。每個人都各自擁有其他的代表作，之所以會出現在這裡，大概是因為個人喜歡吧。

喜歡鬼怪。

其他還有許多光提起名字就足以讓人興奮得昏倒的人氣聲優。不，及川是真的快昏倒了。

假如富山敬先生、田之中勇先生、大塚周夫先生或永井一郎先生還活著，恐怕也會在這裡吧。一想到這點就深感遺憾。

及川一直都是當漫畫編輯，也喜歡動畫，當然開心得不得了。

就連之前的出版社宴會也沒這麼豪華啊。光映入腰桿子虛弱的及川眼簾的面孔就已如此豪華，目光所不能及之處肯定也有很厲害的人吧。

然後——

總數上百人的各界精英聚集在前別墅管理事務所——看似登山訪客中心的大廳裡。

這裡算不上寬敞，但有挑高，不至於悶熱。

只是難免有擠沙丁魚之感。

大家都已疲憊，也感到不安。

走避至此已過了一年。季節也過一輪。夏季的避暑聖地到了冬天只是冰冷的山地。沒有工作，沒有糧食，不知道何時會被襲擊。這樣的將來說不擔心才奇怪。

——算了。

就算沒有希望，人也不會死。

即使是在毫無希望、一絲展望也無、一點點的愉悅也沒有、連分毫自由都不存在的生活中，人也不會死。即使是在那毫無希望只剩絕望的日子裡……

也還是沒死啊，及川史朗。

及川還活著。雖然腰痛得不得了。

就算沒辦法進化，好歹有進步。

他跨越試煉了。雖然有受到幫忙。但就算有借助他人力量，他也還是跨越了。

我變強了喔，史朗。及川給自己打氣，並在心中鼓勵在場所有人：大家一定沒問題的，別放棄喔。

只要不放棄，總有一天道路將會變得更寬廣。就算什麼事也做不了，說不定也會有不知從何而來的援手，只要當個好孩子的話。

及川試著沉浸在正向思考中，但一點效果也沒有，反而愈來愈消沉。未來根本不是什麼康莊大道，不能跨越障礙只有死路一條，根本沒有人會伸出援手。及川陷入嚴重負面思考，終究只能向下沉淪。

這次不會有人來救援的。

瀰漫著這種氣氛。

每個人都保持靜肅，不苟言笑。

臉上還保持微笑的只有多田克己。多田和他以前舉辦的妖怪教室的學生談笑。聽不清楚他們在聊什麼，只聽到他那音高八度的嘻嘻笑聲。神社作家宮家美樹或超人氣妖怪圖章製作者真柴順也在多田身邊談笑。也許在聊動畫吧。

真想加入那個圈子。

想逃避現實，大聊特聊有趣動畫的事。

正當及川深吸一口氣，想大喊出「二次元萬歲！」時。

一陣緊張的浪潮襲來。

在郡司的陪同下，荒俣宏在出口現身了。他們和水木大師的會談結束了。

兩人靜靜穿過群眾，走到樓梯平台上。

「請大家安靜。」

呃，前編輯顧問，現場已經很安靜了。

「妖怪難民社群的各位，接下來要請世界妖怪協會顧問．荒俣宏先生向大家報告現況，並提出今後的建議。報告姑且不論，建議頂多是建議，完全沒有強制性。我們沒有權力強制各位。雖然為了方便起見，採取組織的體裁，但我們世界妖怪協會並非組織。全日本妖怪推進委員會或東亞怪異學會也一樣，現在也早就解體。匯聚在此的各位大多數只是曾與妖怪有過關聯，或單純喜歡妖怪而已。當中也有人和妖怪並無多深的淵源。然而，沒有個稱呼總是不太方便，姑且暫稱為妖怪聯盟吧。實際成員形形色色，也有真正的笨蛋。因此，我想在此挺起胸膛宣稱我們乃是一群烏合之眾。自由與隨便實為妖怪的精髓，請各位自由去做自己想做的事吧。想逃跑或想留下都可以。要背叛也可以。無須相互怨恨，只要是贊同我們理念的有志之士再參加即可。完畢。」

這番話意外帥氣啊，郡司前編輯顧問。

的確，妖怪這邊除了單純的笨蛋以外，也有相當多的一般人士。除了水木大師地位崇高，其餘人物並無上下之別，彼此之間也不見得一直都是相親相愛，而是經常背叛的。這裡沒有人認為必須為了什麼而死或必須捨命保護什麼，也沒人認為自我犧牲很了不起。與其死去，還不如割捨。必須捨命的話就沒有保護的必要。就算想犧牲也沒有犧牲的效果。萬一死了，雖然可憐，也只能拋下不管。

這麼說來，有句話京極常掛在口上：

執著要深，放棄也要快，這才是存活的訣竅。

乍聽似乎前後矛盾。假如執著於某事，免不了變得盲目，然而已經過去的事怎樣也無法挽回。此即所謂的覆水難收。既然如此，早點放棄轉換心情比較聰明。只要仍有挽回餘地，就該堅持下去。一旦決定放棄，就該徹底斷念。

京極也曾說過：該反省，但不該後悔，這才是成功的祕訣。

這句話也很有道理。反省很乾脆，後悔卻很難看。

只是，在知道松岡修造（註26）語錄中也有相同的話時，他就絕口不提這句標語。

原來這件事令他有點受到打擊嗎？

不管如何，妖怪相關人士會背叛人，但被人背叛也不會懷恨。去者不追，來者不拒。背叛即敵人，回歸即朋友。畢竟彼此都明白對方是笨蛋，所以不會太信任對方。雖然交情不錯。

水木漫畫呈現出來的也是這種冷漠風格，所以妖怪迷們或多或少都認為應當如此吧。因為是那樣，所以才會變成這樣的吧。

「各位！」

郡司退後，荒俣往前。

「重新自我介紹……我是荒俣。我有一件重要的事要告知，只好請各位聚集在此。剛剛我和水木茂大師商討過，也確認過大師的想法與意志，在此向各位報告。」

荒俣深深鞠躬，接著說：

「過去一個月，我遭到囚禁，被關在內閣官房附屬特務機關管轄的收容所裡。」

現場一片譁然。

註26：日本網球選手，以熱血與活力聞名，說過許多激勵人心的名言。

「目前，這個國家正瀕臨瓦解。相信不用我說，各位也看得出來。這是建國以來——該以何時作為國家成立的起點我不確定，至少，當前狀況若說是這個蕞爾小島上有人居住以來最大的危機，恐怕也不為過吧。過去曾出現過多次前所未有的天災地變，發生多次因為掌政者的錯誤判斷而導致的戰爭等人禍，以及數次對這個島國而言可謂之是國難的災厄，我們均跨越過，並成功復興了，這是為何？因為我們是『笨蛋』！」

荒俣斬釘截鐵地說。

咦？是……這樣嗎？

「是的，假如不是笨蛋，我們無法撐過！沉痛的心情無法帶領我們跨越那場可憎的戰爭或痛心的災害。不，說不定我們還沒跨越吧，但因為是笨蛋，自以為已經跨越了，直到現在。難道不是嗎！」

荒俣慷慨激昂地反問。

「但那也無妨。完美的世界並不存在。人類天性愚蠢，會犯錯，會失敗。害怕失敗的話什麼事也辦不成。就算能不搞錯、不失敗地辦好事，也不可能有能讓成千上萬的人都能接受的事物。必定會有人不滿。每個人都抱持著不同的想法與態度。不管是思想或宗教或文化或性向都不同。我們無法消弭這些差異，也不應如此。此外，即使是想法相似的人聚集在一起，依然會產生爭吵。難道不是嗎？」

的確沒錯。

樂團會因為音樂理念不同而解散。夫婦會因為性格不合而離婚。原作者和作畫者會爭搶著作權而分裂。御宅族夥伴會針對角色的關係性而選邊站。名門望族會因為遺產而自相殘殺。

明明這些人原本彼此之間都有著牢固的連結與不變的羈絆。

仔細一想，所謂不變的羈絆應該在真正不變時才如此稱呼，不應在中途就擅自宣稱。這是事後才能追加的稱呼。那些自稱的不變羈絆，往往會因無聊的理由就斷裂了。

因此，用個籠統的名稱將某種部分相似的人們統稱起來的粗糙分類法，並不能讓這群人的彼此關係圓滿。爭吵的種子潛伏於各處，一有機會立刻發芽。

畢竟連牧野修和田中啟文都吵架了。雖然看起來不像。

荒俣接著說：

「悲劇在任何狀況都會發生，不管多麼周延地防範，永遠會有意料外的事態出現。所以，我們只能把意外視為一種必然來對應。只能看作是一種不可能防範的事故來對應。但是，該怎麼做？悲傷或辛酸難以忘卻。人們常說要謹記在心。但如果一直緊抓著傷痛不放的話，我們將難以健康茁壯。憎恨和怨懟難以割捨。但常存心中的話，鬥爭也永遠無法消除。然而，如果是笨蛋的話，就能『迷糊地』忘記了。」

荒俣說：

「難道不是嗎？迷糊地忘記。不管發生多麼嚴重的狀況，笨蛋們都能耍迷糊啊。這樣的迷糊雖會招致重大過失，有時卻也能成為原動力！是迷糊八兵衛（註27）！」

該不會在開玩笑吧？

「事實上，八兵衛在茶店吃糰子的場景和事件毫無關係。八兵衛也不會參加在拿出印籠前的偵查行動。八兵衛在故事上是不必要的。但是沒有八兵衛的水戶黃門，實在是太緊繃了。這名派不上用場、對劇情發展毫無建樹、好色貪吃、總是一臉愛睏貌的笨蛋角色，其實是這個作品世界中的潤滑劑！聽好，就是設計出這樣的角色才叫做游刃有餘。」

底下傳來一片讚嘆聲。

「光忙著寫劇情主線就無暇他顧的三流劇本中，沒有八兵衛登場的餘地！光只會說明故事的三流編劇不可能擺放八兵衛這樣的角色。另外，光是支付黃門的酬勞就花掉全部預算的話，就無法找來高橋元太郎演出。影集時間長度不夠，只能剪掉一些場景的時候，率先會被剪掉的就是茶店場景。因此，唯有在結構上、預算上、時間上都充滿餘裕，才能讓八兵衛耍迷糊。各位，光是演出劇情主線就結束，彷彿摘要版內容的戲劇真的有趣嗎？那種劇本真的有演出的空間嗎？假如因為沒有預算只能讓黃門和惡代官登場的話，這樣的內容作為戲劇還能成立嗎？各位能容許因劇集長度不足，只好砍掉旅途場景的《水戶黃門》嗎？在行經隘口途中，見到茶屋時連吃個糰子的餘裕也沒有，又怎麼能提供觀眾們娛樂呢！」

荒俣重重拍了一下樓梯扶手。

「建築物很堅固，不代表就能對抗地震。唯有具備能讓震盪散逸的結構才能真正對抗地震！只要是會運轉的機構，必定會留有『間隙』。精密機械也會設計『間隙』。留有餘裕就是一種娛樂的表現。沒有娛樂的人生怎能愉快？」

荒俣振聲疾呼：

「所謂的娛樂正是一種多餘。滑雪不過是在雪上一路跌落的過程，棒球或足球也對人生毫無幫助。就連繪畫或小說……也都是多餘無意義的事。」

說完，荒俣又用力拍了一下牆壁。

「多餘多餘多餘，人生正是多餘的積累。但就是那樣才好。只有在工作時才必須提高效率。提高工作效率，剩餘時間就來享受這些多餘，這才是有文化的人類的正確姿態，你們說是吧！」

荒俣指著聽眾說：

「至於我們，工作本身就是在創造這些多餘。京極，你是個小說家對吧？」

「我寫通俗小說。」京極回答。

「小說根本是多餘的代名詞吧！就算這種事物不存在，人們也不會活不下去。不管是漫畫或電影都一樣。各位覺得如何？你是漫畫家，而你是動畫作家，至於你則是演員，你們全都是多餘的啊。所謂的藝術，徹頭徹尾是多餘。連娛樂也只是多餘。而多餘又是什麼？其實

註27：日本時代劇《水戶黃門》系列中的甘草人物，TBS版中由高橋元太郎飾演。

就是……笨蛋。」

荒俣說：

「人啊，若沒有愚笨的部分是不行的。啊，所謂的笨蛋並不是指頭腦不好……不對，或許頭腦真的不好吧，但我這裡的意思並非如此，簡單說，我不是指事物處理能力不高，應用力差，記憶力不好，不懂臨機應變這方面，而是是否能與上述的多餘和平共處的問題。而將這些多餘具體化而成的……就是妖怪。」

荒俣宏毅然說道：

「就算有什麼不可思議的事，別去管它就好了。根本不會造成困擾。外行人不明白的事多如牛毛，如果討厭無知，就去問專家，或者乾脆自己學習，認真研究即可。但凡人們往往不肯這麼做，又想知道其中理由啊。所以才會隨便編造出似是而非的空想來說服自己。那就是妖怪。」

荒俣說：

「妖怪完全是多餘。徹底多餘。妖怪既不是事實，也不能填飽肚子。另一方面，人們有時得面對悲傷的現實或不合理的後果，例如生老病死或天災，這些絕對無可避免也無法消弭的事無疑存在著。那或許很悲慘、莊嚴而嚴苛。但如果把這些可怕的現實置放在多餘的世界裡，使之擬人化、卑微化，在這裡將之打倒，加以嘲弄，甚至馴養！這也是妖怪的一種面向。」

荒俣說：

「這種行為，無疑也是多餘，而且是極為巨大的多餘。只是求個心安。因為現實什麼變化也沒有。就算這麼做，該死的時候還是會死。但是，人類活用了這些多餘。就算不出社會也可以，當個啃老族也可以，沒異性緣也可以。用不著當個活躍的人，只要能馴養這樣的多餘，人就能活下去。就是這樣！這就是妖怪的真面目啊。」

荒俣說到這裡，暫停演說。

現場一片靜寂。

「日本人民很擅長操作這種概念。當然，其他國家也有類似的概念。創造力會創造出多餘。但是，小心翼翼地呵護著這些多餘，跨越時空，將之重新利用、重新生產的文化並不多。民間故事或迷信在現代已被打倒，神話或傳說也被整理過的信仰淘汰，變成過去的遺物保留在博物館裡。但日本不同。多餘成為一種角色，在動畫、漫畫、電影或小說中一代代地繁衍，存活下來。這就是妖怪啊，妖怪！妖怪正是多餘的化身啊！」

荒俣說到此，再次暫停演說，環顧現場聽眾。

不知不覺間，表情變得氣宇軒昂。

「那麼，咳咳……」

這名偉大的作家清咳幾聲。

「日本現在變得……很奇怪。相信在場的各位比其他國民更清楚這個事實。我們這批人被迫得在此過著隱遁生活，這點明顯就是件奇怪的事。但是，到底是奇怪在哪裡，恐怕沒人清楚癥結在哪。如何？有人能說明白嗎？」

荒俣發問，再次環顧現場。

對於他的問題，恐怕沒人能回答吧。明知很奇怪，卻因程度太高，範圍太廣，已經分不清什麼是正常，什麼是奇怪。就算不考慮妖怪和其他種種問題，在如此異常緊張的人際關係之中也無法輕鬆過活了。

荒俣的視線轉回正面，大聲宣告：

「我直接說結論吧。因為多餘……消失了。」

底下議論紛紛。

一般而言，人們都喜歡毫無一絲多餘。

「請安靜。這件事和同時發生的妖怪騷動容易被混為一談，但並不一樣。雖然根源是一樣的，但還是請分開來思考吧。世人將混亂的原因鎖定在妖怪，以致於使我們受到了迫害，但妖怪不是原因。毋寧是結果。關於這點，我會說明。」

荒俣說：

「換個說法吧。全體國民失去了餘裕。人們失去了原諒人、放過小錯誤、敷衍、掩飾的裝迷糊部分。雖然某種意義下，這樣並沒有錯，但笨蛋度壓倒性不足，造成幸福度也直線下滑。感覺不到幸福，只好對外尋找理由。以為除了自己以外，每個人都是錯的，只要導正他們的錯就能獲得幸福，結果就是失去了更多餘裕，變成這個疑心生暗鬼，充滿暴力與愚蠢的社會！各位，在光芒的照耀下產生影子，才能看見事物。只有光的話，一切事物都看不見！這個世間，除了聰明之外，也需要等量的笨蛋。笨蛋太少的話，聰明也會失去意義。沒有多餘，對事物並不會更有幫助。沒有間隙的話也無法維持結構。我們需要餘裕。至於餘裕為何會消失……從這裡開始才是正題。」

荒俣態度嚴肅地說。

沒人有多說一句話。

現場鴉雀無聲。雖然被人說「你們不夠笨」仍一臉認真地聆聽的聽眾也很奇怪。

「因為我們的餘裕被『吸走』了。」

咦？

呃……

瞬間，在聽眾間掀起一陣騷動。

「我不是在說笑。」荒俣粗暴地說：「是真的被吸走了！國民的！笨蛋部分！」

「請問……」

京極舉手了。長期的流亡生活似乎讓他的身體狀況不佳，手舉不高。他的肉體年齡恐怕是這群人當中最高的吧。

「這是……一種比喻嗎？」

及川想，會這麼問很正常。

「不，並不是，是真的被吸走了。咻嚕咻嚕地。」

荒俣噘起嘴巴，做出吸東西時的嘴型。

呃……吸走是什麼鬼嘛。

是誰吸的？怎麼辦到的？太蠢了吧。

笨蛋很重要，這及川也明白，身為笨蛋的及川應該對這種說法感到高興，實際上他也很開心沒錯，但那個和這個又是另當別論。

吸走……到底是誰？怎麼辦得到這種事？

雖然有妖怪出沒的現實也很扯，但如同京極所言，會變成這樣總是有某種理由的。

妖怪雖能被看見，但沒有實體。然而，如果真能吸走餘裕的話，總該有個進行吸收的實體吧？難道除了可視化的妖怪以外，還有某種實際存在的物體嗎？

類似吸血鬼那樣吸走了？真的存在著這種東西？

不可能吧？吸笨鬼。要從哪裡吸收啊。

這裡正是吐嘈說「白痴啊，這種東西哪有可能存在！」的好時機。這句話若非出自荒俁，而是及川的話，早就被日本全部國民吐嘈了吧。

京極一臉困惑。當然，他一定無法接受這種說詞。

「我明白餘裕很重要。但餘裕是一種精神上或心理上的概念，而非生物學上的某種特定反應……雖然很難說明，總之是在多種局面下會發生的概念，而您說這個被吸取了……呃，這不就代表這個概念在物理層面上能被切分開來嗎？」

等等，居然吐嘈那裡？

不是該先吐嘈是誰吸取的嗎？

「唉，要說是否在能物理層面切離，的確很難回答，但實際就是被咻嚕咻嚕地吸取了啊。」

荒俣又噘嘴做出吸取動作。

京極歪起頭來思考。

「呃，我想說的是什麼被吸走了？這點我不明白。例如說，是吸取了腦中分泌的物質嗎？像腎上腺素，或者能分泌這些的細胞或酵素，或者特定區域的神經元，或者突觸被破壞等等……算了，這種部分要怎麼想像都行，但老實說，如此荒唐無稽的想像……」

及川想，這些很荒唐？吸笨鬼這種發想豈不更荒唐？因為及川個性扭曲，才會這麼認為嗎？

「這個嘛，應該不會吸那種東西。不是吸取物質。」

荒俣如此回答。

所以……應該不是吸笨鬼吧？如果被咬被吸就能減少愚笨度的話，及川倒是想主動被吸取。至於雷歐☆若葉的話，一旦被吸，恐怕什麼成分也不留了吧。

「倘若不是物質，那又是什麼？」

「應該說，是感到餘裕的機能被吸走了才對。」

「機能？」

「是的，雖然不是個好比喻，姑且用放射能來當例子吧。似乎有很多人誤會，其實會放出放射線的是放射性物質，對人體有害的則是放射線。所謂的放射能，就是指放射性物質放射放射線的能力。那麼，首先該處理的應該是放射線吧？只要能阻擋放射線，就不會造成影響，就能防護。但放射線的源頭是放射性物質，只要放射性物質還存在，就會一直放出。因此，若能把物質除去，就能免於危險。但是，假如把放射性物質除去放射能的話會如何？」

「那就不再是放射性物質了吧？荒俣先生。」

「是的。那就只是一般物質而已。不會放出放射線。就是如此。」

「所以被『吸取』的是人們能產生餘裕，或說能感到餘裕的『能力』嗎？」

「雖然我不明白其中緣由，簡單說來就是這樣。失去能力的話，結果來說腦內物質分泌也會失衡，或許會造成部分神經突觸壞滅，轉變成憂鬱症而失去情緒。但這是結果。」

「嗯……聽起來真是可怕。」

京極說。

居……居然能接受這種說法？

「好吧，我理解了。」

居然理解了！

「那麼，先不討論原因。假設這種事情真的可能發生，吸取者又是誰？」

「是戴蒙。」

「啊？」

「太古時期毀滅過無數都城，被聖賢親手施以強固封印，深深埋入巴比倫地底之中的最古老且獨一無二的魔物……」

「等等，那個不是那個嗎？」

多田提出疑問。

「只用指示代名詞誰聽得懂啊。」村上吐嘈。

「會嗎？不就是那個嗎？不是嗎？」

「雖然我知道你想講啥。」

「那不就得了。明明就聽得懂嘛。」

「我是在說，我們之間聽得懂，別人可不見得啊。荒俣先生想說的是大映過去拍攝的電影《妖怪大戰爭》中登場的妖怪頭目吧？巴比倫的吸血妖怪戴蒙。」

「可是那個是創作吧？沒有這種傳說存在吧？」

「我也不清楚，但應該有參考什麼傳說吧？外型的設計暫且不論的話。」

「是的，這是有『原典』的。」荒俣說。

「所謂的『原典』，意思是過去的傳說中，有近似這種妖怪的魔物嗎？記得daemon在希臘文中是指一種『靈一般的存在』？」

京極問，荒俣回答：

「是的。雖然翻譯成靈並不妥當。那是一種非人類的超自然存在——也可能是非存在，所以說祂是一種存在並不是很恰當。總之daemon是所謂的導引靈，但不是類似《背後的百太郎》的那種背後靈。有的會導引人向善，有的會導引人向惡。換句話說，是一種不具善惡屬性的超自然存在。只是，後來由於基督教的崛起，善的部分全部都被奪走了。」

「變成惡魔了啊？」多田克己說。也許是在問吧。

「簡單說來或許是如此，不過所謂的惡魔是與神——一神教，尤其是基督教——成對的概念。作為神的對立者而產生的就是惡魔。」

「難道不是嗎？」

「當然不是。daemon反而是被遺忘的存在。」

「被遺忘？」

「是的。祂善的面向被基督教的天使奪走了。然後，作為神的對立面的惡魔，也被分派給墮天使——原本是神之使者的天使。就這樣，在連惡的部分也被奪走後，daemon失去其用途，成為被遺忘的靈。雖說到了後世，以祂的名字作為語源的大體上都是邪惡事物。以daemon為語源的事物，其代表就是demon。」

「果然是惡魔！」多田兩眼發亮地說：「是惡魔沒錯吧！」

「就是因為把各種事物都用『惡魔』兩字囊括起來才會變得莫名其妙，沒想到連多田老弟也犯了這個毛病。好歹改變一下名稱吧，像是惡鬼或魔物等等。連撒旦也被譯為惡魔才是問題。惡的意思被搞錯了啊。」

「惡在佛教中是煩惱的意思。」京極說：「妨礙佛道的事物才是惡魔。」

「嗯，被混為一談了。雖然demon這個詞，原意是指基督教以外的異教信仰對象整體。由此定義看來，連佛恐怕也是demon的一種吧。」

「然而，現在說起惡魔，往往指的是非基督教文化圈的惡靈、惡神或魔人的總稱？」村上問。

「嗯。而daemon就是那個概念的根源。是原版。」

「但至少不是頭長長的，背後長了綠色翅膀，手持錫杖的吸血鬼（註28）吧？」

「並沒有那種東西。」荒俣說：「不對，我不該那麼武斷，但我想應該沒有吧。」

「那麼，又有什麼呢？」

「就是被遺忘的，所有魔物根源的——被變成根源的——那個概念。祂被掩埋在中東沙漠，毀滅之都遺跡的地下深處。」

註28：大映版《妖怪大戰爭》中戴蒙的形象。

「既然說被掩埋，您的意思該不會想說有實體吧？」

京極開始感到懷疑。

「我認為是有的。」

「所以那個被掩埋的戴蒙……會吸取人類的餘裕？而且還將目標對準了遠在東方的日本？」

「沒錯。」荒俣宏點頭，說：「我知道這難以置信，但這就是真相。」

「慢著，荒俣老師，我有個問題。」久禮舉手，說：「現在先別討論信不信的問題。您說那個戴蒙被掩埋的地點是巴比倫？」

「是敘利亞的沙漠。有人記得幾年前有個新聞，說是挖掘到美索不達米亞文明的遺跡嗎？」

「啊！」郡司驚叫：「記得平太郎好像說過這個消息。記得好像說有人cosplay日本軍人……那是何時？」

「雖然只是個小報導，印象中那個新聞報導後不久，日本就出亂子了。」

「我想起來了！」郡司失聲大喊：「是水木老師預言的那天！」

「預言？」

「就是說了『鬼會殺死妖怪』那句話的那天啊。」

「那天！哎呀呀……」久禮彷彿深受震撼地搖搖晃晃後，重新站直，問：「敘利亞啊……可是，那位戴蒙先生為啥要從敘利亞遠路迢迢來日本？」

「我相信是被某人運過來的。」

「某人是誰？」

「應該就是……將他挖出來的人吧。」

「那個cosplay男？可是要挖掘遺跡，不是得花上數個月乃至數年嗎？而且還埋在地下深處，難道那個男人是考古團隊成員？」

「不，應該是個人所為。」

「啊？那才真的是物理上不可能的事。根本辦不到。就算辦得到，為何又要帶進日本？」

「為了毀滅這個國家。」

「為何？」

「這我就不知道了。只能說……也許有什麼很深的怨念吧。」

「聽起來簡直就像……加藤保憲啊。」

說這句話的是化野燐。聽到這句話，不用說，幾乎所有人都把臉朝向嶋田久作。

「不……不是我喔。」

「還想賴，你明明就是加藤。」

在他身旁的佐野史郎瞇細眼睛瞪他。

「你就是現實中的加藤，像你臉這麼長的傢伙，頂多只有已經往生的伊藤雄之助先生能跟你相比。」

「加藤只是我扮演過的角色啊，而且現在也被豐川先生繼承了。」

「我所指的當然不是嶋田先生。」荒俣說。

「等等，荒俣先生，你該不會要說《帝都物語》是真實故事吧？加藤保憲在現實中真的存在？」

「當然不是真的，那是我的創作。內容只反映了我撰寫當時的現實事件，作品中的未來故事也全是虛構的。而且，現實中的時間也超越作品內的年代了。」

「既然如此，那又是……」

「只不過這樣一來，若沒有和加藤保憲一樣企圖毀滅日本的『某人』存在就說不通了。」

「既然如此，不是應該先懷疑這個假設嗎？」久禮提出質疑。

「我能明白各位質疑的心。但這些推測並非出自我個人的想像，而是我去刺探來的結果。我現在說的各種消息乃是從執政黨幹事長大館伊一郎口中聽來的。」

「該不會是騙您的吧？」村上質疑：「那位大館幹事長會這麼不小心對敵方第二把交椅說出這些重要的祕密嗎？」

「是被我問出來的。」

「可是他身為政治人物，應該很擅長說謊吧？」

「不，大館先生並不是政治人物。甚至他也不是人類。」

「啊？」

「他已經死了。肉體上。」

「用幽靈族的血輸血了！」

木場大喊。久禮要他閉嘴。

「我摸過他的手腕，沒有脈搏，也沒有呼吸。如果他活著的話，好歹會有氣息吧？」

「所以是喪屍嗎？」

「雖然是行屍走肉，但有知性，有感情，也不吃人，應該不算喪屍吧。此外，靠近他的話，心神會迅速消耗，變得極度缺乏耐性，忍不住想怒吼，也會想行使暴力，心情也會變得虛無，要克制這些衝動很困難。」

「被……被吸取了？」

「餘裕嗎？」

「貘先生也說過相同的事。」郡司說。

應該是指作家夢枕貘吧。

「所以那位幹事長就是戴蒙？」

「我猜不是。幹事長的肉體應該只是載體，本體不是他。他只是被操縱而已。就算打倒大館先生，也不會有任何幫助。底下這點是我的想像，我猜在大館之前，被操縱者是仙石原都知事。」

「啊啊……」

眼珠被刺穿也沒事的那個知事。

「這麼說來，最近好像都沒看見那個老頭了。」

「恐怕早已腐爛，化成白骨了吧。」荒俣毫無感慨地說：「前提是，他們真的是屍體的話。」

「原來仙石原已經死了啊。」村上說：「這麼說倒也是，畢竟被整個刺進眼窩裡了啊，狠狠地。」

「慢著慢著，各位該不會漸進式地相信荒俣老師的話了吧？他說的這些，目前仍沒有任何證據啊。」

久禮說。

他說得很對。

「不，這件事還有後續。我剛被逮捕時，曾提出最根本的疑問——政府為何把我們這群妖怪相關人士視為眼中釘？我們應該沒重要到必須耗費公帑，動員全國，非得把我們徹底擊潰的程度吧？我們只是一群笨蛋。不足以成為國家的威脅。」

及川環視現場。

的確，在現場的是一群很有成就的人士。個性鮮明。大多是值得尊敬的創作者。但也相當弱小。他們或許具有社會影響力，然而排擠他們的並非國家權力，而是一般大眾。如同荒俁所言，就算放著不管，這群人也難以成事。持續這種狀態的話，政府根本不必動手，他們就會自行毀滅了。

而且，構成這個祕密村的妖怪聯盟核心的這群妖怪相關人士不只不堪一擊，還很笨。根本是一群大笨蛋。是濃縮笨蛋精華。是笨蛋的結晶。

「對吧？正常都會這麼想。但國家卻如此認真！幾乎是卯足全力要殲滅我們啊！」

「不然是為了什麼呢？雖然表面上是為了驅除全國湧現的妖怪。不論媒體或一般市民都對此深信不疑。」

「但妖怪已不再出現了。」

是的，妖怪現在只存在於這個祕密村之中。

「所以是為了防止再次湧現嗎？」

「那更只是表面上的理由吧？政府總不會真的認為我們在製造妖怪吧？」

「政府雖然愚蠢，但並沒有蠢到這種地步。事實上，敵人從一開始就掌握到我們與妖怪的可視化現象毫無關係。」

「咦咦～」群眾中湧現不滿的噓聲。

「既然如此，為何要打壓我們？基於民意嗎？而且我們也是通緝犯，所以連行政和司法都是敵人嗎！」

「村上先生說得沒錯，現在這個國家的行政與司法啊……早就『全部瓦解了～』。」木場說。「全部瓦解」的部分彷彿在唱歌一般帶有旋律。

「就算如此也很難接受。荒俣先生，究竟是為什麼？明明我們這些無辜的笨蛋毫無威脅性，國家卻卯足全力攻擊我們？」

「當然是因為……我們足以構成威脅啊。」

荒俣如此說。

「啊？」

「不懂，我們很弱吧？武器頂多只有放屁。而且我這陣子沒吃啥，量雖多，一點也不臭啊！」

「能把放屁當成武器的人只有鼠男和村上你吧。」多田說：「我的話，就沒武器啊，對吧？」

「反問我幹嘛？」

「不然咧？」

「我們這群人根本沒威脅性。」京極說：「看看這兩個就知道。看看這兩個吧。」

「不，請仔細思考一下。我剛才說過，妖怪迷們全是一群笨蛋。」荒俣說。

「嗯。」

「我有自知之明。我是妖怪迷所以很清楚，自己就是個笨蛋。」

「我也是笨蛋。」

接著，現場笨蛋宣言聲此起彼落。不愧都是笨蛋。

荒俣不知為何滿足地點頭。

「這批人是笨蛋，那麼其他人呢？」

不知為何，沒有任何人反駁。

明明是一群很有成就的人。

或許就是因為很有成就吧。

「所以換句話說……我們就是餘裕『本身』。是社會的多餘之物。是國家的多餘之物。」

是這樣沒錯。

「請等一下。」及川舉手，說：「這樣的話，我們這群人不就恰好是戴蒙的大餐嗎？前提是戴蒙存在的話。」

「對喔。假如戴蒙真的存在，我們的笨蛋成分不就被吸光了嗎？」

「你們說對了，會被吸取，咻嚕咻嚕地。」說完，荒俣又嘛嘴做出吸取動作。

呃，沒必要還做出這個動作吧？

「所以說，對方不需要把我們抓起來當糧食才能吸收？」

「不需要。」

「既然如此，我們不就只是敵人的養分嗎？」

「不，並非如此。」荒俣故作神祕地說。

「要比喻的話，戴蒙像是抽取料理中的鹽分，使味道變得平淡。缺乏鹹味的料理很難吃。但我們等於是鹽塊，就算從我們這邊不斷吸取不斷吸取……」

「也只有鹽分？」

「是的。況且岩鹽也不是食物啊。」

沒人會單吃岩鹽吧。畢竟是石頭。

「假如想讓這世間的鹽消失，只要將岩鹽搗碎，使之分解即可。不斷舔能讓岩鹽消失嗎？」

應該有困難，畢竟是石頭啊。

「請各位思考一下，社會上充滿暴戾之氣，但我們這個社群如何？幾乎沒有變化，不是嗎？」

「喔喔！」出聲的是一直保持沉默的東雅夫。「說得也是。就連克蘇魯營隊，一開始大家也都是相親相愛，最近氣氛卻逐漸變得險惡……」

「連我們也吵架了。」牧野和田中說。

怎麼看交情都很好。

「因為那邊聰明的人比較多嗎？」及川問。

「應該說笨蛋成分不夠多。」荒俁回答：「我們這邊也有各界賢達。其實聚集在此的大部分人都很聰明，也有不少學者和創作者。只是我們處理的題材或嗜好是妖怪，所以就算頭腦靈光，笨蛋成分還是很豐富。」

豐富的笨蛋精華。

「妖怪社群很和平是因為笨蛋成分非常高，我能平安回來也是相同理由。不管怎麼吸，餘裕也不會減少。所以才能耐得住吧。」

的確，被逮捕的那段期間，只有荒俁仍一付游刃有餘的樣子。

雖說如果能吃大餐的話，就算及川也會游刃有餘吧。

「我們是他們計畫的阻礙。」

「雖然對戴蒙而言，不管怎麼吸都不會減少的我們是上好的食糧，但這樣下去會沒完沒了。於是……」

「結果戴蒙背後的那個人認為我們很礙事？」

「是的。」

荒俁點頭。

「當然，大館先生沒有明說，我只是從他的語氣推測的。我和他面對面談話了一個月，我想應該不會有錯。把他送入我國、藏身於他背後的人的目的，是讓日本列島上一切從容與餘裕消失，從內部來毀滅這個國家。因此，我們這群妖怪迷就成了最大阻礙。除此之外，對他們而言，我們會構成威脅還有另一個理由。」

荒俣用眼神對台下示意。

香川雅信和山田老先生登上樓梯。

「大館先生這一個月來用盡各種手段，想從我這裡套出情報。宛如糖與鞭子，又是威脅又是利誘，什麼都試過了。唯一沒做的就是拷問。他──戴蒙似乎不怎麼喜歡對肉體造成痛苦的手段。」

「咦咦～」

及川表示抗議。他覺得自己有受到肉體凌虐。

但仔細想想，他其實也沒被拷問。只被監視或忽視，簡單說就是精神性的攻擊，算是一種痛苦遊戲。

「因為如果對肉體攻擊，一瞬間就會失去餘裕，就算想吸也吸不到了。」

「啊……」

原來如此。

幸虧及川撐過了。

應該說，靠著天生笨蛋性格撐過了。真感謝自己的笨蛋性格。

「他想從我這裡問出的，首先是妖怪社群的藏身地點。當然，我沒說出口。我設定的劇本是——我逃離那棟公寓後，和香川老弟或湯本先生走散，單獨在都內潛伏，好不容易和岡田或及川他們聯絡上後，為了奪回遺留在公寓之中的東西，便衝進遺址，結果就被逮捕了。有一半是騙人的，但仍有一半是真實。因此我才能堅持兩名手下毫不知情。」

手下指的是及川。

比起僕人或奴隸好太多了。是手下耶～

「我的手下也潛伏在市區，所以才能和他們聯絡上。聽起來挺有一回事的，對吧？只要我堅稱手下們什麼也不知道，他們應該也不會太過刁難吧。」

「您守……守護了我們嗎？」

及川感動地說，卻被回了一句：「若不這樣，你一定會全部招出來啊，及川。」

「啊？呃……我不會這樣啊。」

「但我不信任你。我只要堅稱你們不知情，就算你說溜嘴，我也能一口咬定你在說謊，在胡謅。」

「啊……」

原來如此。

「此外還有另一個理由。透過對話，我得知對方畏懼的是我們獲得的某件物品。那就是……」

荒俣使個眼色，香川從口袋中取出石頭。

是村上發現的呼子石。香川現在儼然成了石頭管理者。比起交給雷歐保管，令人放心一萬倍。

呼子在樓梯平台上顯現了。

群眾發出驚呼。不少人是第一次看到這個奇妙現象。

「就是這顆石頭，以及……」

山田老先生從手上的木箱取出一幅卷軸。解開綁繩，將之攤開一部分。

「這幅繪卷。」

上頭什麼也沒畫。

「是那幅裡頭應該有百鬼夜行圖的《怪》繪卷吧？」村上說。

「嗯，應該是。」荒俣回答：「根據郡司老弟的報告，正確名稱是反剋石和未來圖。」

「反剋石？」

「未來圖？」

「嗯，郡司老弟祕密和政府諮詢機關接觸過，與他們交換情報。」

「間……間諜！」

及川一說出口，立刻被罵笨蛋。

儘管罵吧，反正及川是靠身為笨蛋才活下來的。

「體制方也有我們的同志。是對方背叛了體制方。例如小松先生或獏先生。」

「原來他們是惡魔人嗎？」

「啊？」

「繼承了背叛者之名（註29）……」

及川似乎忘了作者就在現場。

「據說這顆石頭是維持世界平衡的法寶。所謂的反剋，如字面之意，即為相剋的反面。這顆石頭發動的話，能讓不應存在的事物變得可見，能和無法溝通的對象溝通，能使死者復甦，繪卷上記錄的類比資訊變得可視化。它具有這樣的效力。」

「呃……」京極難得面露驚訝：「但其中原理也一樣不明不白？」

「不是不明不白，不過目前無法以排除咒術的方向來解釋。照郡司老弟轉述獏先生的說明……似乎是『過去襲擊而來』了。」

「抱歉，我聽不懂這是什麼意思。」

「關於這點我也不怎麼明白。但政府——或說戴蒙和幕後黑手——確實認為這顆石頭相當礙事。我完全沒提過石頭的事，對方卻主動問我，可見他們早就知情。這就是最大的證據。」

「當初沒機會發表呢。」郡司說。

註29：出自電視動畫《惡魔人》的主題曲歌詞。

「所以說，這顆石頭無疑就是這場妖怪騷動的元凶囉？」

化野問。

「元凶？」

荒俣露出略感困惑的表情。

「我們會落入這種境地，難道不是這顆石頭和卷軸害的嗎？」

「不，並非如此。這幅繪卷是把鬼怪以類比訊息方式記錄下來的媒體。換句話說，是笨蛋的冷凍乾燥版。而這顆石頭，就是一種播放器。是世間的餘裕低於一定量時就會自己發動的機制，以填補不足。正常說來，這世間的餘裕值不會低於能讓這幅繪卷的圖可視化的程度。人們往往比自己所想的更笨，這也是不管任何狀況，人們內心都能保有相當多餘裕的證據。不論是在大戰時或震災時，笑容也未曾完全消失。即使絕望暫時來臨，心中仍會湧現某種療癒力量。此即所謂的自然治癒能力。萬一真的不夠，這顆石頭就會發動，去補足剩餘的那一點。然而，這次明明沒發生戰爭或天災，內心的餘裕卻轉眼就消失了。」

「因……因為被吸光了？」

「世人持續失去餘裕，失去多餘，笨蛋成分自然也隨之驟減。於是，這顆石頭呼喚了殘存的笨蛋們。」

「是我。」村上說：「不，應該是雷歐。」

「你們兩個都是啦。」京極說。

「石頭完全發動了。接著，為了補充笨蛋……妖怪湧現了。」

「但為何幽靈會消失呢？」

原本默默聽講的東雅夫問。

「不是幽靈消失了，而是用靈異或怪談來解釋怪異現象的方式消失了。」

回答者是京極。

「什麼意思？」

「用不著抬出幽靈也能讓人感覺到恐怖。只要說『殺了你！』就足以使人顫慄了吧？所謂的鬼故事啊，若不帶著某種程度的餘裕是不會有興致說的。一旦現實充滿恐懼，介於虛實之間的怪談將不再被需要。」

「既然如此，為了取得平衡，應該也會湧現幽靈才對吧？」

「當然有啊。」

「真……真的嗎？」

「如果是不可怕的幽靈，就能呼叫出來。實際上我就和西村真琴老師的幽靈見過面。」

「學……學天則的製作者！」

東以他帶有光澤的嗓音表示驚訝。

「如京極所言，恐怖似乎被毫無餘裕的現實所取代了。世人恐怕不再需要失去恐怖的幽靈。」

「這麼說來，幽靈似乎在不知不覺間被與恐怖劃上等號了。」化野說。

「是的。並非如此的幽靈，例如說體貼的、回憶中的，或令人懷念的幽靈也變成那種感覺了。人們失去了餘裕，這些也隨之從人心中消失。於是，將幽靈結合恐懼來呈現的怪談形式也失效了。」

「嗯……」

東低聲喃喃。

「而且，幽靈這種東西在現代已等同於個人或逝者所遺留的自我意識，所以恐怕不會被記錄在這幅繪卷裡。」

但繪卷上現在空無一物，所以也無從確認。

「如果是作為角色的幽靈，應該就會被畫入吧？」京極說：「最大公約數的幽靈。作為一種符碼的幽靈……」

身穿白色壽衣，頭戴三角頭巾，披頭散髮，兩手半舉，腕部下垂的那個。

是過去搞笑團體「漂流者」的綜藝節目《八點！全體集合》的短劇中，出現在志村健背後的那種幽靈。「志村！背後！」還成了流行語。

不知「志村！背後！」這個搞笑段子現在也仍能通用嗎？

不，那個應該不算志村的搞笑段子。那句話是現場觀眾喊的。

「就算畫中有，恐怕也沒現身吧。」荒俣說。

「原來如此。然而現在我們就算聽到幽靈兩字，也不會聯想到那種模樣了……因為現代的幽靈是個人的殘留意識。此外，現在也沒有人以這種方式下葬，所以那已經不再是幽靈了。」

「現代人就算碰到那種東西，應該不會聯想到幽靈吧。」

「也許會當成貞子。」木場說。

「貞子的話，外型根本跟毛娼妓一模一樣嘛。」久禮說。

「嗯，的確是啊。總之，幽靈來到現代之後，大幅度地變質了。而這幅卷軸繪製年代的靈魂觀也和我們有極大不同。柳田國男提出祖靈的概念，傳統戲劇中也表演出亡魂的概念，但這幅卷軸的年代比這些都更久遠。如果有人還有餘裕想著『祖先大人快救我～』的話，或許還能見到點什麼，但現代會這麼想的人非常少了。」

「因為幽靈大體上只會作祟啊。」

「原來如此。但荒俣先生，你剛才不是說要呼叫幽靈也辦得到嗎？」東說：「意思是只要有心的話，也能呼叫出這種老式幽靈角色的意思嗎？」

「不是的。」荒俣說：「確實，《未來圖》上並未描繪特定個人的幽靈，因此不會在日本各地冒出來。不會發生那種啟示錄般的情形。但是，只要直接對這顆石頭輸入的話，就能自由呼叫出幽靈。這顆石頭也是一種通訊工具。」荒俣說完露出笑容。

「要……要怎樣才能……呼叫呢？」

東雅夫多少有些緊張。

在場的所有人都沒看過幽靈，若說能呼叫出來，自然也會有點緊張吧。

「很簡單啊。但我先說，這一點也不恐怖喔，完全。」

「不恐怖……嗎？」及川問。

「照理說不可能恐怖的。」京極說：「現代的幽靈和恐怖綁在一起。我們在看見某種怪異現象後覺得恐怖，便基於事後解釋認定是幽靈，這樣的解釋又會強化恐怖感……就這樣，使得幽靈與恐怖理所當然地劃上了等號。但是，人們在解釋的階段其實心中是仍保有餘裕的。若非如此，就不會做出幽靈這種愚蠢解釋。因此，幽靈基本上也該歸屬於笨蛋那類。但因為相信靈異的人們往往不願意承認幽靈這種概念其實很蠢，於是靈異被獨立成為一種類別，也產生了怪談。難道不是嗎？」

「嗯，不管文藝、影像作品還是戲劇，怪談都是一種很美好的內容，是應該保護的文化。但現實中被可視化的死者，頂多只會像這樣……」

大個子的荒俣彎下腰來，對著香川手上的石頭大喊：

「柳田國男老師！」

「柳田國男老師。」

呼子複述。

「找我有事？」

在樓梯平台上，出現了一名和服老人。

他帶著類似俳句宗匠般的帽子，手持銀柄拐杖，戴圓眼鏡，留鬍鬚，眉毛略粗。

是……

是柳田。

照理說及川應該要像「是柳田國男啊啊啊！」這般表達出無比驚訝才對，但由於他可說是徹底平淡無奇地冒了出來，真的毫無感覺，現場就像多了個老爺爺罷了。

老爺爺環顧四周。

「這裡好窄啊。你個子真高。而你則是個小矮子。」

「是的。集合在此的人，無一不受到老師您的影響。因此我請您現身，讓我們瞻仰您的尊容。」

「你們真會給人添麻煩啊。你們都是民俗學的學徒嗎？」

「我……我是民俗學者。」香川戰戰兢兢地舉起手回答。

「你該不會在做和我相同的研究吧？老是挖掘過去是不行的，要和現代作結合啊。這才是學問之道。話說，我並不喜歡民俗學這個稱呼，我一直認為要叫做鄉土學才正確。好吧，所以鄉土是否變得更豐饒了？日本現在變得如何了？人們的生活是否更豐富了？」

「說來慚愧……」

「我就知道。現在是什麼年代？」

前《幽》總編東雅夫睜大雙眼，愣在現場。認識他的人，恐怕沒人看過他這種模樣吧。

「老……老師的《遠野物語》付梓已經有一百年以上了。」

即使驚訝不已，聲音仍然很好聽的東回答。

「百年？經過那麼久，那本書還有人看啊？」

「因……因為是本名著。」

「哼。」柳田國男冷哼一聲。「那只是我自費出版的作品，是年輕時寫的不成氣候的論文集，我好幾次都恨不得重寫吶。那樣的東西居然被傳承了一百年，你們未免也太怠惰了吧。與其死抱著那本老舊論文不放，還不如努力寫出能超越拙作的作品。以現在的技術，蒐集或整理資訊都很容易吧？為何不做？經過百年，沒有培育出後繼者嗎？」

只有作者本人敢這麼說。

「所以，你也是民俗學者？」

「小生是……文藝評論家。」

「文藝？」

「以怪談類為主。」

「怪談嗎！我不討厭怪談，也有一番看法。但我的學問和怪談是不同的。學問是科學，不能是文學，兩者難以兩立。話說回來，假如你們沒事的話，我就要回去了。還是要我來給各位一堂演講？今天應該不是星期四（註30）吧？」

「不是的，真是抱歉。」

荒俣低頭致歉時，老人的身影已經消失。

彷彿從一開始就不在般地消失。

不，恐怕一開始就不在吧。

一瞬，闃然無聲。

「大致就像這種感覺吧，東兄。」

「啊，嗯嗯……小生挑戰過歌唱或登上舞台，從未像今天那麼緊張過。」

前《幽》總編東雅夫邊說邊擦額頭，爬滿大量汗水。

他一定很緊張吧。就算是過去天不怕地不怕的東前總編，面對柳田國男時精神還是非常緊繃。

「總之。」

荒俣將話題拉回來。

「雖然仍有許多不明瞭的地方，大體上各位應該能明白了吧。這個國家……不，這個國家的文化存亡與否，如今已掌握在我們手中。」

「我們這些……妖怪痴的手中？」

註30：柳田國男成立木曜會，於每週四舉辦民俗學演講。

多田眉頭深鎖。

「我們只是……一群笨蛋耶？」村上也說。

「是的。」荒俣說。已經沒人否定了。在場所有人都是笨蛋這件事被當成既定事實般地陳述。若是真正的妖怪迷就罷了，只是接觸過妖怪就受到迫害而逃來的作家、漫畫家、演員、聲優、畫家或學者們，心情難免會有點複雜吧。

「現在能維持笨蛋之力的人們，只有在現場的人們嗎？」

京極問。

笨蛋之力。

聽起來簡直像原力之類的力量。

「所以只能靠我們？」

「恐怕只剩我們了。如果我們袖手旁觀，用不了太久，日本這個國家就會連同文化一起滅絕。雖然不像戰爭或天災一般立即奪走大量人民的性命，卻會失去其他一切。就算這時有他國進攻，恐怕也沒人起身抵抗吧；就算沒有戰爭，也無法維持國家體裁，生活機能也會很快地失去了。」

這句話確實沒錯。

當前的疑心生暗鬼的監視社會不可能維持太久。

社會大眾接受暴力行為，道理與知性無法通用，自滅當然指日可待。

「但……就算如此，我們又該怎麼做？和國家一戰嗎？我們這群手無寸鐵的笨蛋們？」

「而且這樣做的話，不就剛好正中對方下懷嗎？」

「是的，這是正中對方下懷，而且我們不適合戰爭，也辦不到。妖怪基本上不戰鬥的。所以我們才會固守在這個最後堡壘。況且戰爭也會違背大師的教誨啊。」

水木大師曾說：「戰爭很不得了吶。」不得了並非了不起，而是很嚴重的意思。

「不，我們要戰鬥。」荒俁說：「我已經獲得老師的許可。我們要去擊退惡鬼，去直搗……戴蒙的本體。」

「直……直搗？」

「襲擊被人操縱的幹事長沒有意義。對方握有重兵，挑戰他們只會送命。此外，短時間內要找出潛藏於戴蒙背後的神祕客也很困難，但要葬送身為他的部下兼武器的戴蒙並非不可能。我有這種預感。」

「真的嗎？但問題是，戴蒙又躲在哪裡？」

「那傢伙的本體必定藏在日本中心地帶……象徵國家的富士山山麓樹海的某處。在此透過地脈，吸取國民的餘裕！」

「樹……樹海嗎？離這裡很近啊。」

「嗯，我已經派出偵察兵了。」

「偵察兵？」

「沒錯。接下來，我會說明我的計畫。」

荒俣宏說。

廿陸

敢死隊潛入魔物巢穴

「為什麼是我們？」

雷歐☆若葉抱怨。

人選太微妙了。

「多半是被當成棄子了。」回答的是榎木津平太郎。「選我們來似乎是因為我們都是沒人要的孩子。」

「咦？不至於吧。」

似田貝大介倒是挺輕鬆的。

「就算不是沒人要，我們這個團隊裡只有負責耍笨的，沒人吐嘈很傷腦筋啊。尤其雷歐先生他……」

說到這裡，平太郎瞥了一眼雷歐後又閉上嘴。

「我……我又怎麼了？平太郎，你的輩分最低，你本來就該來吧。」

「是沒錯啦……」

「我覺得應該不是以沒人要為基準，否則也會派及川先生來。」

「及川先生腰痛才沒被派來的，所以依序由似田貝先生你和我遞補了。」

「唔哈，原來如此！」似田貝目瞪口呆，做出不知算驚訝還是開心的反應。恐怕就是平太郎所說的那樣吧。但若是如此，雷歐不就是萬年最吊車尾指定席了嗎？原來如此。

「原來我是沒人要的孩子啊～但海參曬乾就變乾海參（註31）喔。」

「不不，雷歐先生，我還是覺得派我們這些人不是因為沒人要啦。至少那位先生是被需要的啊。」

似田貝努起下巴指向走在前方的男人說。

「你們在聊啥？啥有人要或沒人要？」

是平山夢明老師。

他是個作家。戴著帽子。雖然戴不戴帽並不重要。

默默跟在他背後的人一樣是個作家，是很早就加入妖怪推進委員會的初期成員——東亮太。

「話說回來，為啥找我來？我和妖怪沒啥關係吧？妖怪耶，那個不就是那個……京仔的拿手領域嗎？」

「但京極先生不做肉體勞動啊。」似田貝說：「他根本沒有體力。走個十步搞不好就會疲勞性骨折了。」

「又不是一百零二歲的老人。」

註31：「乾海參」與「有人要」同音。

「但也差不多了。對了，我們這些人當中，只有平山先生對樹海特別熟。您來過樹海很多次了對吧？記得您好像也在這裡住過一晚嘛？」

「住是住過，但我對這裡的路不熟喔。因為根本沒有路啊。」平山說。

「然後，東亮太先生──我們都稱呼他小亮──對動物災難片有很深的造詣喔。」

「這件事和現在無關吧？」東亮太要笑不笑地說。

的確沒關係。雷歐也這麼覺得。

東亮太在這個團隊裡負責擔任的應該是良心迴路吧。

「是喔？小亮亮，所以說你也看過《殺人豬》（註32）囉？」平山聽到這個，立刻問道。

「《殺人豬》算動物災難片嗎？」東回答。儼然有看過。

「那部片很糟糕對吧？」平山愉快地笑著說：「真沒想到你也看過啊，小亮亮。」

「我最近比較少看……那部片真的爛透了，完全不需要浪費時間去看。」

「嘻嘻嘻，說得太好了，小亮亮。」平山大笑。「話說回來，小亮亮唸起來真拗口。」

簡單說，就是為了保護這兩位作家，才派出三顆棄子同行吧──雷歐內心如此揣測。肯定沒錯。話說回來，雷歐的笨蛋特色在這支敢死隊當中實在不怎麼醒目。平太郎和似田貝的風格與他有點重疊，但要比衝擊性也贏不過平山，難有發揮的餘地。正當雷歐思考該如何打破困境的時候……

「應該是那個吧？」平山指向某處說。

順著平山所指的地方望去，見到某種類似在雨天早晨尖峰時刻的電車中掉落，但直到末班電車的終點站才被發現的啃了一口的魷魚乾的物體。明明沾到雨水或泥巴而變得腫脹，卻又被厚重皮鞋、包鞋、高跟鞋、運動鞋等超過二、三百人份的鞋子踩踏而脫水，已分不清楚是乾是溼的某物。

「等等……平山先生，你知道我們在找什麼嗎？」似田貝問。

「這傢伙居然敢質疑我。」平山回答：「不就是那個嗎？那種很帥氣的、很古老的東西。該怎麼說……記得好像是叫發情期睪丸的那個。」

「什麼跟什麼。」東亮太小聲吐嘈後，面露苦笑說：「平山大哥應該是要說八尺瓊勾玉吧？」

「對對，就是那個。」

「就算平山先生說的是八尺瓊勾玉，那個也完全不是吧。」似田貝也只能苦笑。「那只是垃圾啊，是破爛東西，看起來簡直像腐爛的鹽漬香蕉。」

鹽漬香蕉是什麼？雷歐嚴重懷疑這世上有那種東西。但不知為何，沒人吐嘈這點。

「沒那麼巨大的鹽漬香蕉吧？」

註32：1972年上映的美國驚悚電影，原名《PIGS》。

平山居然接受了。

「好大。」東也說。還真的沒人吐嘈啊，鹽漬香蕉。

「那個應該是野獸的屍體吧？」

「不是野獸吧？那是布吧？看起來很像包裹在布裡啊。」

說完，平山滿臉笑容地望向雷歐和平太郎，說：

「去確認一下。」

「啊？」

「去確認啊。這不是你被派來這裡的理由嗎？那個叫啥太郎的。」

「我不是太郎喔，我是雷歐。」

「不，平山先生應該是在叫我吧。」平太郎一臉埋怨地盯著雷歐，接著低聲說：「我去確認。」

「你真的要去嗎？」

「因為我的輩分比雷歐先生低啊。」

「嗚……」

雷歐第一次看見地位比自己更低的人。

不知為何，對平太郎有點嫉妒。

這個情況下，去確認的人反而賺到。

去了就能毫無遺漏地發揮自己的肉腳特色，對雷歐☆若葉來說反而能展現本領。就是要嚇到軟腳跌倒，一頭埋進那個彷彿魷魚乾的物體裡，弄得滿身髒汙，淒厲尖叫，這樣才對啊。

唉，和別人的角色風格重疊真是麻煩。假如這是創作物，就算角色風格重疊也能輪替登場，但現實辦不到真麻煩。或許似田貝也想著同樣的事。就在這個當兒，平太郎快步走向乾魷魚。

太普通了。怎麼不表現得更驚恐一點？雖然平太郎也是個膽小鬼，但和雷歐有些不同。雖說對其他人而言都會歸於同一類型，人類皆為世界上唯一的花。在兒童取向的動物圖鑑中，光以一句「熊的同類」就放在同一頁裡，但馬來熊和懶熊可是有不小差距喔，哇哈哈。

雷歐心想「這果然是我出場的時機」而感到滿足。同時，樹海裡卻響起難以相信存在於人世間的終極慘叫。

「唔哇呀哇啊啊啊！」

「好難聽的慘叫啊。」東亮太冷靜地說：「慘叫在恐怖片或災難片裡是用來表現恐懼的重要符碼，實際聽起來卻很滑稽呢。」

「現實中的慘叫本來就差不多這樣喔，小亮亮。」平山說：「歡笑和抽搐其實很接近，和恐懼只有一線之隔。怎樣，有看到啥有趣的嗎？」

「這這這這個……這個這個……這個是……」平太郎說。

「這個是哪個？」

「這……這這這這這……屍……屍……」

平太郎維持癱坐在地上的姿勢，靠著在背後支撐的雙手以猛烈速度向後爬行。看起來很像哈利豪森的逐格攝影動畫，也像是小型雷吉翁或3D貞子。

——可惡，被搶先了。

雷歐很懊悔。覺得自己真笨。

東快步向前，不帶感情地說：

「啊，這是人的屍體。」

「掉落在地上的自縊者？」

平山也毫無所感地問。

「不，應該不是。屍體好像木乃伊化了。」

東蹲下，仔細地觀察屍體。

「屍……屍屍……屍體……」

平太郎還在恐慌。雷歐十分扼腕地想：這麼好康的表演機會都被他獨占了。

「屍體～」

「屍個屁！知道了啦，別再喊了。看，人家小亮亮就很厲害，多麼冷靜啊。」

「嗯，我明白了。」東站起，表示：「這是仙石原都知事。」

「被小木刺殺的那個？」

平山口中的小木是指怪談蒐藏家木原浩勝。

「是的。屍體眼窩被挖了個大窟窿，八成錯不了。問題是他為何會死在這裡？這看起來不像自殺，他也不是會自殺的人，更找不到自殺的理由……難道是自然死亡嗎？不，這痕跡看起來……」東抬頭看。「似乎是從上方落下來的。」

「從上方？」

「一般來說，掉落都是從上方來的吧。」似田貝對平山吐嘈：「很少會從下方掉落吧，平山先生。」

「廢話，我又不是笨蛋。喂，羅塔，你最近是不是有點得意忘形？很藐視人喔。我最近聽到關於你的評價都是這樣喔。」

「我沒有藐視人啊。」

「我有聽到小道消息，說你到處給人亂取外號喔。是什麼來著？」

「別這樣啦。」似田貝難得明確反抗，接著敷衍般地說：「嗯嗯，這是從上方掉落的。掉下來的。嗯。」

「你這是啥態度？果然在藐視我吧。不過就算說掉落，上頭什麼也沒有吧？難道原本掛在樹上，結果掉了下來嗎？」

「又不是伯勞鳥的糧食。」

「但看起來的確很像。下面摔爛了，屍體有傷痕，但不是死因。我猜是有人把木乃伊化的屍體，像這樣……」東比手畫腳地說：「隨手一拋就拋出去了。」

「又不是屍體飛彈。」平山說：「被這種東西打中很噁耶。木乃伊的話就算了，如果是爛了一半的話超受不了的。話說回來，記得京仔好像說過這個叫啥仙石原的傢伙是敵人的頭目？」

「荒俣先生說他的肉體被某種事物奪走，但後來這副軀體變得無法繼續使用，所以脫離了。」

「因為受損了啊。」平山嘻嘻笑了。「原來是拋棄式的。」

拋棄式作家，那就是雷歐。

「各……各位，怎怎怎怎麼這麼淡淡淡淡定啊。」

平太郎好不容易站起。

「這這這這不是屍體嗎？」

「就因為是屍體啊。」平山說：「他死了。只是屍體。早就不會動了。假如會動那就是喪屍，那樣的話我也會二話不說拔腿就逃。但現在就只是一具啥也不會做的屍體。」

「可……可是，這不是會……」

「會怎樣？你害怕怨恨或作祟嗎？」

「也……也不是啦。」

「如果你怕的是這個，已經來不及了。沒錯，來不及了。就算你沒發現屍體，會被作崇的就是會被作崇。因為屍體沒被發現也依然存在。何況就算沒有屍體也會有幽靈出現不是？」

「是沒錯，可是我……我摸過了……」

「摸過又怎樣？是死是活有差嗎？頂多腐爛很噁而已。重點是這具木乃伊是乾的，根本沒關係。」

平太郎很想用手摀住嘴巴，但忍住了。

「不，可是……」

「倘若摸屍體就會怎樣的話醫生和喪葬業者早就死光了。若是夏季的確很快就會腐爛，流出湯水，整個黏糊糊的，再不然就是血水流出，內臟爛成一團。那樣的話的確很髒，一點也不想碰。但就算摸到了，去洗個手不就得了？難道不是嗎？」

「呃，但是……」

「而這個還是乾屍，根本沒差吧，連手都不用洗。」

「咦～」

「沒必要人死了就討厭他吧？很失禮耶。他以前好歹活過，只是現在沒生命了。雖然很臭的話還是很困擾。」

平太郎心情沉重。

平山說得沒錯。

雷歐也覺得很奇怪，人為何那麼害怕屍體呢？

東亮太依然抬著頭不知在看什麼。

天空面積很小。雖然不至於陰暗，上頭樹木枝椏藤蔓糾纏，只能從綠蔭縫隙中窺見零星天空。氣氛雖不到陰暗恐怖，但也不覺晴空爽朗。

彷彿格林童話中的森林。

彷彿會有小紅帽被狼吞噬，睡美人在荊棘密布的城堡中沉眠的那種氣氛。雖然雷歐其實不確定上面的故事是格林還是伊索。

帶著這樣的心理建設重新檢視屍體的話，就沒那麼可怕了。

但還是不怎麼舒服。

「是那邊。」

東突然說。

「什麼那邊？」

「這具屍體是從那邊飛來的。」

「真的假的。」

平山也抬頭。

「你怎麼知道是那邊？」

「樹梢上仍留有衣服的一部分，應該是撞到樹枝時鉤破的。接著，屍體撞到樹木這裡，所以不可能是從這邊來。然後，請看，由這個方向看過去，上頭樹枝斷掉的部分恰巧形成一個洞。」

「啊～」

雷歐也湊過去看，覺得東的分析有道理。

「假如仙石原的屍體是換乘後遺留下來的廢棄車，恐怕是失去用途才被捨棄的吧。若是如此，將他拋棄的傢伙應該在那一頭，對吧？」

「原來如此。所以說就是那個吧。」平山說：「這是那個……類似在《異形》裡變成化石的外星人。換句話說，位於那一頭的應該就是那個……」

「太空船嗎～」似田貝問。

「對對，我們被派出來不就是在找那個？」

「是沒錯……等等，我們是在找太空船？」

「難道這裡是Ｚｅｔａ第２星團ＬＶ－４２６嗎？」

平太郎哭喪著臉說。

「那是什麼？」雷歐問。

「《異形》電影中，蛋室就是在這顆行星上發現的啊，雷歐先生沒聽過嗎？」

「沒有。」

「沒聽過《異形》？」

「《異形》我看過好幾遍了，從來沒注意過這個，也記不起來。若要問為什麼，因為我是……」

雷歐期待別人會接著吐嘈「因為你是笨蛋，去死啦」，但是完全沒人答腔。

雷歐開始懷念村上健司了。他一定會順勢罵雷歐笨蛋。所有人都在耍笨的話反而一點也不有趣。

平太郎聽雷歐這麼說後，視線朝向他。

只嘆了口氣後，什麼也沒說。

唔唔……

算了，這傢伙的心境恐怕和雷歐一樣吧。

雖不敢斷定，但平太郎應該也和雷歐一樣，對特地埋哏卻沒人搭理感到沮喪吧。

「在樹海，你的慘叫聲沒人聽得見。」平太郎低頭意義深遠地說。他這句話或許是在對什麼致敬或諧仿，但雷歐並不清楚，所以「哈啊唷咿唷咿」地唱起歌謠來。

恐怕連對人生絕望的人也會對這樣的展開感到失望吧。

「唉，真不知前方有什麼呢。假如真的出現抱面體的話，我一定會第一個被殺吧。被緊抓住臉，破胸而出。我啊，就是驚悚電影中的這種角色呢。不覺得現在的氣氛很像直接把傳奇科幻電影直接搬到現實來一樣嗎？遺跡真的存在吧。外星人也真的存在吧。」平太郎說。

雷歐覺得自己和平太郎的角色性質真的不同。

雷歐頂多只是小紅帽。

平太郎垂下頭去，低聲說：「這次是戰爭了。」這句宣傳標語雷歐倒是有聽過。

兩個沒有幹勁的笨蛋並肩消沉地走著，不久，從前方傳來「喔喔！」的驚呼聲。

抬起頭來，發現平山及其他兩人站在分不出是泥土地還是盤根錯節的枝幹交織成的地面。

「很危險，會掉下去。」

「不會。除非有人推。你說對吧？」

「別這樣，別推我，哇呀！」

「你們在幹什麼？」

「是坑洞啊，坑洞。」

「陷阱？」

「當然不是，惡作劇小鬼不可能挖那麼深吧。是個很大的坑洞。不知道有多大。」

「這種時候當然要用東京巨蛋來當單位。不知道有幾顆份呢。雖然巨蛋是否該用一顆兩顆來計算也有問題。不然就是那個，以前的話會用菸盒當單位。拍照時會拿hi-lite菸盒之類擺在旁邊當比例尺。好，問題來了，這個坑洞是hi-lite菸盒的幾倍大？羅塔同學。」

平田總是這樣稱呼似田貝。

羅塔原本是似田貝在妖怪推進委員會裡的稱呼，現在已經沒人這麼叫他了。在委員會之中頂多只有河上這麼叫吧。河上是個乖僻的男人，一開始這麼叫的話就會一直維持下去。

雷歐是後來才加入所以不怎麼清楚，一直對天野行雄稱呼似田貝為小羅感到很不可思議，看來是從羅塔變化過去的。

似田貝頂著一張彷彿忍著不放屁的沖繩阿古豬般的臉想了很久，等了半晌才回答不知道。大概是想不到什麼有趣的回答。

「什麼嘛。不知道就別停頓老半天啊。跌倒就會掉進坑裡吧？差點就摔下去了。」

「抱歉，剛才認真想哏了。」

「想個哏居然想得那麼認真，笨蛋嗎你？」

平山夢明不管在哪都不改其步調。

聽說能擾亂平山步調的只有北方謙三和大澤在昌。

以前瞞著平山邀請北方作為神祕嘉賓來上廣播節目時，他見到北方出現在錄音室的瞬間，少說跳了三公尺高，而且馬上落荒而逃，這件事成為傳說。另外，也有他宣稱和大澤在同一個密室裡超過十分鐘的話就會流出血尿、爆瘦五公斤的傳說。即便這些傳說聽起來都很假，但據京極所言似乎全部屬實。

樹海之中沒那兩個人，所以他天不怕地不怕。

雷歐戰戰兢兢地往前走一步。

「這是坑洞嗎？」

「當然是，不然是山嗎？」

「可是這與其說是坑洞，應該是凹陷吧？」

「就是凹陷所以才是坑洞啊。」

「呃～」

好巨大。周圍沒有可比較的東西，無法確認有多大，也難以形容，但就是很大。坑裡十分陰暗。

「這好像中國的天坑啊。」

東亮太說出雷歐沒聽過的名詞。

「這一帶是喀斯特地形嗎？應該不是吧？」

雷歐不清楚，不過平山似乎聽懂了。

「這……我不知道耶，我們的頭腦不好。」

似田貝肯定也不懂吧。

可以肯定的是這是個巨大的坑洞。不過，邊緣並非斷崖絕壁。雖然陡峭，仍然有一定斜度，類似磨砵的形狀。因此與其叫做坑洞，稱為窪地或許更恰當。

只不過踩在他們腳底下的到底是地面還是石頭還是交纏的樹木，完全看不出來。

「這個坑洞的直徑似乎有兩百公尺左右。」東說：「也許更大。」

「喂喂……」平山的臉扭曲得比卜派更誇張。「你們不覺得不舒服嗎？」

「咦？平山先生暈穴了嗎？」

「暈穴是啥鬼？」

「類似暈船之類的。」

「你胡說八道啥，推你下去喔。」平山推了似田貝一把。

「別……別真的推我啊。」

「啥暈穴嘛，你根本在亂講。我現在感覺滿腹怒火，思想變得很邪惡。」

「我也有這種感覺。」東說：「平常的話，似田先生那張老是傻笑的蠢臉我不會在意，但現在卻覺得那張笑臉很讓人不爽。」

「唔哈～」似田貝誇張地表示驚嚇。

原本抿成「ㄟ」狀的嘴巴維持形狀半開。

「他那張臉啊，平常只覺得是張怪臉，有時也覺得好笑，但現在怎麼看都像在冷笑，看了就討厭。」

「唔哈！」

「對，就是這種反應。肯定在嘲笑我吧。似田先生總是這樣，心不在焉，一點也不誠懇。有一次他聽別人敘述悲痛經歷，結果他的反應也只是『喔～』一聲而已。『喔～』耶，對方簡直氣炸了。」

「可……可是，除此之外我說什麼也沒用啊。難道不是嗎？」

「你還狡辯！」平山瞪著似田貝。「我說你啊，你是不是連我也當白痴耍啊？」

「我……我不是這個意思……」

「仔細端詳，你這張臉真的一付超級瞧不起人的樣子。愈看愈覺得如此。羅塔同學，我可以把你推下去吧？你可以去死吧？願不願意讓我殺死你啊？我推你下去了喔，應該沒問題吧？」

「咿呀啊，別這樣。」

原來如此，這種情況的話……

雷歐難得迅速反應，介入兩人之間。

「『等一下～』本雷歐大爺要像以前的《道隧紅鯨團》（註33）般介入了。」

——原來如此。

終於明白這個人選的用意了。

只是，這個場面用《道隧紅鯨團》的哏實在不怎麼適合。

「喜瑪拉雅老師，小亮老師，偶啊，發現一件事喔。所以可以請兩位暫緩似田貝先生的

註33：1987年起由隧道兩人組主持的男女配對綜藝節目，男女參加者自我介紹後進行交流，最後由男性選擇心儀對象進行告白，若自己的心儀對象有人告白，可以喊「等一下」加入競爭。

行刑嗎？」

「暫緩？是延期嗎？不是中止而是延期嗎？」

「這點先姑且不論，就是那個啊，我們被派來這裡前，下命令的荒俣老師不是有說嗎？敵人是會咻嚕咻嚕吸收笨蛋成分的怪物。」

「吸收笨蛋成分？荒俣老師是這樣說的嗎？」

「細節表現上或許不太一樣，大方向應該沒錯。對吧，平太郎。」

「呃。」

「一旦笨蛋減少，人就會生氣，會吵架。所以必須過濾對方的心情。」

「過濾是什麼鬼啊，過濾。」平山笑了。

「應該是顧慮吧。」東苦笑說。

「總之，笨蛋成分被吸走，就沒辦法過濾了。」

「然後？」

「這對人來說其實很危險。發展到最後，人們會開始相互憎恨，相互攻擊，相互扭打，相互廝殺。所以笨蛋成分不管何時都很重要。笨蛋會拯救世界！」

「這個道理我懂啦。」平山說：「而且我也不是喜瑪拉雅，又不是夢枕獏先生的小說（註34）。這先不管，但你說的和我看這傢伙不順眼有啥關係？」

「似田貝先生雖然平常就有瞧不起人、說話不誠懇、做事輕率又失禮的壞毛病，但不管他做出多麼失禮的行為，也不會被責難被排擠被懲戒免職。因為他是個笨蛋。」

「啊？」

「他靠著笨蛋之力免除這些責難。大家會想：『算了，這傢伙是笨蛋，不跟他計較。』這種放棄計較和輕微侮辱的態度，讓他變成那種使人討厭不下去的人。他本人也明白如此，所以往往會得意忘形。他是個就算真的嘲弄人，也因為是大笨蛋而受到原諒的特權階級。」

「這種說法太過分了吧～」似田貝不滿地抗議。

但雷歐不理會他。

「就這樣，笨蛋變成了convenience store（超商）的乾燥劑。」

「你這句是故意講錯的吧？」東吐嘈：「是Communication（交流）的潤滑劑啦。」

「對，就是那種劑。不管小亮老師還是喜瑪拉雅老師，因為是作家，自然會帶有幾分知性，對吧？」

「只有幾分啊？」東不滿地說。「就說我不是喜瑪拉雅了。」平山抗議。

「兩位除了知性以外的多餘成分都被抽掉了吧。笨蛋成分被摘除，所以現在才會變得心情不好吧。」

「嗯……」

註34：夢枕獏寫過關於挑戰聖母峰的小說《諸神的山嶺》。

平山盤手，東歪頭，幾乎同時地說出：「也許是這樣。」

「感覺餘裕好像……」

「嗯，似乎消失了。至少，足以原諒似田貝先生的餘裕已經不見了。」

「看吧看吧～」雷歐得意忘形地說：「所以荒俁老師大人才會挑選我和平太郎、似田貝先生來啊。不管被吸走多少都一樣充沛，因為我們全身上下無一處不是笨蛋成分！」

「全身上下……」平太郎。

「救世主。偶啊，可是救世主喔。」

雷歐挺起胸膛。

「荒俁先生也是這麼說。之前沒發生什麼異狀，也許是這裡的『吸力』變強了吧。」

平太郎說。

「什麼意思？」

「拔掉澡盆的塞子時，排水口附近的『吸力』不是特別強烈嗎？」

「沒錯沒錯。」平山愉快地表示同意。「那個啊，會像這樣……」

「慢著，後面的別說出來。」似田貝趕忙阻止：「平山先生想說什麼我大概能猜到。八成是黃色笑話。肯定要說下半身的某器官被吸住的事情吧！」

「別這麼武斷好不好。不然來講澡堂裡的塑膠矮凳中間的洞的事好了。」

「那個也別講啦，拜託～」似田貝打斷平山的話。「那個我聽過好幾遍了。話說回來，好像恢復不少了啊，笨蛋成分。」

「幸虧有我在。」雷歐說。

「少臭美了。而且說啥恢復笨蛋成分嘛。我看還是把似田貝推下去好了。」

「別這樣啦～」似田貝閃躲。

「但是，既然連大名鼎鼎的平山夢明也會被吸走笨蛋成分的話，這個坑洞應該就是吸取口吧。」

「恐怕是吧。剛才的屍體應該也是從這個坑洞排出的。」

「排出？小亮亮，換句話說，這裡是肛門囉？」

「應該是吧……」東亮太窺視坑洞。「啊啊，真的耶，愈看這個洞會愈想殺死似田先生。」

「快停止，用不著一直看啦。」似田貝連忙說。

「由此看來……荒俣先生所謂的敵人本體，應該就在這個坑洞裡吧，八九不離十。」

「沒錯，一定就是這樣。」平山心情愉悅地說：「但我們也不能這樣就說搜索完成，拍拍屁股走人。無論如何還是得去確認一下才行。我和小亮亮知性太強，會妨礙探索。健康檢查報告也是這麼說的。既然如此……」

平山夢明首先看了似田貝，接著看平太郎，最後視線朝向雷歐。

「你們當中誰最笨？」

雷歐在平山說完前迅速指向平太郎，但平太郎已經指著似田貝，而似田貝的手指則對準了雷歐。

「喔～各位笨蛋們，你們真是有志一同啊。」

「平……平太郎很年輕。是年輕的小鮮肉！」

「不不不，這個重要任務當然要請經驗老道的似田貝前輩出馬啊。」

「怎……怎麼是我呢？雷歐才是真笨蛋吧？」

雷歐是真的很笨。

尤其他剛才昭告自己的笨蛋程度傲視群倫，想反駁也反駁不了，就算說了也來不及。雷歐的人生一直都太遲了。

「不然這樣吧。」

平山滿面笑容。

邪惡。

毫無惡意這點反而更凸顯他的邪惡。

「你們排成一排，快。」

他的笑容中潛藏著凶暴，三人只能乖乖地排成一排，雷歐站在坑洞邊緣。

很不利。

平山維持滿面笑容，走到離坑洞最遠的平太郎身邊。

「太郎，你好年輕啊。」

「呃……」

平太郎還在想該回答什麼前，平山猛然朝平太郎衝撞。

平太郎被撞倒，直接撞上似田貝，接著似田貝又彷彿撞球般撞上雷歐。至於雷歐……背後已經沒人能承受他的衝擊。

三人在坑洞邊緣滾成一團。

「拜啦♡」

平山說完，踹了平太郎一腳。

不對。

正確來說，是踢了交纏在一起的笨蛋們。

不對不對。

總之，三人都被踹下坑洞了。搞不好平山想踢的其實是雷歐呢。

反正身為三笨蛋之一的雷歐當然也一起滾落了。他只覺得自己的身體莫名其妙就浮在半空中。

與其說浮著，其實是墜落；與其說墜落，其實是在斜坡上滾啊滾的。至於客觀看起來是怎樣，雷歐自己也不清楚。總之他完全搞不清楚狀況，唯一確定的是他聽到「哇哈哈哈哈哈哈」惡魔般的笑聲逐漸遠離。

「我和小亮亮先回去報告了，你們在底下好好確認過再爬上來吧，如果還活著的話。再不然，等看看會不會有人心血來潮來救你們吧，雖然我不保證會有。」

隱約聽見平山這麼說。

「真的沒問題嗎？」東表示擔心，但被平山充滿愉悅的「全看他們造化啊，造化！」打斷了。

喔呵呵呵呵呵呵。

遠處傳來笑聲。

聽說平山曾經傳送電子郵件給熟人，內容只寫了「喔呵呵呵呵呵呵呵」。

事已至此，只能去探探了。

去地獄的底層。

廿漆

妖怪發動疑似大戰爭之行動

黑史郎心急如焚。

因為有飛機襲來。

他不是軍事迷，不清楚飛機型號，但至少明白那不是民航機。機體形狀與在電視新聞的航空展報導出現的很類似，多半是戰機吧。

並非只是飛越上空。

數量也不只一、二架。

直升機已經出動，亦可見到裝甲車或戰車在公路上行駛。這……

怎麼看都像是要打仗了啊。

黑最痛恨戰爭了。

他現在總算明白戰時的百姓害怕轟炸機呼嘯襲來時的巨響與黑影的心情。打不贏的。絕對打不贏。那是為了殺戮與燒毀城市而製造的事物。如此可怕的事物現正襲來。

除了逃亡，毫無對策。

就算要求對方住手，高聲求救，尖叫，怒吼，對方也絕不可能罷手。黑也沒有擊落對方的方法。更何況這麼做的話機上乘坐人員會死亡。那些人不見得都窮凶惡極。

那些人不見得是自己想做才做的。

不，就算他們真的是心甘情願的。

只要對方沒有戰鬥機的話就沒辦法轟炸了。因此，只要能將敵軍飛行員全部殺死或將戰鬥機全數毀壞，或許就能阻止吧，前提是己方也有戰鬥機。

沒有就只是空想；就算有，他也不會駕駛；就算會駕駛，他也不想動手。

人類不該製造武器。

與其說是為了進攻而製造武器，更像因為擁有武器所以去進攻。

大體說來，人類總有些異常的部分。

沒有人類是正常的。而且，必然有些變態部分。但大部分的人都很卑鄙狡猾，並且欲望強烈。不願深究，辦事隨便，卻又愛自我正當化。就算不是如此，往往也腦筋頑固或視野狹隘或懵懵懂懂。因此，人類不爭吵才奇怪，意見永遠不可能統一。

即便如此，人們還是能合作。

就算無法合作，頂多只是吵吵架，更嚴重就發展成拳打腳踢甚至咬人。就算如此，仍然可以阻止。假如動手的是名壯漢的話，也許會有生命危險吧，但畢竟是人，還是能用言語溝通的。即使溝通不了，也不至於逃不了。雖然有些人真的拳頭不硬，腳也不快。這種情況下只能請更壯的人來調停。

但是，一旦動用槍砲、彈藥、刀械或炸彈的話就不行了。

是的，那樣是不行的。

因此，死旗從一開始就立得高高的。轟炸機速度飛快，詳細的時速多快黑並不清楚，肯定比跑步更快得多。

他們輸定了。

從一開始就絕無勝利的可能。這場敗仗是被硬塞的。是強迫中獎的敗仗。

黑討厭武器。

武器只該用來對付虛構世界中的怪獸或喪屍。那種事物是為了被打倒才創造出來的，所以沒問題。

除此之外的事物都不應該。

因此，敵機黑影等於敗北。

黑老早就舉雙手投降了。

倘若他現在是孤身隻影，或許還有活路，也能乾脆放棄。

譬如說，他能試著全力奔跑逃亡，或者全力下跪求饒，或者乾脆一直打坐下去，或者乾脆邊快速唱起改編歌詞版的《海螺小姐》主題曲邊全裸小跳步，選項無限大，不管選哪種都不會給人添麻煩。啊，不過考慮到妻子的話，全裸小跳步還是不太好，其他都無妨，反正最終都是死路一條。黑負起責任做出選擇的結果是死亡。無奈歸無奈，卻很合理。然而……

現在黑的頭上有隻章魚狸貓攀附著。

身邊圍繞著幾百位被那隻狸貓誑騙的信徒。

其實在知道邪神是狸貓變化的時候，他就應該開誠布公，再不然乾脆消失不見。這樣至少能讓這幾百名無辜的信徒自行解散。之後會怎樣，他無從想像，也無法為他們負責，但至少不該讓他們在此全員被殲滅吧。

這是個……很令人頭痛的問題。

黑的腸胃又開始發出無聲的哀號。

沒有嘶吼，但會咕嚕咕嚕地叫。

想起分隔兩地的妻子，胸口一陣悶痛。

肚子和胸口和頭都很痛，心也在痛。

愈發憎恨頭上的狸貓了。

「黑先生，你沒事吧？」唯一留在黑身邊心地善良的水沫流人問道。雖然水沫的年紀比黑更大，已是個大叔了，舉止動作莫名有種可愛感。是個好人。

「我覺得很像全身都在下痢啊。」

「那陣巨響聽起來不太妙啊。感覺連我的肚子也不太舒服了。」

「等聽到轟炸聲就能解脫了。」

恐怕聽不到完整的「轟隆」聲吧，聽到「轟」就說拜拜了。

「真的會對民眾轟炸嗎？日本現在已經變成這種國家了嗎……」

「民眾的心中早就沒有國家了。沒人把國家當一回事，國家也不把民眾當一回事，只剩下暴力。」

「的確是。國民對此毫無批判，也不認為這是不當打壓，只知互相憎恨。」

水沫雙手合十，頭側向一邊說。

動作與反應真是意外可愛。

雖然如此，兩人卻只能像個老頭子般呼喊「老天保佑」。

「但我們也不能袖手旁觀吧？這樣會害這個營隊全軍覆沒的。黑先生憂心的不就是這個嗎？」

「也沒到憂心的程度啦……」

憂心是站在上位者的擔憂，黑認為自己的擔心沒那麼高尚。

「也許我在害怕吧，又覺得並非如此，其實我自己也說不上來啊，水沫先生。這種情況下，果敢地挺身戰鬥才是正途嗎？」

「你想……戰鬥嗎？」

「想要自保的話，真的只能一戰嗎？」

「也有人無法戰鬥啊。」

「能戰鬥者為了保護其他人必須奮戰到底嗎？能戰鬥卻不肯戰鬥的人是膽小鬼嗎？我常被說沒膽量，但沒膽量真的不行嗎？膽小鬼沒有活著的資格嗎？」

「膽小也沒關係啊。」

「真的嗎？」

「能逃的話就逃吧。」

「嗯。可是我逃走的話其他人該怎麼辦？他們不管是否挺身而戰都會喪命啊。」

「黑先生，你覺得這件事的責任在你身上嗎？」

「不，先不論責任歸屬的問題，重點是認識的人死亡還是很讓人沮喪啊。就算不認識，聽到有人死亡總不會是件開心的事。不，不是死亡，而是被殺。死於無法避免的天災很討厭，但我們現在面對的可是屠殺呢。明明有機會阻止卻不阻止，真的好嗎？」

「是不怎麼好。」

「但我還是無法湧現戰鬥的意志。就算心情上願意一戰，我能做的僅有高舉雙手衝向敵人。肯定會瞬間死亡吧。」

「的確是會瞬間死亡。」

瞬間死亡，仔細一想真是一句可怕的話。

「假如交戰對象是人，朝對方露出屁股、四肢著地倒退爬行的話，不失為一個退敵妙方。我年輕時遇過這招，一瞬間就喪失鬥志了。」

「居……居然還有這一招！」

水沫手掌張開，手心朝向黑說。

也許這是他表示驚訝的姿勢。

「多……多麼出人意料的攻擊方式啊。」

「完全跳脫常識啊。真的很可怕喔，如果遇到像這樣屁股對著自己狂奔而來的話。可怕歸可怕，卻又很可笑。多麼白痴啊。碰上露屁股這招根本沒轍。但我們這次的敵人是軍隊，不管光著屁股還是全裸他們都不在乎，會把我們直接炸個粉碎，這類笨蛋招數根本派不上用場。」

「因為這個笨蛋招數太渺小吧？」

「渺小？」

「一個人的話當然很渺小，在戰鬥機上根本看不見。」

雖說戰鬥機也不是為了攻擊個人而出動的。

「不，就算三百人同時露屁股，炸彈照樣會拋下啊。落地之後直接爆裂。」

「咚哐。」

小時候住在國外的水沫沒受過田村信的搞笑漫畫影響，而高橋留美子的作品主要也是看動畫，所以講到炸彈的效果音時，他不會用「咻咚」來形容。

「瞬間多了三百具露屁屁的屍體嗎，感覺更悲愴了啊。這樣一來，想當反抗軍也當不成，怎麼看都像集體排便過程中不幸被炸死的。」

頂多能搏君一笑。而且會成為後世笑柄。

「不管如何，戰爭就是討厭。」

「嗯……人終究免不了一死。」水沫達觀地說：「奮戰而死真的會比毫無抵抗地死去更偉大嗎？」

「不會吧。」

「我想也是。那麼，在戰鬥中殺死敵人和毫不抵抗地被殺，何者比較偉大？」

「兩者都不偉大。」

「都不偉大啊……」

這不是勝負的問題。

把這個問題放進勝負的框架裡本來就有問題。現實世界中沒有所謂勝負。勝負只存在於約定的世界裡。必須先有約定存在，勝負才得以成立。

換句話說，必須先有規則。無視規則的惡徒在沒有規則的世界裡也只是個平凡人。要打破規矩，得先要有規矩。

基本上，戰爭也有規則。

雖然這樣的規則能容忍大量死亡，從根本上說來並非良好的規則，但還是有絕對禁止的事項。例如說，禁止毒氣、禁止生物兵器、不能虐待俘虜等。此外還有所謂的戰爭罪。這些限制不是禮儀，而是規則，是約法三章。

戰爭必須要有規則才能成立。類似磯野來玩棒球吧、來玩黑白棋吧、來猜拳吧這樣，必須先有個「來打仗吧」的邀請，對方回應「好，要打就來啊」後才開始，雖然這個邀請過程可能會很慘痛。

不同於棒球、黑白棋或猜拳的是，決定參加遊戲的人並非玩家本身。

不對。

玩家也是決定參加的人，但參加後就成了棋子。

由此可知，「並非」先有憎恨或厭惡的情感成立才導致戰爭的。

這和吵架完全不同。

黑完全不看運動賽事，所以不清楚詳細情況，他聽說某種踢球遊戲經常演變成支持者互相叫罵，甚至大亂鬥的局面。這種事雖然是討厭對方才會產生，但只要不比賽，就不會討厭對方。也不是因為討厭對方才去比賽。而是比賽先存在，結果令人不滿意才產生厭惡之情。

戰爭也一樣。不是討厭對方才發生戰鬥，是戰爭先發動才帶動痛恨之心。

並非因為討厭對方才丟炸彈，也不是因為對方很囂張才射飛彈，而是因為有人參加這場遊戲能得到「好處」才會發動。即使棋子大量死亡，城市受創，只要勝利，就能得到超乎這些損害的「好處」。雖然黑很想問比人命更寶貴的利益究竟是什麼？風險當然很高，但這樣道理連蚯蚓也明白，所以不會輕易發動戰爭。大部分的情況下只要靠溝通就能相互理解，即使不理解也能妥協，不想妥協也不見得會演變成廝殺。因為戰爭非常勞民傷財。但是……

有時即使明白這個道理，但決策者認為打仗所帶來的利益更高時，就會演變成戰爭。

然後——

因為戰爭開打了，連帶地也討厭起對方。

不只如此，為了發動戰爭，上頭還會先讓人民「厭惡對方」。

決定遊戲開始的人們，為了能自由操控棋子，會先煽動自國人民對敵對國產生討厭或憎恨的情緒。如此一來，在問「我可以打仗嗎？」的時候，棋子們才會回答「當然可以！」。

明明是去送死，卻回答「當然好！」多麼愚蠢啊。

不管如何，不管任何情況，不管發生什麼事，以性命為代價的規則都不該存在。雖然如此，戰爭好歹還是有個規則。有人決定開始和結束，不會戰到滅族滅家滅國。就算有一方豁了出去，另一方也會因為這樣太蠢而制止吧。

但是。

現在日本這個國家連規則也失去了。

只要看不順眼，就直接殺死。

行為被情緒所支配。

實在令人難以置信。

何況就算有規則，一碰到不合己意的狀況就改變的話，不就等於沒規則嗎？

這種狀況下還把武力帶進來的話更是無藥可救了。完全看不出到底有誰能在這個狀況中獲取利益。全風險，零回報。而且，沒有開始也沒有結束。只能戰到一兵一卒完全殲滅為止。所謂的敗北，只存在於被襲擊的那方全軍覆沒的時候。全都死光光的話，決定敗北的規則或約定也會失去意義。

「我看還是逃吧。」水沫說。

「真的好嗎？」

「應該沒問題吧。雖然不願去想像那種情形，假如炸彈落在這裡的話……」水沫邊說邊加上手勢。只不過他比得很像下雪。「你覺得會怎樣？」

「會死吧。」

「我和黑先生都會死。但那個會如何？」

「那個？」

水沫指著黑的頭頂。

黑的頭上的奇妙物體已露出一半的狸貓身體。章魚和狸貓的混種生物只讓人噁心，一點也不想崇拜。話說回來，這玩意到底是啥？怎麼看都不像邪神。就算是狸貓，又是哪來的？

黑覺得讓那群「Iä Iä」信徒們看到這種狀態會很不妙，所以一直躲在帳篷裡。

「會被炸彈消滅嗎？你頭上不知是章魚還是狸貓的那個。」

「這……」

恐怕不會死吧。鬼怪不會死。

「既然如此，信徒們會怎樣？」

「這個社群的人崇敬的不是我，而是這隻狸貓，所以……」

「說得也是。既然如此……」

這隻章魚狸貓並非只能依附在黑身上。牠原本在其他地方湧現，後來才附身的，一開始和黑保持一段距離。後來逐漸靠了過來，最終攀到他的頭上而已。牠是獨立的個體。現在雖然是章魚狸貓的模樣，那是因為黑聽了牧野和田中的話，變得相信如此，但在邪神信徒的眼裡也許牠仍是邪神吧。不，一定是這樣的。

因為牠能變化。

「所以說……信眾還是會聚集起來？」

「被轟炸後仍平安無事的話，信徒們一定會更瘋狂信仰吧。這麼講雖然很失禮，其實信徒們對黑先生的生死毫不在乎，只要『那個』沒事，能受他們瞻仰膜拜就夠了。這樣的結果恐怕就是……」

「全體陣亡。」

「嗯。」水沫雙手貼在胸前。「就算黑先生留在營隊，挺身戰鬥結果被殺，依然改變不了什麼的。」

黑認為水沫說得很有道理，但是。

「但我也想不到其他打破僵局的辦法啊。」

「所以說，趁還活著先逃吧。」

死了就沒得逃了。

「比黑先生被殺，邪神繼續留在此地好多了。好歹是帶著邪神跑。」

「是沒錯……所以我真的可以逃嗎？可是這個帳篷被圍繞著，也沒辦法偷偷逃啊，會露餡的。」

四面八方都有人，近乎監視。

「意思是逃不了嗎？」

「不，我一走大家都會跟著走。」

「不然，大家一起逃如何？」

「一大群人一起逃？少說有三百人耶。」

「各自作鳥獸散就好。三百人各自選方向逃如何？就這麼宣布吧。」

「宣布？」

「黑先生感覺責任在己是因為這三百人都想保護你。既然如此，你為了保護自己，做出分頭逃跑的指示，應該所有人也會跟隨才對。」

「但他們想保護的不是我，而是這傢伙……」

但是。

只要黑還一息尚存，結果都一樣。因此……

這也許是個妙計。

「好一個妙計！」

傳來一聲唱戲般的應和。

黑反射性想站起。

直接進入好想逃快逃吧拔腿就跑的思覺失調模式。

掀開藍色塑膠布帳篷，露出臉來的是妖怪繪師東雲騎人。不，探頭的不只一人。東雲底下的是妖怪愛好家式水下流，更下面則是妖怪情報收集家兼妖怪繪師的冰厘亭冰泉。

簡直像圖騰柱。

黑聯想到在動畫版《惡魔君》登場的東嶽大帝手下的哇哈哈三人組。這三個角色比較冷門，恐怕很多人都沒聽過吧。不管如何，他們登場的方法很動畫風。假如他們的臉一模一樣，就很像《魔法使莎莉》中登場的三胞胎豚吉、珍平、貫太了。這邊更有名，但年代也更古早。

「吾等來助你一臂之力了。」冰泉說。他的語氣彷彿在說書。東雲的語氣也很像在唱戲，式水則和平常一樣，臉上掛著微笑。

「助一臂之力？」

不理會黑的疑問，三人一溜煙地走進帳篷裡，圍繞著黑說：「哎呀哎呀~這就是傳聞中的狸貓大人啊。」

不，是圍繞著狸貓。

「那麼，式水大人，敢問這是何方大狸呢？」

「既能幻化邪神，來頭肯定不小，想必是名相當偉大的狸貓大人吧。」

式水依然掛著笑容，看不出他視線指向何處。

「這是當然的。想必是阿波的金長大明神大人、屋島的禿狸大人，佐渡的團三郎貉大人——不，說不定是統領八百八狸的隱神刑部大人——總之，肯定是此一等級的偉大狸貓，您說對吧？東雲大人。」

「哎呀呀……居然這麼偉大嗎！這可真是不得了了。能拜見位階如此之高的狸貓大人，對我這個妖怪愛好者而言真是何其有幸啊！」

「慢著，既然如此，咱們頭抬得這麼高很失禮啊。冰泉兄，您說對吧？」

「不妙，您沒說我還沒發現，還請狸貓大人大人有大量，別怪罪我們吶。」

三人雙手合十，頻頻喊著「多麼尊貴啊」，朝黑的頭上膜拜。

現在是什麼情況？又有新的崇拜者出現了嗎？黑開始覺得煩了。

真希望他們快走。和「iä iä」那群人根本沒兩樣。

「哎呀哎呀，黑先生。」

這時，水沫說出類似母親對吃點心掉滿地餅屑的幼兒所說的話。

水沫的雙手手掌張開，掌心向前，舉至兩側臉頰附近。

「水沫先生，你在幹嘛？怎麼擺出逗嬰兒的手勢？」

「不是的，黑先生，你頭上……」

「咦？」

黑試著將視線朝上，但不管他怎麼努力⋯⋯

「啊，我忘了你看不見自己頭上的⋯⋯」

水沫說到一半，被三人組的吵鬧聲打斷。

「哎呀呀呀，這是多麼氣派又多麼尊貴啊，我都快嚇軟腿了。沒想到狸貓大人竟然肯對我們顯現真貌！」

「啊啊，這太委屈您了！雖然能瞻仰您的尊榮，令我感動涕零，誠惶誠恐之至。」

「原本說來，吾等沒有資格拜謁您這種身分的大狸，能得到您的體恤，草民感激不盡。」

喝呀，不愧是日本第一！」

黑想，這已經不是哇哈哈三人組，而是蝙蝠貓（註35）了。

不，更重要的是⋯⋯

「請問現在是怎樣？我毫無頭緒⋯⋯」

「嗯。」

半張著嘴，面容呆滯地望著黑頭上的式水彎下腰，把嘴湊近黑的耳旁，壓低聲音說：

「請再忍耐一下。」

註35：《惡魔君》中十二使徒之一，擅長奉承。

視線渙散，直勾勾地對著正前方。

接著他把頭抬起，再度開始奉承。

「哎呀～太開心了～看您這身華美的袈裟，想必是位偉大至極的狸貓大人吧。」

「豈只偉大，式水大人，您沒聞到牠身上還瀰漫著一種高貴的芬芳嗎？」

「您不說我還差點沒注意到呢。哎，來這一趟真是太好了。這是我一生中最寶貴的回憶了，真是大飽眼福啊。」

這些傢伙到底想幹嘛？要黑忍耐又是什麼意思？黑覺得自己忍受得夠久了。

黑望向水沫。

他的臉上浮現這般表情。

憧憬。

『汝……』

「啊？」

沒聽過的聲音從黑頭上傳來。

是腹語術嗎？是誰，誰在用這種技藝耍他。

『汝等猜得沒錯，余乃赫赫有名之靈狸！』

「哇哇～」妖怪迷三人組畢恭畢敬地鞠躬。

「沒想到竟能獲得狸貓大人的直接回應，此乃吾等至高無上之喜。」

「得好好地祭祀狸貓大人才行啊。」

「但要祭祀前，得先問祂是何方大神才行啊。」

「這太失禮了，狸貓大人身旁無人侍奉，直接詢問著實有失禮數吶。」

『但問無妨。』黑頭上的聲音說。

「哇啊啊～」

三人幾乎是五體投地地跪拜。接著，東雲舉目仰望。

「嗯……草民深知此一提問魯莽至極……」冰泉抬起臉來。「恕草民斗膽，敢問尊名為何？」

「嗯。」

黑的頭上……

到底發生了什麼事？

『余乃統帥八百八隻靈狸之山口靈神——隱神刑部是也。』

「喔喔！」三人誇張地平伏於地。

水沫也跟著合掌低頭。

「咦？」

唰，一道黑影一瞬從黑的眼前由上而下晃過。

不知不覺間，前面出現一隻氣派的狸貓。

雖是狸貓，並非獸模獸樣。牠以兩腳站立，彷彿德高望重的僧侶，但臉部十足是狸貓。不是漫畫風格，也不是信樂燒狸貓，而是動物的狸貓的模樣。鼻樑上有一道類似白鼻心的白色線條。那條白線構成絕妙的平衡，讓動物風格的臉產生角色感。

「原來是刑部大人，多麼偉大啊。」

「刑部大人降臨了，刑部大人降臨了！」

「像您這般高貴之人不該待在這窮酸地方。刑部大人，這邊請。」

冰泉半彎腰小碎步地走，掀起帳篷入口，請狸貓外出。

「吾等已備妥車子。」

『嗯，辛苦了。』

狸貓趾高氣昂地悠然離開帳篷。

黑則是……

感覺自己好像被狐狸耍了一樣。明明是狸貓。

「這……這是怎樣？」

「哎哎，看來作戰成功了。真順利。」

東雲睜大骨碌碌的眼睛說。

「作戰？」

「黑先生。何不確認一下你的頭頂呢？」水沫語帶興奮地說。

說是這麼說，帳篷內沒有鏡子，只能靠觸摸。老實講，黑不怎麼想觸碰那種又長毛又像軟體動物的物體。

但他看到水沫哀求般的眼神又不忍心。

是頭頂。

是頭髮。

然後，是頭皮和毛囊。

「啊。」

不見了。

不在了，不在了。

空無一物。

不論是卡波或精螻蛄、邪神、章魚或者狸貓，全部都……

「咦？所以說，剛……剛才那隻狸貓是……」

「是的。」式水忍住笑意回答：「黑先生頭上的那個似乎能因應其他人期待改變形狀，既然現在牠快轉化成狸貓，就乾脆讓牠完全變狸貓吧。」

「讓牠變狸貓？」

「嗯，那樣比較好對付。」

「為什麼？」

東雲噘著嘴唇，如連珠砲般地說明：

「舉例來說，精螻蛄這名字分不清是個體名還是物種名，對吧？妖怪大多如此。因為不是生物，這種事並不重要。並不存在著見越入道族中的某某人，而是一律相同，都是見越入道。雖然也有明明是見越入道，屬性卻不太相同的個體，也有和見越入道完全相同，卻不同名稱的其他妖怪……總之，若類比為動物，見越入道屬於物種名稱，但不是個體名稱，對吧？」

「就和貓或狗相同。」

「沒錯，而不是咪咪或來福這種個體名字。但仔細一想，會發現妖怪的名字與其說是貓或狗這種物種名，其實更接近咪咪或來福這種個體名。」

「嗯……」

這麼說來，似乎是如此。

「京極先生說這就是化物和妖怪的差別，雖然我不是很清楚他的意思。他一旦開始說明總是囉哩叭唆的，所以我沒仔細聽。他也說由於特攝的怪獸採用一個種類只有單一個體的形式，故消解了這個問題，這是什麼意思我也不怎麼曉得。聽說克蘇魯類的又是另當別論。那麼，問題回到精螻蛄，黑先生認為精螻蛄該算哪種？」

「嗯……的確分不清是貓還是咪咪呢。」

「對吧？」式水說：「然而，妖怪中也有類似貓這種物種名。就是作為種族的河童和天狗。此外，狸貓、狐狸、鼬鼠、貂或川獺等由動物變化而來的妖怪也是這類。」

「嗯嗯。」

「狐狸和貓狗同樣是物種名。但御三狐或芝右衛門狸就完全是咪咪或來福了。這個名字代表的對象只有一隻，是個體名稱。換句話說，若能將牠限定在單一個體的話，不就能讓角色性固定了？」

「角色性固定？」

「是的。即使同樣是狸貓，也分成很多種類。」

東雲接著說：

「有的四方雲遊勸募只為修復寺院，有的視把村民騙進堆肥坑裡為無上喜悅，從偷情的藉口到老婆婆編的故事，狸貓廣泛存在於民間故事和傳說中，進而塑造了無數的角色性。若能限定為某一狸貓的話，便能縮小範圍，也就容易對付了。」

「容易對付……但縮小範圍這種事真能辦得到嗎？」

「實際上不是縮小了嗎？」式水開口笑說：「黑兄頭上的物體原本沒有自我，只要賦予牠角色，便能使牠產生自我。反正角色性這種事本來就是周遭的人賦予的啊。」

「這些感覺很沒人性的囉唆道理應該出自京極先生的口中吧？」黑問。

「是的。」兩人同聲回應。

「一旁的村上先生插嘴說如果具有狸貓屬性，用奉承來對付最有效，應該派出天生具有狗腿體質的人，不知為何就找上我們了。」

「我可沒那種體質咧。」

東雲噘著嘴抱怨。

「原來是這種策略啊……」

「是的，就是如此。」東雲說：「我還是要不厭其煩地說，我一點也不狗腿喔。」

「狗不狗腿都不重要吧？」式水吐嘈。

東雲綳起臉來。

「總之，結果說來成功了。那個變成了隱神刑部狸。」

「變成」嗎？

「現在你的頭上應該變得很清爽了，沒有妖怪了。」

嗯。

的確是爽快多了……的相反，感覺起來根本差不多。

因為黑頭上的事物本來就沒有質量，雖能觸摸，但一點也不沉重，只覺得很煩。

但如此一來，黑總算能自由……

「不對，請等一下。這樣的話，那尊邪神也會消失吧？」

「已經消失了。」式水說。

「可是這樣的話……」

「可以去拜託刑部狸看看，也許肯變化。如果牠心情好的話。」

「等等，東雲先生，心情好是什麼意思？」

「總得看狸貓願不願意啊。」

「可是邪神信徒們該怎麼辦？」

唉。

或許也沒辦法吧。

「就如水沫先生剛才的提議，讓這個營隊解散吧。只要跟他們說太古邪神突然銷聲匿跡了，請他們各自解散，到世界各地找尋就好。」

「我說不出口。」

黑史郎不習慣說謊。

「我去幫你宣布吧，交給我處理。」東雲說。

「真……真的好嗎？可是你不是說自己並不狗腿嗎？」

「這跟狗腿無關吧？放心，我和式水不同，我的口條很好。」

「東雲先生那張嘴的確很有名。」式水揶揄。

因為是狗腿體質。

東雲有些不爽，「別生氣別生氣。」式水安撫。

同樣是皮笑肉不笑地。

「算了，沒關係。那麼，就請黑先生、水沫先生和刑部狸大人一起前往妖怪聯盟的祕密村吧。」

「怎麼去？」

「外頭有輛廂型車。駕駛是以前待過京極先生事務所的田嶋先生。」

「那……那個很像港星許冠文的那位？」

「是的，就是也很像中村梅雀的那位。」

這種事一點也不重要。

「但，真的沒問題嗎？」

天上有戰鬥機，陸上也有戰車逼近。

「儘管放心吧。」東雲自信地微笑了。

「實在很難放心啊。雖然頭上的章魚狸貓總算離開，要說感謝的確是很感謝……」

「其實這個作戰，卸下你頭上的章魚只是順便。」式水說。

「順便？」

「嗯。真正的任務是為了不讓洛夫克拉夫特信徒受到牽連，要讓他們盡早解散。」

「你們狗腿三兄弟的任務？」

「就說別把我歸進那裡面嘛。」東雲抗議。

「狗腿就狗腿，又沒關係。冰泉先生也不討厭被人那樣稱呼。我自己也不討厭啊。」式水微笑說。但眼神在游移。

「算了算了。總之呢，黑先生，根據來自北海道怪談社群、東京非合理現象對策協議會，以及京都的日本宗教聯絡會的情報，日本全國的軍事部隊似乎已經集結，朝富士山麓的平原進軍了。」

「日……日本全國的？」

「嗯。」

「為……為了殺死我們？」

「恐怕是吧。」東雲回答。

「太可怕了。」水沫手貼著胸口說。

「我……我們完蛋了嗎？」

「我可沒有在這裡完蛋的打算。」

東雲若無其事地回答。

真不知他這份自信從哪來的。

「但我們毫無勝算吧？要解決我們這群人，甚至不必派一個連。只消丟顆炸彈就能炸死我們所有人。秒殺。就算逃跑，被地毯式炸個一輪也會死光光。大爆炸。瞬間蒸發。四分五裂。」

「嗯～應該不會進行地毯式攻擊吧。」

「為什麼？」

「荒俣老師說敵人的根據地就在這附近，所以對方不可能不經大腦地亂炸一通。」

「根……根據地？」

「因此，對方應該會派出全副武裝的自衛隊，滴水不漏地進行包圍，斷絕我們的後路後，再大量派出以ＹＡＴ為首的遊騎兵之類的部隊，以樹海為中心仔細搜索，一發現目標就殺害，有人想逃出來也全部殺害。」

「哇哇～」

不直接一擊斃命啊？

「幾乎所有部隊都還在部署，富士山包圍網尚未完成。妖怪聯盟掌握到這份情報，打算今晚就發動聲東擊西作戰。」

「聲東擊西？」

「我們打算派出鬼怪。」式水說：「大量派出特別醒目的鬼怪。正在集結的部隊自然會被鬼怪吸引注意，趁這個機會讓洛夫克拉夫特信徒們逃離。因此，若想讓這群人逃亡的話，就要現在做出決定……」

「好，既然如此，我要逃。」

黑站起身，又看了東雲的臉一眼。

「等等，你剛剛是說讓他們逃？」

「是的。」

「那我搭乘許冠文駕駛的車是要去哪？」

「妖怪聯盟的祕密村，在克蘇魯營隊東方不遠處。」

「抵達那裡後……再逃嗎？」

「我們不逃喔。」

「等等，你剛才不是說聲東擊西嗎？東雲先生。」

「那是式水說的，不過沒錯。」

「呃，鬼怪會吸引軍隊注意，然後幫助信徒逃跑？」

「當然會幫助。我會負起責任幫助他們拔腿就逃的。不是狗腿喔，是拔腿。」

既然如此。

「我有點搞不清楚了。你們不是為了讓我們逃才聲東擊西，吸引敵軍注意嗎？可是我現在要去的，卻是負責吸引注意的地方？」

「應該是吧。雖然我不會去。」東雲騎人說。

「可是，我去那裡幹嘛呢？我不想當老好人送命為人謀福利啊。與其進入虎穴，我寧可放棄虎子。就算只是虎子，老虎還是老虎啊，哪怕只有一公分也好，能離虎穴多遠就想離多遠。」

「這樣不行啊。」東雲表情認真地說：「信徒是一般人，但黑先生是妖怪相關人士，就算逃亡也只會被逮捕。全國都道府縣恐怕都貼滿我們的通緝海報了。」

「我戴口罩總行了吧！」

「可是你以前就不是常常戴口罩出門嗎？」

「是這樣沒錯。」

「你戴口罩的照片已經廣為流傳了喔。」

「那就不戴。」

「一般照片也早就傳開了。就算取下口罩，大家也一眼就能認出是你喔。搞不好取下手套的京極先生還比較難被認出呢。」

怎麼這樣。

「不然我去那裡幹嘛？去送死嗎？與其送死，還不如取下口罩逃比較好吧。」

「似乎不見得喔。」式水回答。

臉上依然微微帶著笑容。式水不知為何總是在笑。

「似乎是什麼意思？」

「這是村上先生說的。」

「村上先生只是在說笑吧。他是那種就算在生死存亡關頭也會說笑的人。」

「但作戰參謀是京極先生。」

「京極先生？但他放棄的速度無敵快耶。讓他當參謀，不會一看情況不利就直接繳械投降嗎？先不討論京極先生，所謂的聲東擊西，不是為了某種目的，派出另一支部隊引誘敵人嗎？」

「是沒錯。」

「換句話說，會受到敵軍集中攻擊吧？敵人是戰鬥機耶，是戰車耶，是遊騎兵耶。強大的武力正從日本四面八方陸續集結而來耶。」

「應該是吧。」

「換句話說，妖怪聯盟當然也不該留在那裡。留在該處只會被殺。這樣根本不是聲東擊西，而是自殺行為。他們應該不是要做這種傻事吧？雖然妖怪相關人士都是笨蛋，但也沒愚蠢到想主動送死吧？」

「應該不會。」

「既然如此，應該大家都在準備逃了吧？敵人集結過來了啊。嗯，肯定是如此。那麼，我為何必須去那裡？去了反而增加逃跑難度吧？」

「沒有任何人要逃。」式水說。

「啊？」

「郡司先生發表了精彩演說，宣稱想逃就逃，想背叛就背叛，自由乃是妖怪迷的信條，結果也沒人逃。」

「這是怎樣？什麼意思？要戰鬥嗎？壯烈犧牲嗎？徹底抗戰嗎？我們毫無勝算，百分之百會死。妖怪相關人士們什麼時候變得那麼好戰了？」

「呃，可是……那樣子算戰鬥嗎？」式水轉頭問東雲。

「應該也算吧。」東雲表情微妙地回答：「既然名稱就叫妖怪大戰爭的話。」

「慢著慢著，妖怪迷的頭目——水木大師不是告誡我們無論如何都別打仗嗎？大師不也在那裡嗎？」

「在啊。」

「他老人家沒阻止大家嗎？」

「嗯……總之你去了就懂。荒俣先生和京極先生，當然也包括水木大師，是絕對不願發起戰爭的。但只要能迴避戰爭，他們也同樣任何事都肯做。」

無法理解。

為了迴避戰爭而打仗，這不是邏輯謬誤嗎？

「黑先生，我們走吧。」水沫說：「這裡交給他們。東前總編及福澤先生、平山先生也在祕密村，既然他們都認同的話，肯定有什麼對策的。」

「呃……」

雖然平山在想什麼沒人知道。

「讓狸貓等太久的話，牠會生氣的。」

「狸貓！」

的確是個大問題。

黑可不想要牠又爬回頭上。

雖然依然滿腹疑問，黑決定先搭進廂型車裡再說。

慎重起見，不坐在座位（seat）上，而是假裝貨物躲在後方。但如果直接躺著看起來反而可疑，因此上頭又蓋了一塊塑膠布（sheet）。反正日語唸起來都一樣。

黑躲得很窩囊，狸貓卻堂堂然坐著。

這些人的神經究竟怎麼長的？明明公路上有戰車、裝甲車來來往往，還視若無睹地走？車上還載著一隻狸貓。

不久，車子駛進蜿蜒的旁道側道山路獸路甚至無路之路，車身搖晃劇烈。黑身上蓋著塑膠布，看不見風景，只要車子一轉彎，就會撞到屁股和頭。黑覺得肚子又開始翻騰。

說不定會碰上臨檢。不，臨檢就算了，更慘的是直接遭到槍擊或轟炸。就算強行突破臨檢，也會被人從背後集中開火吧。唯有在戲劇裡才有可能順利突破。

一想到這個，肛門括約肌又活躍得彷彿強行軍。

不過那是對黑而言。對狸貓而言，也許只是一場兜風之旅吧。

不，不明白狀況的狸貓肯定覺得是一場愉快的旅程。

不久之後，聽到許冠文先生輕聲說「抵達了」，式水幫忙掀開塑膠布。

黑走下車，見到熟悉的面孔。

怎麼覺得他們……

好像一派悠閒啊？

雕塑家山下昇平彎腰行禮，說「辛苦你了」。遲了一拍，他身旁其他人也擺出相同動作。大多是製作妖怪相關商品，在活動中販售的人。黑教過的學生也在其中。

這……

……這是在替剛出獄的人接風嗎？

「請問現在是什麼情況？」

「先跟我到參謀本部吧，在那邊進行說明。」

黑木主這麼說完，一邊搓著手轉而面向狸貓。這男人的態度與其說是狗腿，更像電視節目企劃公司的三流製作人。

「狸貓大人……請問這位狸貓大人的名諱是？」

「這位大人乃是山口靈神隱神刑部閣下。」冰泉說。

「原來是那位有名的……原來如此啊。遠路迢迢真是辛苦您了。那麼，請刑部大人跟我來，已經為您備妥妖怪專用的休息室——VIP室了。」

黑木畢恭畢敬地為狸貓領路。

沒人來招呼黑嗎？

妖怪休息室又是什麼？

而且還說是VIP室。

「常駐型的各位請來這邊集合。」

一旁的小松艾梅爾說。

「常駐？」

「有些妖怪一旦現身就不再消失喔～特別是在漫畫登場過，視覺形象固定了的妖怪特別不容易消失。」

「啊？」

到底是怎樣？

問了艾梅爾該怎麼走後，黑獨自走向所謂的參謀本部。

水沫與其說是妖怪相關者，更像怪談界的人，所以暫時和黑道別。

一路上只是普通森林。但有許多別墅點點散在於林間，和營隊的感覺大不相同。不愧是妖怪村。

登上山坡，穿過小徑，來到一間老舊別墅。

敲門，推開，見到村上和多田、香川、化野、京極等妖怪推進委員會成員齊聚一堂。感覺好像有很長一段時間沒和這些人見面了。

大型桌子正中央有張地圖攤開著。

似乎在召開軍事會議或作戰會議，眾人正在研擬戰略。

唉～

真不想戰爭啊。

「小黑，你終於來了。」

京極眼睛注視著地圖說。

「喔，頭上的章魚走啦？」

村上甫說完，化野立刻接著說：「真想親眼見識一下啊，真實的邪神。」

「剛才變成隱神刑部狸了。」

「刑部狸！」多田失聲驚叫。「刑部。刑部刑部。吶，是出自《妖怪獸》的刑部狸嗎？吶，那個原本是木像吧？記得那尊像是母的喔，沒記錯的話。是尼姑喔。不過明治時期的小說則說木像是和尚的模樣。」

「喂喂，別打岔。算了，別理多田，小黑，基本上還是得先確認一下你的意志，你肯協助這場作戰嗎？」

「我……我討厭戰爭。」黑說：「我不願意參戰。」

「並沒有要發動戰爭啊。」

「咦？」

「若問這是否算戰爭……姑且也算是吧，畢竟叫『作戰』嘛，但我們什麼也不做喔。」

京極說。

「不做？可是我聽說要引誘軍隊來這裡。」

「是的。」

「這樣的話，我們不會被殺嗎？」

「這場作戰就是為了防止這個結果。不過，失敗的話的確會死。」

看吧，果然會死。

「成功的話就不會死。」

「成功……？直到殲滅敵軍才算成功嗎？」

「殲滅？」

京極抬起臉來。

「殲滅什麼？自衛隊還是政府？」

「當……當然是所有想殺害我們的人啊。若非如此，我們沒辦法活命吧。所謂的敵人不就是這些人嗎？」

「那樣的話，恐怕得殺光我們以外的所有日本人。」久禮說：「全體國民現在把我們當成敵人囉。」

「但繼續固守在此應戰也不是長久之計啊。不，別說應戰，只消一顆炸彈就足以把我們所有人都炸飛。」

「就說我們不戰鬥了。」京極說。

「可是不戰鬥的話，死亡馬上就要找上我們了。轟炸機在天上飛了耶。作戰開始後十秒左右，所有人都會命喪黃泉。」

黑感覺肚子又開始咕嚕咕嚕哀號。

「我無法否定有這種可能性，因此參不參加是個人自由。我只能說，就算現在逃避，未來也恐怕只是一片黑暗。」

「會被逮捕？」

「遠超乎這個範疇。」郡司說：「一旦我們死去，日本恐將因此覆亡。現在是這種層面的問題。」

「日本！」

肚子尖銳地拉起警報。

「是的。當今政府施政毫無規劃。若只是腐敗就算了，國家派出軍隊攻擊或屠殺老百姓的話，其他國家不會坐視這種野蠻行為。」

「不會坐視不管？」

「嗯。」郡司歪著頭說：「一方面由於覺得妖怪噁心，另一方面也對日本政府徹底裝死感到痛心的美國，早就撤離駐軍了。舉國大鬧一場的結果，卻是逼走了安全保障。此外，現在世界各國幾乎等同於與日本斷絕往來的狀態。經濟開始出現紕漏，國內又是無法地帶，所以才能像這樣為所欲為吧。但是，假如連老百姓都開始屠殺的話，對人權問題很敏感的其他國家絕不可能坐視不管的。說不定會引來全球其他國家聯手打擊政府軍呢。」

「全球！」

「現在社會變成這種狀況。不知不覺間反對戰爭的只剩下我們。左派與右派早已不復存在。但是，就算想守護這個國家，我們也無能為力；就算有軍備，必須守護的國家變成這副德性，有沒有也差不多了。不管增加多少軍備，全國爛成一團的話根本派不上用場。」

「想要守護國家，就得迴避戰爭行為。戰爭是絕對不可行的選項。不管任何時刻，任何狀況，都不該走上戰爭一途。」

乍聽還以為郡司和京極在模仿水木大師，似乎不是。他們講起這類話題自然會變成這種語氣。

「為了守護國家而發動戰爭本來就很可笑。正因為國家守護不了人民才會走向戰爭。外交、經濟、文化，或是技術，都是防止走向戰爭的手段。手中握有多少張不戰而屈人之兵的牌，能創造多少這種牌，這是政治該做的事。這才叫真正的國防。」

「但現在的日本手中一張牌也沒有。」郡司說：「這就是一種自滅行為。」

「沒錯。所謂的國防，不費一兵一卒就能阻止敵軍侵襲才是最理想的手段。」

「因此，一旦我們死光了，日本這個國家恐怕也來日不多了吧。」

「可是我們只是一群笨蛋啊？」

「正因我們只是一群笨蛋吶。」

黑依然沒什麼頭緒。他大致懂京極和郡司想說什麼，但還是很模糊。

「好吧。但我就算想參加，也還是不明白要我做什麼啊。」

「你不懂是很正常的。」村上說：「簡單講就是……在荒俣先生的指揮下，我們妖怪聯盟將要發動起義。雖然出征的是妖怪們，我們人類不會和自衛隊交戰，對吧？」

「誰想跟軍隊交戰啊。」京極說：「那太可怕了。我不只反對暴力，還徹底缺乏運動。連道路上的隆起也能絆倒我。要我去和軍隊對峙，就算對方很友善，我也會立刻投降，絕不戰鬥。我們要戰鬥的對象是太古魔物戴蒙與躲在背後操縱祂的某物。」

「戴……戴戴戴蒙？」

「而且，與其說戰鬥，其實更像說服，只是去請祂離開或拉攏祂而已。最激烈的手段也頂多用『咒術』封印祂罷了。」

「戴蒙是……？」

當然不會是大門或袋獴，多半是那個戴蒙吧。

「就算沒打倒戴蒙背後的操控者，只要能處理戴蒙，就能迴避戰鬥。怎樣，如此一來成功率應該增加許多了吧？」

若比較對象是「手無寸鐵和軍隊對戰」或「與全民為敵」的話，的確是高了許多。

問題是，戴蒙又是什麼？

「因此，在擊退戴蒙前，就請妖怪們充當自衛隊或其他武鬥派敵軍的對手吧。只要能處理戴蒙的問題，肯定能結束這個針鋒相對的世界。」郡司接著說。

「真的嗎？」

「或許沒辦法回到過去的理想狀態，至少會比現在好多了。國民將會重新接納怪談、恐怖故事、特攝、時代劇、推理、搞笑與玩笑話等娛樂。」

「所以又能玩殺爆喪屍的遊戲囉？」

「應該可以。」

「好，那我願意幫忙。」黑說：「我該怎麼做？」

「請看這裡。」京極指著地圖。「現在地是這裡。這個區域就是別墅地帶。這個框框裡就是被稱為祕密村或妖怪村的地帶。至於小黑你們克蘇魯營隊紮營的位置……則是在這裡。這一帶是樹海。戴蒙的本體藏在樹海之中。目前我們派出小亮和平山兄、雷歐、平太郎、似田貝五人組成搜索隊，正在搜尋戴蒙本體的位置，有告訴他們沒發現就別回來，所以我希望能在他們回來時立刻展開作戰……」

「但現在情況緊迫，恐怕等不到那時了。」郡司說。

「洛夫克拉夫特信徒們解散了嗎？」久禮問。

黑說明東雲等人會留在現場幫助逃離。

「既然如此，立刻開始妖怪大作戰比較好吧。」

「大大大……大作戰？會會會……會變怎樣？」

「沒什麼，各自召喚出喜歡的妖怪，引發特大級的騷動即可。」

「召喚？」

唸誦「Eloim Essaim（註36）」嗎？

不知為何，黑今天老是想到《惡魔君》。

京極進行說明：

「也許你會覺得難以置信……不過既然連邪神都爬到你頭上過，應該會信吧。只要使用香川先生手上的反剋石，便能輕易呼喚妖怪或死者。」

「唔……」

的確，如果不久前，黑根本不可能相信這種夢話。更不用說現在竟然出自京極口中，不禁令黑有恍若隔世之感。

「小黑，你在懷疑我是否還正常？」

「不是不是，我只是在懷疑這整個世界是否瘋了而已。」

「被召喚出來的妖怪只是可視化的概念，物理上並不存在，所以無法攻擊敵人，但同樣地也不會受到攻擊。雖然毫無攻擊力，但能帶給對手基於該妖怪的屬性所造成的心理變化，對於武裝攻擊還是有一定程度的遏止力。也能充分擾亂敵方的作戰行動。」

「喔……」

「然後，好像也有常駐型的妖怪參加嘛？而且還滿多的。」化野說：「這些有專有名詞的妖怪——說專有名詞也不太對，該怎麼說，像河童的話就是九千坊，天狗的話就是太郎坊那種的。這些妖怪一現身就會一直存在。照理說明明是觀測者會決定所見者是什麼，不知為何這些常駐型的妖怪就是能獨立現身。」

「不會重複！如果這是轉蛋就好了。」

「就是這樣啊。屋島的禿狸或利根川的禰禰子也都只有一人。呃，用『一人』來計算或許不正確。總之，芝右衛門狸或芝居者狸原本同樣都是狸貓這種妖怪，卻具有獨自的個性，在性質或屬性上也大相逕庭……」

「聽起來很類似在電影版中假面騎士BLACK和RX同台演出的感覺啊。」久禮說。

「像嗎？不過另一方面，一般無名的河童也能大量湧現，器物類的妖怪也是可以重複，輪入道等妖怪也是能同時好幾隻登場，狐火更是要多少有多少，但宗源火就只有一個。這樣看來，這個標準到底是……」

「化野兄，要考察等日後再說吧。總之這些常駐型大多是厲害的大妖怪，請牠們擔任抗遊騎兵部隊的主力正好。」

「主力戰士？是超級戰隊系列嗎？」

註36：出自魔法書《黑牝雞》中實行黑魔法時用的禱文。原句是「Eloim, Essaim, frugativi et appellavi」，意為「眾神與惡魔啊，請聆聽我的請求」。如《惡魔君》等日本動漫作品常會引用。

「哈哈。」只有木場笑了。

「不是的。請牠們在這片別墅地帶巡行，偶爾……」

「妖怪會戰鬥嗎？」

「不會，但絕對不會輸。機槍、手榴彈或毒氣都無法打倒牠們。因為根本不存在。而且，從杉並公寓的事件推測起來，敵人似乎有極端想避免和妖怪接觸的傾向。連專門應付妖怪的YAT都排斥直接接觸。警察或自衛隊若碰上百鬼夜行，恐怕會全面潰逃吧。」

「而且鬼怪會蒙騙人。」村上插嘴：「天狗和狸貓都很擅長欺騙。碰上天狗伐木或狸貓迷惑的雙重攻擊，怎樣都無法抵達目的地。而且天狗還會擄人，會高聲大笑呢。」

笑不笑應該沒影響吧？

「河童則是會抽掉人的尻子玉喔。」

「在陸上也會嗎？」

「嗯……應該只是能讓人自以為被抽掉吧。」

「關於這點先不討論。總之，妖怪大遊行應該能成為相當良好的防火牆吧。」

大戰爭，大作戰，大遊行，為何接在妖怪之後的詞老愛加個「大」字呢？

「接下來，就請祕密村裡的眾多難民們聚集在這個商業中心。而入口處則是請……」

「由我來吧。」

香川舉手。

「我會召喚出塗壁，以備不時之需。只要召喚出水木版的就好。那是真正的牆壁，誰也進不來。」

「聽到這裡，我大致曉得你們想怎麼做了。」黑說。

派出大量奇形怪狀的鬼怪去擾亂戰車或戰鬥機。這是妖怪大作戰。

派出常駐型鬼怪去應付遊騎兵部隊。這是妖怪大遊行。

然後……

「然後，我們妖怪推進委員會的殘黨們，則負責擔任妖怪大遊行的嚮導和妖怪大作戰的導演。必須站崗的點是在……」

京極指示地圖上的位置。

「另外還有一件事。妖怪大戰爭那邊也要派幾個人過去支援。」

「咦？不是說不戰鬥嗎？」

「那是因為……」

在京極話未說畢，香川舉手發言：

「我有個提議。」

「什麼？」

「我想這顆反剋石能召喚出來的不只有妖怪。」

「不然還有什麼？ＵＭＡ或靈獸之類？」湯本豪一反問。「若能召喚龍或鳳凰應該很有幫助吧。畢竟會飛。」

「不是那些。」香川說：「這個可以召喚幽靈對吧？上次也召喚出已逝的名人。」

「嗯，沒錯。」郡司說：「所以你要召喚出名將，請他指揮調度嗎？」

「西鄉閣下！」多田搶著回答。

「為啥？」村上瞪多田。「為什麼特別指定西鄉隆盛？」

「因為他是大人物啊，大人物。」

「可是他打敗仗耶。」久禮說。

多田指的應該是水木老師漫畫中的內容吧。

「可是要找名將的話，其他還有很多人吧？」

「拿破崙？織田信長？乃木希典？東條英機？」

「可是這些人全都打敗仗耶。」久禮說。

「的確。」

「所有戰爭都是敗仗。」京極說：「歷史上被譽為名將的人大多只是運氣很好。不管什麼兵法或什麼軍事理論或許有其道理，但結果說來，現實中必然存在著不確定因素或超乎預想的意外。世事難料，不可能永遠照理論發展。臨機應變很重要，但大部分順利成功的情況都是出之於偶然。是偶然的神祕。」

這段話也來自水木漫畫。

「沒有名將，全是偶然；即便打勝，也只是偶然獲勝。」

說真的，這種話實在不該出自作戰參謀的嘴裡。

「我不是指名將啦。」香川說：「我在想，這顆石頭應該不光只能召喚描繪在那幅繪卷──未來圖上的事物吧？雖然尚無法斷定，那幅繪卷的成立時間恐怕相當古老。後世的鳥山石燕畫的鬼怪沒道理會在繪卷中出現，水木角色更絕對不可能在裡頭，對吧？」

「也許是繪卷比較早？」多田說：「會不會是石燕和水木老師感應到繪卷中的內容，將之畫出來了？」

「那是不可能的。」香川說。

毫不猶豫地否定了。

「我認為那幅未來圖，應該不是能讓上頭有畫的事物出現，而是能將出現過的事物記錄下來。所以才『完全收錄』。」

「網羅狩野派和土佐派。」

「以及其他畫家的作品。我在想，能不能利用這顆石頭召喚出現實中不存在的事物呢？」香川說。

「不存在的事物？」

「食物或武器嗎？」

「就算召喚出那種東西也只能畫餅充飢，沒有意義。」

「將紅豆麵包放在地上，應該能引誘敵人去撿吧？」

「撿了能幹嘛？誰會撿啊。」

「或許能讓他們喪失戰意。」

「夠了。」京極打斷兩人的爭辯。「我說你們啊，現在雷歐、平太郎、似田貝三大笨蛋被送往險地，及川也在隔壁房休息。照理說，現在集合在這裡的都是妖怪聯盟的精銳分子，結果呢？現在又是怎樣？就算他們不在，你們還不是一樣鬼扯淡。雖然我也半斤八兩。我們難道是為了說題外話而從題外話國來的題外話王子嗎？讓香川先生好好說完可以嗎？」

「抱歉，研討會參加多了，總習慣從頭將事情本末交代得清清楚楚。但現在沒時間了，直接進結論吧。不，直接做給你們看吧。」

香川從口袋取出石頭。

單腳、頭戴草帽的呼子出現，站在地圖上。

黑看見的是水木版，眼睛有兩顆。這是他第一次親眼見到呼子。

「我想想。呃……丸毛。」

「丸毛。」

地圖上，出現一顆類似馬糞的物體。

「丸毛？叫出這種東西幹嘛？這是存錢筒吧？」

木場伸手抓起。

「真的有長毛耶。我用手指戳戳看。」

「會被咬啦。」久禮說。

「但這不是沒有實體嗎？」

「但你不也是拿在手上？就算實際不存在，應該也會有感覺。」

「好痛。」木場把丸毛拋出。

「我就說吧，就算你實際沒被咬，也會感覺被咬。」

「喂！」

京極表情凶惡地低吼。

「不是啦，我們不是在玩……」

「我不是要責怪你們。香川先生，這個……」

「是的。」

香川臉皺成一團，開懷地笑了。

「丸毛雖然是妖怪，卻是被創作出來的、百分之百水木老師筆下的角色。換句話說，是源自於漫畫的角色。沒有鄉野傳說也沒有前人畫作，徹底只在漫畫或動畫中登場。」

「等等，那顆石頭連漫畫角色也能召喚出來？」

「我剛剛不是說了嗎？現實中『不存在』的事物……懂了嗎？」

「所以說……」

「任何事物都能召喚出來。」

「哇！」黑驚聲大叫。「所……所以說……立體聲卡式錄音機大王也能召喚出來是嗎！」

「那是啥？沒聽過。」村上說。

「《金肉人》的反派，七名惡魔超人其中之一啊。再不然《銀河鐵道999》的車掌、《伏魔小旋風》的小黑、《龍威》的竊竊私語播報員之類。」

「怎麼都是些好微妙的角色。」木場深感佩服地說。

黑想，並不微妙吧？

「雖然你說的這些我都沒聽過，但應該全部都能召喚。那麼，接下來才是我想提議的正題。我們打算召喚妖怪來實行聲東擊西策略。但這是因為我們以為只能召喚妖怪。實際上，反剋石什麼都能召喚出來，既然如此，我們該召喚的是更有名的事物。」香川強而有力地說：「剛才黑史郎先生脫口而出的角色，除了車掌以外我都不認識，要召喚的話，還是更主流一點的比較好。」

「怕無法被正確可視化嗎！」郡司問。

「是的。和我們這些妖怪迷不同，戰鬥機上的飛行員，恐怕不會認識過路惡魔或辻神吧？連九尾妖狐也很難講呢！」

「怎麼可能沒聽過九尾。」多田說：「一定知道的吧？那是白面者，很有名啊。」

「誰知道飛行員是否為藤田和日郎迷呢？有許多人完全不看動畫或漫畫啊。就算看漫畫，說不定只喜歡安達充啊。」

「那就召喚出小南吧！」木場大喊。

「召喚出來也沒用。要召喚是可以，但淺倉南不會飛啊。你想讓她Ｔｏｕｃｈ嗎！觸碰誰啊！雖然真的召喚出來我也很開心。」村上側眼瞪著木場說。

「是沒錯啦……但說不定還是能發揮什麼效果啊……」

「別傻了。誰知道飛行員喜歡什麼作品？假如他是千葉徹彌迷的話該怎麼辦？要召喚大個子松太郎嗎？若是美內鈴惠迷的話，要召喚月影老師責備他嗎？大島弓子迷的話要召喚琪比貓嗎？難道飛行員看到琪比貓後會喊著好萌喔好萌喔結果墜機嗎？倘若是三橋千禾子迷的話難道要召喚琪琪嗎？她的手腳根本只是線條而已嘛。雖然上面這些不管哪個登場都很讓人高興啦。但讓敵人開心也沒用吧。好歹召喚會飛的吧。很巨大的，或者很可怕的，總要召喚這種的出來才行啊。」

「村上說得沒錯。敵人是近代化武器，所以我們就該……召喚近未來武器來對抗。就召喚機械人吧。」

「鐵……鐵人28號嗎？還是原子小金剛？」

「太古早了吧！」香川說：「飛行員不可能是五、六十歲的老頭子，要選近期的作品才行啊。其實這個構想是在前幾天起義大會時，和多田先生的學生們的討論中獲得靈感的。」

「咦？什麼？是宮家先生嗎？還是真柴先生？咦？」

「我們那天討論說應該選擇SUNRISE公司的作品，不過也有人持反對意見。」

「咦？勇者萊汀或裝甲騎兵嗎？」

「那些也可以，但我是……鋼彈派的。」

「EVA呢？」

「或許也不錯。」香川說：「應該能成為非常強大的遏止力吧？幸虧許多作品的原作者也在這個社群裡……記得鐵金剛或蓋特機器人都能飛吧？」

「金剛飛翼！」久禮喊叫。

「雖然這些作品年代有點久遠，不過現在有《超級機器人大戰》系列，認識這些角色的人應該滿多的。EVA如果是量產型的話，應該也能飛行吧？召喚出鋼加農從地上進行瞄準能讓飛行員保持警戒，派EVA二號機發射刺針進行狙擊，即使沒打中也產生嚇阻效果。不覺得這招一定很有效嗎？」

唔唔……

那種東西也可以啊？

「機械人也能召喚出來？」

「應該可以。」京極回答。

「既然如此。」

「可是，搞成暑假動畫大會真的好嗎？」郡司搔搔絡腮鬍說：「我覺得機械人衝擊力還是不太夠。我比較喜歡和超人力霸王打鬥的那些星人。」

「要召喚那個也可以。」

「真的假的。」

在場所有人都盤起手來，沉思一番後，覺得好像真的沒差。

京極擺出某特務機關司令的動作思忖半晌，最後做出結論：

「不，香川先生，我看還是不妥。」

「為什麼？」香川疑惑。

「因為是機械嗎？」郡司問。

「不是的……我相信戰鬥機械或機器人都能召喚出來。問題是我們無法改變某些規則。」

「規則？什麼意思？」

「現在湧現的所有妖怪都按照原本的規則行動。例如說，對啪噠啪噠說『請先走』牠就會消失，河童頭上碟子乾了就會變弱。另一方面，天狗不會吐火也不會發射光束。如果要呼喚這些，就要有人設定規則，且目擊者都徹底明白這些規則才行。」

「呃。」

「不管是戰鬥機械還是機器人，都只是材質或質感的問題，想召喚就能召喚。問題是，例如說，鐵金剛怎麼行動？」

「當然是靠指揮艇組合啊。」木場說。

「要怎麼組合？」

「就是搭乘有浮空能力的指揮艇……」

「但沒有指揮艇吧？」

「一起召喚出來啊。」

「召喚出來也搭乘不了啊。沒辦法吧？」

「啊。」

「就算搭乘上去也飛不起來，飛起來也操縱不了。木場，你會操縱嗎？你確定你能正確地和鐵金剛組合嗎？即便組合成功，你能好好駕駛鐵金剛嗎？動畫內的鐵金剛，對儀表板的描寫可是很隨便的喔。同樣地，就算召喚出EVA也沒用，必須先搭進插入栓。問題是我們上哪找十四歲的適任者？就算改用模擬插入栓，臍帶電纜又該接在哪裡？難道要召喚從一開始就是失控狀態的EVA嗎？召喚出那種東西，它會跑往哪裡完全無法控制吧？」

「難道不能連同搭乘者一起召喚出來嗎？」香川不死心。

他真的很喜歡機器人啊。

「召喚時要怎麼喊？鐵金剛連同兜甲兒？EVA初號機內含碇真嗣？這樣真的可以嗎？」

「可是……學天則的時候不是沒問題嗎？」

「那是因為學天則具有實體，而且召喚出來的是它的付喪神。換句話說，是妖怪，行動原理並非依照學天則本身。而且操縱者是荒俁先生。他也是實際存在的人。只是看似在駕駛，實際上是荒俁在走路，蒙騙沿路民眾而已。因此……」

京極做出結論：

「將召喚出來的事物認定是機器人就是癥結點。虛構的搭乘物雖能召喚，卻沒人能搭乘。就算一併召喚出的駕駛員也無法搭乘，機體亦動不了。而且，我們也無法控制駕駛員的行動。不管如何，搭乘型並不恰當。」

「那麼遠端遙控型呢？」

「另外召喚出遙控器嗎？我連鐵人28號那麼簡單的遙控器也不知道該如何操縱吶。如果召喚出的是機械巨神，不能裝出和草間大作少年一模一樣的聲音也無法操縱。機器人的規則太多又太複雜，難以全部克服。假如是能自主行動的話或許不錯。像機械巨神在結局時就能自主行動。那麼……」

京極思忖。

「不行，我只想到鐵甲飛天俠。但那個是金屬生命體吧？要和誰融合？不對不對，那個太舊了，現在根本沒人認識！太舊了！」

「真的不行嗎？完全沒有一試的價值？」

「嗯……」

「分析士或哈克或阿強一號呢？」

多田的發言被無視了。就算能召喚出他提的對象，也完全派不上用場。

「不然，召喚怪獸吧？」

村上提議。

「怪獸啊……也好，能自主行動。」

「而且牠們的命運就是和自衛隊交戰。如果能召喚怪獸出來，絕對會主動朝著戰鬥機或戰車前去的。這就是怪獸的規則。一般火力的自衛隊也絕對打不贏怪獸。」

「嗯……」在場所有人再度盤著手沉思。

「而且非常巨大，怪獸超級龐大。」

「嗯……似乎能行得通啊。」京極說。

真的假的？

結果這群人還是一如既往地胡鬧嘛。

黑想著不由得略為寬心了。

廿捌

豆腐小僧隔山觀虎鬥

「哇呀～那是什麼～？」

戴著一頂破爛斗笠、身穿童玩花紋的單衣、頭顱碩大的小僧說道。他手上端著圓形托盤，盤中盛放著有楓葉花紋的豆腐。雖然除此之外並無特異之處，由身體比例看來不可能是人類。

「好像有位很厲害的大人呢。」

「那是漫畫（ｍａｎｇａ）。」

達摩不倒翁的圖案從衣服上的童玩花紋裡蹦了出來，落在地上。假如這是一般不倒翁，應該會滾個幾圈，但這尊不倒翁長了手腳。面容雖嚴肅，動作卻莫名地滑稽。

當然，他也是妖怪。

誠如各位所知，這是豆腐小僧與他的心靈導師滑稽達摩。

雖然說誠如各位所知，但不知者想必徹底沒聽說過吧，這只是一種慣用句法，還請見諒。

「ｍａｎｇａｎ（註37）？」

「你明明連麻將也沒聽說過，在亂講些什麼。還是說你在講滿願成就？萬願寺青辣椒？你的時代根本沒這些東西。不是ｍａｎｇａｎ，是漫畫，這種刊物算是你的子孫吧。」

「哇，我只是個小僧，還沒孩子呢。難道是父親大人私生子的孩子嗎？」

「若是那樣倒也罷了。唉，教導腦容量很少的傢伙真麻煩。你啊，不管在什麼故事中登場都老狗變不出新把戲，多少來點變化嘛。真是的，從黃表紙那時起，幾百年來都只會同一招。」

「幾百年？我還沒……」

「要說明太麻煩了。」達摩不客氣地直接打斷，接著說：「那是暢銷漫畫家藤田和日郎創造出來的妖怪，名叫阿虎。」

「是那個阿寅（註38）嗎？還是阿虎？」

「阿虎。是猥褻的進化形。很強喔。」

「那麼那位大人又是誰呢？」

「那位是超暢銷漫畫家高橋留美子小姐創造出來的犬夜叉。在他身邊的則是異母兄殺生丸。」

「哇……好大一把刀呢。他不覺得重嗎？換成是我拿那種東西，恐怕會重得一步也走不動呢。」

註37：小僧把漫畫誤唸成「manga n」，與日本麻將用語滿貫或滿願、萬願同音。
註38：指日本電影《男人真命苦》系列的主角車寅次郎。

「你拿那個的話就要改名成鐵碎牙小僧了。雖然刀劍擬人化在後世很流行……算了，你沒機會的。刀劍男子個個都是美男子吶。你再怎麼拚命也只會是把生鏽菜刀，想要亂舞是辦不到的。」

「老師的話我一句也聽不懂。」

「對你不管說啥本來就是對牛彈琴。若要一一說明不知道得花多少時間才講得完。話說回來，這戰況也太激烈了吧。」

不過小僧所看的不是地上而是天空。果敢迎戰戰鬥機的是漫畫角色。

達摩翻倒過來看上空，因為沒有脖子，只能整個身軀往後翻倒。

「哎呀，不倒翁跌倒了。」

「沒想到你也會講這麼幽默的笑話。」

「我沒有講笑話啊，我只是把我看到的情況講出來。啊，是龍耶。那是龍對吧？我以前也看過龍喔。」

「那也是漫畫。」

「咦～」

「那是暢銷漫畫家今市子的作品中登場的妖怪，名為青嵐。很強喔。你也會被吃掉喔。」

「鬼怪會吃鬼怪嗎？」小僧嚇得縮起脖子說。

「設定上會吃，所以應該會吃吧。」

「哇啊～好厲害啊，漫畫。哪像我只嚐過豆腐的味道。」

「因為你設定上不會吃鬼怪。你單純只是個笨蛋。不過……」

達摩倒在地上，盤著手，瞪向天空，自言自語說：「原來如此，我懂了。」

「什麼原來如脖啊？老師沒有肚臍吧？」

「你還不是連自己有沒有也不曉得？算了……總之應該是從戰鬥機飛行員可能知道的角色中，挑出戰鬥能力很強的吧。這倒不失為一個好方法，飛行員多半對妖怪不熟啊。但話說回來，這樣做版權上沒問題嗎？啊，作者似乎也到妖怪社群避難，說不定這是作者本人召喚出來的吶。如此看來，地上有鬼燈或貓咪老師也不意外吧。說不定連手錶那邊的也都出來了。只是手錶的話戰鬥力不太能期待，口袋的那群反而還比較能打吶，但那算是怪物吧。也許他們所召喚的角色限定是妖怪吧。他們應該明白這個分際，這是身為妖怪迷的一點矜持。」

「老師對manga好熟喔。」

小僧感到傻眼地說，低頭望著達摩。

「被你俯視不禁使我覺得自己很卑微。你那張臉一付很藐視人的樣子。」

「我的臉是天生的。我對自己的長相感到誇耀。」

「憑什麼感到誇耀？反而該覺得羞恥才對吧。喔喔，攻擊居然奏效了。」

「什麼奏效？」

「你沒看到那架戰鬥機剛才大幅度轉彎了嗎？他想躲避犬夜叉的攻擊。漫畫角色沒有實體，就算攻擊命中也不會產生危害，問題是沒被攻擊過也沒人敢打包票，自然會忍不住閃開吧。但另一架戰鬥機就不怎麼在意。也許飛行員沒看過《犬夜叉》動畫或漫畫吧。不是那個年代的人嗎？說不定是《相聚一刻》後就不再繼續追高橋留美子作品的人。」

「總覺得老師好像有點……那個該怎麼說？」

「什麼啦？」

「我好像在哪聽過一種稱呼，呃……好像是叫阿什麼……還是宅什麼之類的……」

「講半天不知道在說什麼，愈說愈過分。你該不會想說御宅族吧？」

「對對，就是那個族。」

「沒想到你居然有這些知識。不過你自己也動畫化過幾次，知道這些也不算奇怪……但貧僧才不是御宅族！」達摩滿面通紅地怒氣十足。

「貧僧只是擁有知識。不受時空限制，只要有達摩圖像的地方的事物，全部了然於胸！連那架戰鬥機的型號我也知道。是因為說了你也不懂，貧僧才不說的。」

「可是我聽說阿宅都主張自己不是阿宅呢。」

「你這傢伙……」

「哇，好厲害。」

「聽人說話好嗎！」

「那個是兜檔布吧？好厲害的兜檔布啊，好快好快。」

「兜檔布？笨蛋，那才不是兜檔布。你這小僧好失禮啊。那是木棉妖。你看上頭不是坐了個小孩子嗎？」

「咦？」

小僧左手放開托盤，高舉至眉梢遮蔽陽光。

雖然不會因為這樣就看得比較遠，看遠處總習慣做這種動作。

「啊啊，是個穿醒目花色無袖外套的小孩子耶。哇哇，坐在一條兜檔布上飛到那麼高的地方，難道他不怕嗎？」

「哪可能害怕。他呀，是你們這些小僧妖怪演化而來的妖怪漫畫界霸主，GeGeGe鬼太郎啊！」

「是喔？我沒聽過耶。」

「怎麼可能？」

「沒有啦，我亂講的，我當然知道啊，這個名字。就是木屐店的源太郎吧？」

「真有這號人物的話貧僧反而想見識一下吶。不是木屐店，是GeGeGe啦。」

「我懂了，是青蛙唱歌。GeGeGe。」

「就說不是。他也曾經跟你戰鬥過吧？在漫畫版裡頭。記得你那時做出讓人吃下豆腐，使人身體長出黴菌來的壞事。」

「把……把這個豆腐……」小僧慌忙把豆腐藏到背後。「吃……吃掉啊?太浪費了!」

「是你自己餵人吃的耶。記憶力太差了吧。而且你在動畫裡也有登場。在第三期和第五期。雖然在第五期只是個小配角,不,應該說路人角。」

「路人?」

「算了,反正你肯定忘了。」

「我沒有這件事的記憶。」

「你沒一件事記得住的。話說回來,鬼太郎真強,一定年齡層以上幾乎無人不知無人不曉吶。打了一場華麗的空中戰。」

天空中正在展開媲美動作片的激烈空戰,但在此只能請各位由小僧和達摩的對話自行想像。太詳細描寫情景恐怕會觸犯很多禁忌。

「話又說回來。我為何會在這裡冒出來啊?」

「誰知道?召喚你這種妖怪對戰況沒任何幫助吧?雖然你過去當過好幾次和事佬,但這次看似不是這種任務。也許是出了啥差錯吧。」

「原來是差錯啊。畢竟我也不是什麼mangan。」

「就算是漫畫,召喚像你這種不知該說傳統還是嶄新、保守還是革新的傢伙出來也沒啥用。我看多半是和其他小僧搞混了吧。但小僧大體上都完全沒有戰鬥力。」

「完全沒有啊？」

「當然。你們只知端茶、提燈替人照明或吐舌頭啊。最強的招式也頂多是在海上掀起波瀾。但這裡又沒海。也許把你和貓眼小僧搞錯了吧。」

「那個小僧很強嗎？」

「滿強的。雖然很孤獨。」

「和我一樣啊。」小僧說。

「為何？為什麼？哪裡一樣了？」

「我的朋友拉袖小僧也很孤獨。小僧基本上都很孤獨啊。」

「怎麼籠統地歸納起來了？真要說的話，鬼怪都很孤獨吧？在那裡交戰的強者都是妖怪。是鬼怪被冠上妖怪這個名詞後才產生的事物，因此和咱們不同。鬼太郎是鬼太郎，阿虎是阿虎，犬夜叉是犬夜叉，不代表其他事物。所以他們有同伴，也會戀愛。」

「鯉……鯉魚（註39）？」

「肯定不是你心裡想的那個字。但你也知道的，原本的鬼怪啊，都是一些從事後解釋或藉口、誤會、嫁禍之中誕生的。因此沒有所謂的自我。一旦出現就只能消失。甚至也有根本沒露臉的。你應該記得吧？你擅自當成朋友的拉袖小僧，不過只是以為袖子被拉扯的某人憑

註39：日語中「鯉」與「戀」同音。

空想像出來的鬼怪。事實上他根本沒被拉袖子。」

「喔。」

「不是一登場就玩哏，根本是先有哏才存在。明明根本沒有這樣的鬼怪存在，卻因為誤會或錯覺而被當成『出現過』了，結果只剩記憶存在。因此就這樣『被消失』了。多麼虛幻啊。不只沒開口說話，連個形象也沒有，這恐怕不是孤獨兩字所能形容的。」

「那我也是囉？。」

「你根本不一樣，你是那種常駐型的妖怪。而且還能像這樣和貧僧對話，孤獨程度極低。所以說你哪裡孤獨了？聽了就生氣。」

達摩靈巧地起身。

雖有手足，但短，身軀又圓，怎麼看都很難起身。不過不愧是不倒翁，意外輕鬆地爬起來了。

達摩心情不佳地快步前進。

小僧自認沒說什麼錯話，但他腦容量少，很快就忘記。畢竟現場到處上演著稀奇的光景，這也無可厚非。

「啊，那邊又有很厲害的東西出現了。唔哈～好巨大喔。那個也是漫畫嗎？」

「唔……」

富士山麓平原上有個巨大物體昂然而立。

「看起來好像是……烏龜耶。」

「哎呀呀。」

達摩不禁停下腳步。

「真的是烏龜先生呢。俗話說鶴千年龜萬年，那個就是活了一萬年的烏龜嗎？原來能長得那麼巨大啊。」

「笨蛋。那個……雖然很像烏龜，但並不是，而且那個也不是漫畫。問題是那群人竟然連那種東西也召喚出來，難道已經捨去身為妖怪迷的矜持了嗎？還是狀況真的太緊迫了？搞不好只是個人興趣。嗯……八成是基於興趣。村上、京極與天野都愛怪獸，郡司又是KADOKAWA的人，版權上應該沒問題吧？照這樣看來，說不定東雅夫還會把那隻翼龍……真的假的，居然也叫出來了。」達摩失望地說。

「那是雞嗎？老師。」

「那隻有名的怪獸叫拉頓。也許再過不久，連那隻怪獸之王也會登場吧。」

「怪叔叔之王？是那個嗎？」

「那是……大巨獸加波。」達摩抱頭苦惱。「怎麼選了這隻只有怪獸迷才認識的傢伙啊。算了，沒叫出基拉拉就不錯了。或者說，他們專挑會飛的？就算如此，也沒必要公的母的連同孩子也召喚出來啊。召喚孩子沒用吧？唉，不管如何，這麼亂七八糟的隊伍，貧僧才不想參加吶。」

「很亂七八糟嗎？」

「這種人選根本是自暴自棄。就算要召喚巨大有恫嚇效果的，何不召喚怨靈、魔緣、祟神、魔神之類？明明有很多選項。看是要召喚崇德院還是白峰，或者菅原道真也行啊。」

「喔……那個是？」

「那是大魔神。」達摩說。

「這樣不是就有魔神了嗎？」

「那是魔神沒錯，但不是我剛剛所說的魔神。唉，真是太亂來了。這樣一來，根本分不清是妖怪推進委員會還是漫畫同好會還是特攝愛好會嘛。」

「啊啊，烏龜先生在噴火了。」小僧說。「好厲害啊，比兩國的煙火還漂亮呢。雖然我不清楚那是mangan還是特攝，但很厲害啊。」

「妖怪、漫畫及特攝……是一樣的嗎？」達摩嘟囔。接著抬頭看小僧的臉，說：「算了，或許一樣吧……」

「對了，有件事很有趣呢。偶爾會從遠處傳來類似打雷般的巨響，那是什麼？那也是慶祝的煙火嗎？」

「那是砲擊或手榴彈的聲音，希望沒人受傷。」

「老師在說什麼我不曉得。但是，明明是和那麼厲害的東西戰鬥，現場卻沒有邪魅呢。」

簡單說來，邪魅是由邪念或殺意等人類的負面情感凝聚成形的鬼怪。

「這麼說來好像是。」達摩眼觀四方說：「暫且不論妖怪聯盟的傢伙們，至少自衛隊或機動隊的人們有充分的惡意或殺意吧。不對，也許沒有。」

「沒有嗎？」

「與其說沒有……有是有，但自然界沒有能感應這些惡意的事物了。邪魅是魎感應人的惡念而形成，但魎的數目壓倒性不足。」

「呃，為什麼？」

「魎全部變成現在湧現的鬼怪或怪獸了。但召喚出這些鬼怪或怪獸的人們，心中恐怕全無惡意吧……」

達摩表情窩囊地說。

「基本上，雖然情況看起來是在大戰，其實召喚者毫無交戰念頭，否則就不會弄成這麼胡鬧的場面了。那群人基本上只是一群笨蛋，無意爭鬥。不管召喚出多麼強大的鬼怪，也打不贏現實中的武器。所以這只是在打假球，只是在演戲，只是拖延戰術。」

「演戲！難怪那麼有趣。」豆腐小僧愉快地說：「老師，老師，那麼現在又是怎樣？有個超級巨大的四角形物體出現了耶。」

「四角形？什麼四角形？」

「哇，好巨大啊。比消防望樓還高，比吉原大門更巨大。那是什麼啊？好像某種框架。

是紙門的木框嗎？」

「哪有那麼大的紙門啊。那麼高，好歹有上百公尺吧。」

「百母雞（〈註40〉啊？可是看起來不像雞耶。」

「貧僧在講高度單位。換算成日本舊長度單位大概是十町吧……等等，那是電視機嗎？」

「店飼雞是什麼？也是mangan嗎？」

「唉，我懶得說明了。只是，為何有那麼巨大的顯示器……」

「下仁田（註41）嗎？在上州喔。」

「你可以閉嘴嗎？不，那是……」

無怪乎達摩會感到驚奇。富士山麓平原突然出現一台和卡美拉並肩聳立的巨型電視。偌大的螢光幕驟然發起光來，畫面中顯示出沙沙作響、紊亂、畫質不佳的風景。電視巨大，解析度卻不高，難以看清畫面內容是什麼……

「那個……那個是……」

「是口井。」達摩說：「沒居然連這個也呼喚出來了。雖然這個與其說怪獸，更像是我們的同類。」

是的。

相信敏感的人看到這裡已經猜到是什麼了吧，有人從井裡爬出來了。當然，出現的不是大叔或小孩子。而是穿著白色連身洋裝，一頭長髮……而且是相當長的長髮的女性。長髮遮住臉部，動作極其生硬不自然。

女性逐漸靠近攝影鏡頭處。

「真的要放出那個？不過現在的話至少比哥吉拉更容易召喚。」

達摩不知為何露出失望表情。

畫面變成女性頭頂的特寫。

好大一顆頭。

仔細一看，那顆頭居然從螢幕裡……

「長出來了！達摩老師，那個女人長出來了啊！」

「嗯，會整個人都跑出來的，安靜看。」

出來了。

超巨大的……貞子3D。

空中的戰鬥機似乎完全放棄任務了。會怕也很正常，畢竟是妖怪巨女，而且還是超級會作祟的那位貞子小姐。

註40：日語中「母雞」與「公尺」諧音。
註41：日語中「顯示器」和「下仁田」諧音。

「哎呀~我好像看過這位小姐呢。但她以前好像沒那麼巨大耶。現在怎麼長得比大入道叔叔還要高大啊~」

「你以前看過的是毛倡妓啦。這位是山村貞子小姐，是近年少見的明星怪物。雖然你在古代也和她差不多有名，只是現在……」

「哇，原來是山村小姐。好巨大喔~」

貞子伸出蒼白的手，試圖抓住戰鬥機。

戰鬥機則是……已經嚇到忘了要發射武器。

貞子的頭髮往四面八方無盡延伸。

「啊~自從變成立體，又是增殖又和某人對決後，現在來挑戰自衛隊了嗎？貞子小姐最近似乎完全進入戰鬥模式吶。這恐怕是目前為止出現的當中最強大的版本吧。」

敵機徹底潰散了。

卡美拉也發出一聲特別響亮的咆嘯。

地上的戰況似乎也很不得了。

不知不覺間又多出好幾隻怪獸，又是吼叫又是噴吐。漫畫角色也四處飛翔，政府軍的戰車已無法對抗。在這當中，變得如富士山般巨大的貞子用頭髮不分敵我地對所有人攻擊。在這場華麗亂舞中雖然偶爾可見到大型妖怪，完全失去了存在感。

「走吧，看不下去了。」

達摩說。

從視野開闊處往前走一段路後，來到森林裡的小徑。小僧捨不得離開怪獸與怪物們華麗壯闊的戰鬥場面，但又怕被達摩棄之不顧，只好亦步亦趨地跟在後頭。

不久。

「哎呀，老師，是我們的同伴耶。」

傳來一聲慘叫。

幾名被嚇軟腿的迷彩服士兵癱坐在道路兩側。這一帶有鬼怪隊伍在巡迴。

最前頭是騎著無頭馬的獨眼鬼——夜行。

隨後有戴著烏紗帽的猴子或身穿直垂的青蛙跟隨，接著是器物或蘿蔔、蕪菁等蔬菜化成的鬼怪等，拉成長長一列。

後方有倨傲的天狗與妖豔的狐狸。

隊列的最後是看不出是妖怪還是人類的人物，單手拿著地圖冊跟著鬼怪走。他身旁有個背著籠子、滿臉絡腮鬍的男人。拿地圖的男人一臉困惑。

地圖男個子矮小，長相令人聯想到傳統的小偷形象。

可能是因為嘴旁的鬍鬚沒刮乾淨，微妙地帶點青色，也可能是因為他的眼神似乎在畏懼著什麼。

「也太凶猛了吧，貞子。」地圖男說道。

「那是誰召喚出來的啊？真的好嗎？」毛髮濃密的男人問。

「沒有問題。」地圖男回答：「那個是作者自己召喚的喔。」

「咦？鈴木光司先生也在這裡？可是他和妖怪不是沒有關聯嗎？」

「他突然冒了出來，宣稱哪裡有趣自己就會在哪出現，然後就把貞子放了出來。放完就不知跑去哪了。也許躲在某處監看吧。」

「呃，可是那是電影版貞子吧，和原作版不同。」

「沒關係，反正都源自於鈴木光司先生那裡啊。」

「哎呀呀。」

這時，男人發現了小僧。

「咦？這不是……豆腐小僧嗎？怎麼會孤零零地在這裡啊？迷路了嗎？」地圖男問道。

「人人人人人……」

「什麼？」

「人人人人類能看見我們啊，老師。」

小僧嚇得把托盤左右搖動。

豆腐軟綿綿地晃動。

「嗯，看得到。」達摩毫無所感地回答：「在這裡他們能見到我們。」

「也也也也聽得到我的聲音嗎？」

「當然。貧僧雖不知道是什麼原理，總之能聽得見。我們沒有物理作用，不會振動空氣，因此一切只是存在於腦內的現象。」

「咦？達摩也在。他們是哪一組的？門賀先生的組嗎？還是多田先生組？」

「是誰啊？這個人。」

「他叫青木大輔，以前是個編輯——這個職務類似繪草紙版元的手代。他的同夥，那個毛髮濃密的男人叫大庭大作。」

「怎麼形容我的第一句話就是毛髮濃密啊。」大庭顯露失望神色說。

大庭有個肢體動作很大，卻和嘴巴講的內容兜不起來的怪毛病。他現在正做出類似打電話時的手勢，這個動作和他的話完全無關。

「這位青木以前曾編輯過一本叫《妖怪痴》的書，所以對妖怪挺熟悉的。如果沒有某種程度理解，是沒辦法引導這支鬼怪的隊伍吧。」

「你怎麼在說明我啊？」青木感到困惑。「好了好了，你們走吧。你們一點也不可怕，很難有嚇阻效果啊。」

「奪得武器了！」大庭說。

大庭似乎專門負責從嚇軟腿的士兵手中奪取武器，放入背上的籃子裡。籃子裡放了不少把手槍，也有其他武器。

簡直像弁慶。

「大庭，你果然能看見妖怪。」

「我可以回答你『我才不想被青木你這麼說咧』嗎？」

「你明明已經答了。正常而言這些軍人不可能老實交出武器，而是會開槍射擊啊。砰砰地扣下扳機。你只是個人類，沒理由不會中槍。有這個風險你居然還敢奪槍啊。」

「不不，他們有些人甚至嚇得昏倒了啊。可見真的很怕妖怪。看他們嚇成這樣如此，搞不好連豆腐小僧也會怕吧。」

「咦！我也很可怕嗎？」

小僧在大庭前方轉個圈後，

「豆……豆腐！」

遞出豆腐。

「嗯，很可怕很可怕……才怪。」大庭說。

「大庭還比較可怕吧。大庭的可怕比較類似生剝鬼啊。先別提了，天色即將變暗，敢死隊們沒事吧？完全沒有聯絡呢……」青木擔心地說。

「搜索敵方根據地果然伴隨著危險。」大庭一面做出吃東西的動作一面說。真的完全無關。他腦中掌控肢體語言的部分和語言區的連結恐怕斷掉了。青木似乎很習慣他這樣，絲毫不在乎。

「平山先生會不會逃了?」

「嗯~應該不至於吧?」大庭說:「如果他要背叛,應該會做出更過分的事。」

「說得也是。話說回來,似田貝多半死了吧。」

「下仁田嗎?在上州喔。」小僧插嘴。

「這個小僧在說什麼?」

「請別在意。」達摩說。

「對了,印象中達摩先生能超越時空獲取無數知識,見識諸多景象。我在京極先生的小說中看過這個。」

「是的。雖然我沒想到有人類指出這點,只要是達摩不倒翁所在之處,不論現在過去或未來,貧僧都存在,因此能通曉一切。關於你的事,貧僧也很清楚。」

「我的事不重要啦。」青木自暴自棄地說。「對了,據說來自巴比倫的魔物就潛伏在這片樹海裡,你知道祂躲在哪嗎?名為戴蒙。」

「不曉得。」

「居然馬上回答了。」

「你是笨蛋嗎?樹海哪來的達摩不倒翁?有人會特地帶到這裡拋棄嗎?貧僧作為菩提達摩面壁得道後,近一千五百年來未曾被捨棄過在樹海。今後也不會有。」

「原來如此。」青木更自我放棄地問:「難道不會有人穿有達摩圖案的衣服不小心在樹海迷路嗎？」

「並不會有這種事好不好。而且哪來那種圖案的衣服？就算有，又有誰會穿？」

「我的衣服上就有喔，達摩圖案。」小僧說：「我有穿。」

「你很煩耶。反過頭來貧僧倒想問你們，那個叫戴蒙的是誰？」

「你連這個也不清楚啊？意外地很多事都不知道嘛。」

「貧僧知道的事比你多太多了。」達摩不開心地說：「要不要我說出你的祕密？」

「這個鬼怪有點討厭啊。算了算了。只是……事情真的能解決嗎？」

青木大輔抬起頭，看著夜幕逐漸降臨的天空說。

廿玖

世界妖怪協會終於與敵對峙

雷歐☆若葉和榎木津平太郎、似田貝大介三人抵達坑洞中心時……

該處誰也不在。

當然，也空無一物。

被平山踢下去的三人，在有機物構成的斜坡滾了相當長的距離。傾斜約三十至四十度。這樣角度乍聽或許不覺得陡急，實際站在坑洞邊緣往下看會有近乎直角的印象，若沒繫著安全索絕不會想要跳下去。

三人在滾落到底部前就昏過去了。

雖然全身上下都有小擦傷，意外地傷勢並不嚴重，不久就恢復意識了。

最先醒來的是雷歐。

雷歐一向粗心容易輕忽且短慮，做事不經大腦又容易得意忘形，他以為只有自己得救，連去搜索其他兩人也沒有就嚎啕大哭起來。

嗚哇嗚哇地大哭。

真是個笨蛋。

雖然是笨蛋，但對及川來說卻感同身受。

及川聽到這件事時，打從出生以來第一次感謝自己任性的椎間盤。假如沒有腰痛的話……

他肯定也一起滾落到坑洞底層了。

三名笨蛋隨從之一必然有及川的席位。

雖然一向粗心容易輕忽且短慮，做事不經大腦又容易得意忘形的雷歐是篤定當選，其他兩人就難說了。

似田貝或平太郎換成及川……

——大有可能。

大大地有可能啊。及川是尚未發展成智人的物種，雷歐則是智人界的最底層，勉勉強強算是個人類。如同學年成績前段班的國中三年級學生，依舊比學年成績最後一名的高中生學力更強一般，及川也能贏過雷歐。

但其他兩人就難說了。

平太郎是個御宅族，及川也是。兩人的差異只有一個是年輕人，一個是大叔。雖不知這種情況下年輕有利還是不利，單論利用價值的話，恐怕是年紀老大不小的及川比較低吧。

似田貝的話，雖然在人品上和及川徹底半斤八兩，但別人往往不想跟他計較，有很高的機率會被優待。不知為何，他一臉傻笑、彷彿瞧不起人的個性，老是比粗獷耍酷的及川更易博取好感。真不公平。

總之，這兩人是在相當低水準處互相競爭。

唯有雷歐是所有人都認同的人選。

然後……這個雷歐正在坑洞底層嚎啕大哭。哭得一把鼻涕一把眼淚。哀切且頗為低能的哭聲，深深沁入異常寬廣的坑洞內部。

似田貝聽見了他可憐的哀號。

似田貝這傢伙雖然是個膽小鬼，偶爾卻會露出看破人生的態度，在碰上危機時反而能以「看輕世間」的胡鬧方式度過難關。這部分是他容易博取他人好感的理由，但也有絕對贏不過及川之處。及川也是經常小看事態，但不同的是他只要一小看，一定會有悽慘下場。簡單說，及川只是分析過於天真又一知半解，導致他有許多誤會，所以只能以失敗告終。同樣是一知半解，似田貝靠著打哈哈卻能度過難關。

及川對此不免感到嫉妒。

總之，即使在此危急情況下，似田貝還是不急不徐地帶著類似睡昏頭的心情，循著哭聲找到雷歐，以稀鬆平常的語氣詢問發生什麼事了。

聽說雷歐嚇得飛跳起來。

當時夜幕早已降臨，視野趨近於零，不嚇到也難。因為雷歐☆若葉是和死去的吉良並稱雙雄的孬種王。於是就這樣，雷歐和似田貝在坑洞底部手足無措地呆立著。

他們這時尚未發現平太郎。

另一方面，荒俣宏一接獲平山夢明和東亮太的報告，即刻分析狀況，下了一個明智的判斷：

將分散巡迴的妖怪旅遊團——妖怪大遊行執行隊伍——集合起來，讓妖怪推進委員會成員全體衝入敵陣。

荒俣也決定一併帶著反剋石。

完全靠石頭保護訪客中心，這是個巨大賭注。

荒俣下此決定的理由有二：

首先，被召喚出來的漫畫角色及怪獸們，甚至貞子，出乎意料地驍勇善戰。妖怪大作戰的效果也很好。

角色們被召喚出來後，無須做出任何指令就會主動在戰場上活躍。

由於各角色都是足以擔綱一方主角的全明星陣容，會有這個結果並不意外……只是不管多麼強悍，攻擊力依然是零。即使如此，依然能毫無問題地防禦敵人攻擊才是重點。

及川一開始聽京極說出要召喚鬼太郎時，還以為他在開玩笑。但看到真正召喚出來的時候，卻覺得這個世界比較可笑。京極召喚的鬼太郎不是Ｗｅｎｔｚ瑛士，而是很具真實感的原作版鬼太郎。及川原本建議要召喚的話，動畫第三期或第五期的鬼太郎戰鬥能力較高，但被否決了。後來及川才知道問題不在那裡。別限定哪一期的話通用性比較高。

空中決戰非常有震撼力。

角色們決定性的必殺技一招比一招更帥氣，即便完全沒有效果，他們毫不疲憊也毫不退縮。不過戰鬥機就沒那麼輕鬆了。所發動的一切攻擊都無法造成漫畫角色們的傷害。子彈很快就用盡，燃料也告罄。

及川後來才知道，據說香川一開始是建議派出超級機器人來應戰。就在及川趴著讓腰休息的時候。及川不曉得為何這個提議被否決，但他個人也很想見識真實版超級機器人大戰，也想一起呼喊必殺技的名稱。

然後——

聽說村上提議要召喚怪獸的時候，及川覺得這傢伙太得意忘形了吧，根本亂來。不過等到卡美拉真的登場時反而有些感動。現實中的卡美拉體型巨大得驚人。

及川以為接下來應該是召喚出哥吉拉，沒想到妖怪迷間卻產生了爭執。

村上建議召喚《金哥》——《金剛對哥吉拉》——中登場的哥吉拉，另一方面多田則推薦召喚《摩哥》——《摩斯拉對哥吉拉》——版的哥吉拉，理由是《摩哥》版的哥吉拉面容比較凶惡。立刻有人反駁說如果重視凶惡度的話，《哥吉拉．摩斯拉．王者基多拉 大怪獸總攻擊》的白眼哥吉拉更凶惡得多，也有人提出姑且不論作品水準好壞，考慮到背鰭的尖銳感，當然是選擇《哥吉拉２０００：千禧年》版才對。有人認為乾脆召喚初代比較好，也有人反駁初代身高太矮，總之意見分歧了。老實說這種爭論實在挺無聊，何不這邊也別限定版本？

結果，只因能飛天這個理由，最後被選擇的是拉頓。感到開心的人只有喜歡翼龍的東雅夫。

不過怪獸真的很有效。牠們太擅長應付自衛隊了。相反地，自衛隊根本不知道怎麼對抗怪獸。這很正常。就算在現實中真的有怪獸登場，政府也不敢派出自衛隊應戰吧。畢竟他們沒有微波激射砲啊。

總之，及川本來對於村上意外地也有考慮戰局來挑選召喚對象而感到欽佩，不過在看到連大怪獸巴朗、蜘蛛怪獸庫蒙卡及摩斯拉幼蟲，這種召喚出來也毫無助益的怪獸也被叫出來後，及川改變想法了，覺得村上果然只是在得意忘形地胡鬧一場而已。附帶一提，不知為何《超人力霸王》的怪獸一頭也沒召喚。是顧慮到圓谷製作嗎？不過京極說，這是作為人的最後底線。

總之，地點是富士山麓平原，對手是自衛隊，結果還變成《怪獸總進擊》了。

怪獸雖然也沒有攻擊力，卻很有壓迫感，而且很能吸砲火，在牽制戰車的攻擊上極為奏效。

問題是貞子。

雖不清楚究竟何時登場，怎樣來到這裡的，鈴木光司突然現身了。他攤開雙手，以彷彿新興宗教教祖般的說話方式，用宛如歌劇名伶般的高亢嗓音說：

——請交給我吧！

說完，就將之召喚出來了啊——貞子小姐。

超巨大。不不，貞子妹妹明明是清純可憐的超能力美少女，不是那種怪物啊。雖然在場所有人無不面面相覷，既然是原作者親自召喚的，應該是沒問題吧。

只不過……效果遠超乎推進委員會們的想像。貞子實在太可怕了。任何聽過或看過《七夜怪談》的人沒有不感到害怕的。這樣等於戰場上所有人都被迫觀看詛咒錄影帶，而且貞子也實際出現，所以敵人徹底地嚇壞了。就算能平安完成作戰，幾天後恐怕也會死吧。雖然實際上多半不會死。近期的恐怖故事中，詛咒類的特別嚇人。

黑史郎見到貞子的絕佳效果後，也央求召喚出《咒怨》的伽椰子和俊雄，卻被拒絕了。因為這兩人身材實在太嬌小。在森林裡見到全身塗白、只穿一條三角內褲的小孩子抱膝蹲坐的話，會覺得很古怪吧。雖然這幅情景說恐怖倒也滿恐怖的，但攻擊力本身實在不怎麼能期待。至於伽椰子的話，假如沒有能讓她緩緩爬下的樓梯，只在地上爬行的話，看起來和傷患沒有多大差異。若能大量登場或許很可怕吧。

不管如何。

戰車與戰鬥機就交給漫畫角色、怪獸與貞子來應付吧。

荒俁做出如此判斷。

剩下的就是被派遣到森林裡的遊騎兵部隊。

已經有相當人數碰上妖怪大遊行而被嚇癱，武器也被沒收。

但妖怪方對敵軍有什麼部隊，派出多少數量依然不確定。不只自衛隊，相信警察和ＹＡ

T也有參與作戰。無法確定是否有派遣特種部隊或狙擊部隊，十分危險。若將反剋石帶走，訪客中心的妖怪難民們將會陷入毫無防禦的境地，一旦有敵軍入侵必將釀成慘劇。

就把所有敵兵攬在自己所率領的特攻隊這邊吧——荒俁做出這個決定。

荒俁指示京極執行B計畫，京極默默點頭，走到香川身邊。

不久，留在參謀本部的所有成員都收到出動命令。

及川原本對自己腰痛或許能免除任務抱著淡淡期待，當然，人生並沒有那麼輕鬆。期待，永遠是淡薄的。幸福，也總是虛幻的。

一行人先移動到離參謀本部及訪客中心相當遠的地方後，香川取出反剋石，呼子出現。

然後……召喚出鼬火柱來。

明亮火柱朝向天際延伸而去。是動畫常見的情景。

那就是集合的信號。

不久，四面八方的妖怪群聚而來。妖怪大遊行的各執行隊伍都集結而來了。妖怪推行委員會和妖怪們匯聚一堂，接著……

真正的百鬼夜行開始了。

「盡可能華麗地行動吧！」

荒俁不知為何聲音特別高亢地說。並非強顏歡笑，而是真心享受的感覺。不知何時準備的，前怪異學會的人們手上拿著太鼓和鉦鼓咚咚鏘鏘地敲了起來。松野倉還唱起只有喵喵亂叫的意義不明歌曲。

香川召喚出自己所認識的所有發光妖怪。

魂火、鏘鏘火、姥火、化火、狐火、宗源火、二恨坊火、小右衛門火、鬼火、人魂、油坊……及川認識的只有這些，恐怕他認識的所有發光妖怪都被召喚出來了吧。原本釣瓶火只會垂掛在樹梢上，但香川故意召喚：

「《鬼太郎》中登場的釣瓶火！」

該說是準備週到呢，或者不愧是專家呢，也許只是單純的御宅族吧。

隊列周圍變得明亮如白晝。

領隊是荒俁宏。

多田和村上跟在他兩側。東亮太負責帶路，黑史郎跟在後。怪異學會的人們或不怕死的妖怪痴們、前編輯或學者、作家等有志之士跟隨其後。

殿後者是京極。

雖然他只是因為體力太差，走路很慢，自然而然落到隊列尾端。

隊列周圍有妖怪在飛跳彈跳、滾動漂浮著。

也有見越入道和滑瓢鬼。有狂骨和魍魎和嗚汪和兵主部。有巨大的也有矮小的。有油紙傘、木屐或鍋釜。有氣派的狸貓和高貴的狐狸，有威風凜凜的天狗和下流低級的河童。也有小僧、坊主和妖怪爺爺妖怪婆婆。雖然坊主現在被視為一種歧視用詞，爺爺婆婆這個稱法也有失禮節，但作為妖怪的專有名詞本來就這樣，也沒辦法。

豆腐小僧跟在京極身旁慢慢走。

沒人知道豆腐小僧是誰召喚出來的。及川以為是插畫家石黑亞矢子召喚的，問她卻得到否定回答。據說石黑召喚出的是歌川國芳的錦繪《相馬的古內裏》中的巨大骸骨——俗稱「餓者髑髏」的那個。聽說餓者髑髏是一位叫做齋藤守宏的人於六〇年代創作的鬼怪，而將餓者髑髏和歌川錦繪中的骷髏形象作結合的則是水木大師。問石黑是怎麼召喚的，她只說了句「那個很大的骷髏」就召喚出來了。沒想到反剋石這麼機靈啊。

不管如何，的確很有衝擊力。

總之，雖然有些陰森，但並不悲壯，反而有種類似昭和中期商店街大拍賣時的氣氛。豆腐小僧似乎開心得不得了，偶爾還跳著小跳步。及川問小僧本人是怎麼冒出來的，他只回答不清楚，而達摩也沒好氣地回答「誰知道啊」。及川做夢也沒想過自己居然會被達摩不倒翁責罵。

豆腐小僧似乎是自行湧現的。

話說回來，不知道京極和自己筆下角色一起行走的心情如何？京極本人倒是和平常沒兩樣，只露出一張嫌走路麻煩的臭臉。

「好遠啊。」

京極只說了這句話。明明才剛開始走不久。

「京極先生，現在這樣真的好嗎？」

「什麼意思？」

「我們不是要去戰鬥嗎？妖怪大戰爭模式耶。B計畫。」

「有何不可？」

「真的嗎？可是現在大家彷彿在辦慶典一樣，情緒嗨翻天了。」

「就是慶典。雖然百鬼夜行這個名字不免給人恐怖的感覺，但原本的百鬼夜行只是無形事物的遊行。可視化鬼怪的遊行是慶典遊行的諧仿，所以現在這種氣氛才正確，我還嫌大家不夠嗨哩。」

「但京極先生你自己也不怎麼嗨啊。」及川吐嘈。

「沒辦法，我腰腳虛弱無力。」京極回答：「及川才應該更騷鬧一點。大聲唱歌跳舞吧。扭起你的腰來啊。」

不不，腰真的不行啦。

「既然要改成這種計畫，應該找個會演奏樂器的人來才對。三味線、太鼓、笛子與鉦鼓……明明避難所裡很多音樂家。怪異學會的演奏實在是很差勁。」

是很愚蠢的演奏。但是配合著音律千差百錯的愚蠢奏樂，在陰火鬼火的照耀下的電子花車風遊行隊列不管如何都相當醒目的，毫無疑問。

一如荒俣所預料的，潛伏於樹海或鄰近地區的遊騎兵們陸續朝向妖怪遊行隊伍集結而來……當然，扣除被妖怪嚇軟腿的那些人。

這是接近深夜時刻的事。

與此同時……

坑洞底部的似田貝和雷歐終於找到失去意識的平太郎，勉強喚醒他後，一同走向坑洞中心部分。

雖然他們並不明白自己在坑洞正中心。

四周昏暗無光，看不清坑洞到底有多寬廣。

只有某處微微發亮，三人朝著那裡前去。

坑洞上方有從附近地表延伸而來的枝幹或藤蔓交織覆蓋成穹頂狀，正中央處恰好留下一個洞。

月光由該處射入坑中。

彷彿聚光燈般照射著中央部分。

地上有一塊巨石形成的臺座。

三人靠在那裡休息。

就像在比熊山山頂的祟岩上，和朋友舉辦百物語的稻生平太郎一樣豪氣（註42）——若相信似田貝的自我宣稱，當時似乎是這種情況。

是真是假，及川無從得知。

然後底下這個也是來自似田貝的說詞。據說……他覺得事有蹊蹺，便提議眾人去檢查巨石臺座。當時，雷歐仍沉浸在自己能得救的喜悅中，而平太郎則是覺得能攀上岩石就心滿意足了。兩人腦袋空空，什麼事也沒想。

畢竟出自似田貝口中，打點折扣或許比較好。但關於雷歐或平太郎的反應，恐怕沒啥錯誤吧。就算有加油添醋，應該也是似田貝往自己臉上貼金的部分。因此，當時的真實狀況應該是似田貝和其他兩人一樣腦袋空空才正確。唯有這點及川敢斷定。因為他敢保證假如自己在現場的話，肯定也是啥都沒想。

巨岩上什麼也沒有，四周也空無一物。

似田貝以緬懷往事般的口吻宣稱，當時說出要挖地面的人就是他。

及川並不相信，因為似田貝這麼說只是想獨占功勞。

正常說來，那種情況下怎麼會想要挖地？乖乖地等到早上有人來救援才合理吧。

若要挖地，也不會是他認為那裡埋著什麼，肯定有其他更無聊的理由。笨蛋和傻子和阿呆湊在一起，會有怎樣窮極無聊的發展也很容易想像得到。因此，根據及川的推理，那是為了上廁所而挖的。似田貝一陣便意油然而生，但其他兩人說要大號就滾遠一點大，似田貝堅決拒絕，兩人便說那好歹挖個洞吧……以上恐怕就是事情的真貌。

及川說出他的推理，似田貝只笑著打哈哈。看來正中核心。

然而開始挖掘後，赫然發現底下似乎埋著什麼，但挖不出來。東西不大，卻很難挖。地面不是泥土，不知由何種物質所構成，三人手上沒有工具，徒手挖掘當然有困難。

荒俣率領的妖怪聯盟大遊行隊伍剛好也在這時來到坑洞邊緣附近。

及川記得那時已是深夜兩點。

遊行隊伍成立後，一行人大概行軍了兩個小時。

「喏，就在那裡，沒記錯的話。」

在隊伍相當後面慢吞吞地走的平山這麼說。福澤徹三皺起他剃掉的眉頭。

「平山兄，你根本沒在帶隊啊。其實你根本不記得路了吧？我看你幾乎是惰性地跟來，看隊伍停下腳步就馬上搶功勞。」

「沒這回事。阿徹，你老愛講這種話來數落別人，但你這回搞錯了。我們剛才不是經過那個都知事的屍體嗎？」

「咦？有嗎？」

「也不怪你，畢竟腳下一片黑，看不清楚有啥很正常。阿徹，你剛才不是一腳踩上去了？搞不好踩爛了哩。」

註42：出自江戶時代的妖怪物語《稻生物怪錄》。描述幼名為平太郎的江戶中期武將稻生武太夫年少時期為了試膽，和朋友到比熊山舉辦百物語，下山後他與朋友身邊發生各種怪異現象，平太郎最後通過妖怪的考驗，獲得木槌作為勇氣的嘉獎。

「哇！」

福澤嚇得跳起來。他的個性意外纖細。

這時，京極總算追上隊伍。

「京仔，你走路怎麼這麼慢啊。」

「我年輕時還滿快的。」京極回答。

「這是啥？歪七扭八又輕飄飄的，很礙事欸。」

平山抓住飛在空中的彷彿由旗幟和雞組合而成的鬼怪，向前一把拋出，接著踢了沿著地面走的酒瓶型鬼怪一腳。酒瓶破了。

「啊，破了。原來這個會破啊。」

「太過分了吧。」福澤說。及川完全同意。

「另一隻很會飛啊。嗯，飛了。先不管這個吧，喂，京仔。」

「幹嘛？很煩耶。」

「在這世間變成這樣以前，小野的老公他……」

「小野不由美小姐？」

「對，小野小姐，她不是也在寫小說嗎？」

「她是小說家，當然寫小說。明明是小說家卻都不寫的人只有你。」

「你別亂講。」平山敲了身旁偷油怪的頭。「做啥？」偷油怪用關西腔抱怨。偷油怪明明是天草地方（註43）的怪物，會講起關西腔與變成這種造型，肯定是受到大映電影公司的角色設定影響。

「就是那個啊，殘尿……」

「是《殘穢》。」京極大聲糾正。

「對啦，就是那本。我在那本小說裡也有登場耶。」

「嗯，沒錯。原來你讀過那本小說了。」

「大致瀏覽過。」平山說。

「你居然沒好好閱讀過。」京極瞪著他說。

「有讀啦。總之就是那個……內容很認真啊，非常嚴苛啊，而且很洗練啊。」

「嗯，因為是恐怖小說。那是一本非常優秀的恐怖傑作。巧妙地反向利用怪談實話結構上的缺陷，且透過讓恐怖的點不斷轉移來補強結構這點也很出色，著實是一本充滿巧思的怪談小說。專寫怪談的寫手很多，過去卻沒人能寫出這種形式的作品，實在值得檢討。」

「是這樣嗎？」平山笑了。「不過我不是要講這個。我想說的是，那個是真實的我啊。」

「什麼意思？」

註43：位於熊本縣。

「在小野小姐這種優秀作家筆下，在劇中登場的平山真的就是我的寫照。」

「那只是虛構吧？」京極說：「那是小說，你才是真實的平山夢明。你才是本人。」

「我的意思是……」

「如果直接讓你的真實面貌在小說登場的話，小說反而無法成立。沒人想讀那種彷彿一群下巴脫落的囊鰓鰻在元旦寫書法般亂來的小說。小野小姐描寫的你雖然是你，卻是作為小說中一部分的你。」

及川想，京極說得有道理，但比喻實在太難懂。

這時，京極停下腳步。

「怎麼了？你累了嗎？你不行了吧。」

「不……我只是感覺我們似乎被包圍了。」

「被啥？」

「恐怕是武裝軍隊。」

「這不太妙耶。」

「不，還在料想範圍內。及川，你去通知隊列前頭的荒俣先生吧。要肉體年齡超過八十五歲的我走到隊伍前頭太花時間了。雖然恐怕也來不及了。」

「欸～」

及川想，我的腰也很痛啊。

「聽到了嗎？你就快去吧。雖然我忘了你叫啥。」

怎麼連平山先生也這麼說。

「去吧，你這個軟腳蝦，還是貧僧陪你去？」

連……連達摩也……

「我也陪你去好了，軟腳蝦叔叔。」

連……連小僧也……

及川一副「好啦好啦，我知道了，去就去嘛」的態度，一路撥開妖怪、學者、作家或笨蛋所構成的人牆，來到隊列前頭時……

及川見到擋在荒俣面前的某張熟臉孔。

他是……

「荒俣老師，又見面了呢。」

眼罩。

大館伊一郎。

荒俣他……

「啊，大館先生，晚安。」

這是什麼招呼。

不知不覺間，在大館身後——多半是坑洞邊緣——有當初在那間超豪華高層辦公室裡見到的那群人排排站。

身穿軍服的武裝集團——YATSS。

「荒俣老師，在這種時間帶著這一大批人來到這種地方，真是有勞您了。」

「不客氣，也辛苦你派出這個大陣仗來迎接我啊，大館幹事長。」

原來是在互相牽制。

「雖然您難得親自前來，但不能繼續讓您前進了，真是遺憾。相信您也知道，我背後的這批人是YATSS，雖然前些日子承蒙您們『好好地』關照過。」

「村～上～！」

YAT之中，有一名以極度凶狠的表情瞪視村上。他的眼瞳裡暗藏恨意。是當時被村上把手機塞進口袋裡的那個隊長吧。

「嘻嘻，我就是村上怎樣，打我啊～」村上嘲諷。

雖然是自己人，這種態度也實在令人不敢恭維。

「你也只剩現在還能這樣嘻笑怒罵了，村上。你知道我背上這個儲存槽裡裝的是什麼？是你們也很熟悉的抗妖完全滅菌除汙毒氣。」

「那種東西無法消滅妖怪。」

「能不能消滅都不重要。」YAT嗤笑：「只要能讓你們死得一乾二淨就足夠了。我要徹底噴灑到足以使全富士山麓平原的動植物都徹底死滅的程度！盛大地噴灑吧，噴灑！」

「你這樣做只會害死自己人。自衛隊和警察們並沒有配戴防毒面具。」

「那又如何？只要我們能活下來就夠了。」

ＹＡＴ配備著附屬在頭盔上的堅固防毒面具。

邪惡。

這不就是邪惡組織的戰鬥員嗎？及川想。

大館臉上亦無配戴任何裝備，卻毫不在意地笑著。

他輕輕揚起右手。

ＹＡＴ們亦舉起噴霧器的噴嘴。

不過。

就在同時。

位在坑洞底部的笨蛋三人組。

笨蛋們以笨蛋的方式卯足全力，逐漸挖出某種物體。

雖然挖到一半時發現坑洞上方似乎變亮了，也聽到吵鬧的說話聲……但完全沒想像過妖怪一行人已經抵達那裡，而且正陷入危機之中。

因為他們是笨蛋。

雖不清楚挖掘出來的物體是什麼，只知道是個類似「壺」的物體。

雷歐☆若葉立刻聯想起《鬼太郎》中提袋狸的罈子。平太郎想到的是《法櫃奇兵》的法櫃。至於似田貝，則想到《噴噓大魔王》中出現的壺。不管如何，形狀全都不同。

但三人的可信賴度卻相差無幾，及川只好試著綜合三人說法去想像。雖然及川實在無法想像如此奇形怪狀的壺會是什麼模樣，應該至少是個容器吧。

然後——

雷歐似乎陷入某種錯亂狀態，雖然他平常也很錯亂，他不經大腦地把手伸入那個壺裡。又不是翻找點心的猴子。

同一時間，大館正舉著右手，所有人都以為他會直接揮下。

及川為了能多活幾秒，拚命屏住氣息。雖然憋氣太久。反而會因憋不住氣時多吸好幾口而早死，反正也顧不了那麼多了。站在他身邊的多田豎起兩邊食指，很有禮貌地遮住口鼻。及川側眼看到這個，意外覺得有點可愛，結果又不小心笑了出來。

為什麼這群人——不，包括及川自己——如此缺乏緊張感呢？

明明是生死存亡關頭。

只要大館把手揮下，現場所有人，包括樹木花草昆蟲野獸黴菌細菌自衛隊或機動隊，全都會乾乾淨淨地被驅除。是大量屠殺。

距離滅絕殺戮只剩零點幾秒。能留下來的只有妖怪與配戴防毒面具的邪惡組織戰鬥員以及大館。

大家都完蛋了。及川已做好心理準備。

但是。

舉起的右手，卻直接橫向朝右邊揮出。

站在大館右邊看似隊長的男子——就是那個對村上叫罵的男子——恰好被拳頭手背打中臉部。而且相當用力。受到非預期的攻擊，男人失去平衡，直接向後仰……

墜落了。

然後——

當然是落進坑洞之中。

由上方墜落的男人，理所當然一路掉落到底層。

從底層往上看，就像從由上方降臨一般。

相信一定有發出尖叫吧，也有產生滾落的砰咚聲吧。

明明如此。

聽說坑洞裡的笨蛋三人組連有人滾落也沒發現。

雖說他們所在之處是坑洞的中心地帶，男人滾落的是邊緣，離了一段距離。但若問是否因此才沒注意到，倒也不見得。因為他們連荒俣們和大館的部隊遭遇前，妖怪遊行的熱鬧喧嘩聲都沒注意到了，根本無可推託。照理說在深夜幽靜的樹海中，不管離多遠都應該會發現才對。

至於三笨蛋為何沒注意到異狀，是因為雷歐的手無法從壺裡抽出來的關係。他似乎在壺裡抓住什麼。就和某個抓住壺中黃金不肯放手，結果無法把手抽出來的寓言故事相同。

於是三笨蛋又是拉扯又是敲打又是揮動地想把雷歐的手從壺中拉出來……

彷彿在呼應他們的行為。

大館幹事長拚命痛苦掙扎，被他亂揮的手腳擊中，又有幾名YAT被推落谷底。接著，幹事長當場癱倒。不是倒下，是癱倒。

彷彿傀儡的絲線同時被剪斷般的癱倒方式。彷彿就像全身關節突然斷裂一般。其他YAT們顧不得是否該噴毒氣，為了拯救幹事長衝了過來。

村上像個揹負妖怪一般，朝一名蹲下的人背後趴了上去，喊：

「揹我揹我（註44）～」

村上扣住他的脖子，抓住頭部，不肯放手。多田說：「你那樣比較像纏附怪（註45）吧。」老實講，是哪個都不重要。

村上迅速把手伸向YAT，解開頭盔鎖扣。

理所當然地，防毒面具也跟著脫落了。

「哈囉，你好～」

村上模仿大山羨代的語氣說道，把頭盔拋進坑洞裡。其他YAT立刻將毒氣噴嘴對準村上，但被扯下面罩的男子哀叫阻止。

也難怪他要哀號，因為會死。

其他人被夥伴的慘叫嚇到，一時之間不知所措。

隨即，這幾名舉起噴嘴的ＹＡＴ從視野中消失。

因為被從背後撥開人群、全力奔馳而來的……

平山夢明一腳踢下去了。

平山滿面笑容。

「喔呵呵呵呵呵，解決了。你們也這麼做吧。」

「老……老師，這樣做是殺人吧？」

松村進吉擔憂地說。

「死不了的啦。我傍晚也把三個人踢下去。」

「所以……所以……跟你一起去的那三個已經……」黑木主彷彿能劇面具般面無表情地說。

「小事情而已，不必掛心。」平山回答：「這只是正當防衛啊，嘿咻。」

正當平山一臉愉悅打算再踢一個人下去的時候。

註44：傳說青森縣某處半夜草叢中會傳出「揹我揹我」的聲音，居民感覺奇怪，但沒人敢去確認。一名年輕人自告奮勇前去探視，青年背對草叢，感覺有東西爬上身體，將之帶回家後，發現竟是黃金。

註45：廣島有種妖怪會突然纏上行人背上，要求行人揹負他。

彷彿一千頭牛馬同時嘶鳴……既像咆嘯也像地響的聲音響徹周遭。

不，與其說聲音，更像地盤震盪、整片樹海震動的感覺。雖然沒有地震的搖晃，似乎連空氣也在振動。

在現場妖怪以外的所有人類，無不嚇軟腿或愣住。

從坑洞中噴出腐敗混濁的空氣，細屑漫天飛舞。

多半是枯萎的植物或死亡動物的殘骸吧，粉塵壯闊。

接著，某種巨大物體從坑洞之中「隆起」了。

看似暗綠色長滿青苔的小山。但那不是山，而是頭。之所以知道是頭，是因為有疑似臉部的部位露出。那尊龐然巨物有眼睛。睜大的右眼充血，眼白赤紅混濁，而左眼則是……潰爛了。

「戴蒙……」

荒俣宏只靜靜地說了這句話。

原來這個物體就是戴蒙？不會太巨大了？這比卡美拉或貞子更龐大啊。

不久。

看似尖鼻和裂唇、下巴、脖子的部分也逐漸露出，肩膀升起。沒見到手，取而代之地則有無數根類似觸手的部分。

說是觸手，其實更像樹根。不會像軟體動物那樣蠕動，晃動時還會劈啪作響。

樹根狀部位的某個部位像扇子一樣左右張開。

彷彿背上長了羽毛一般。

這是《新世紀福音戰士》的片頭動畫嗎？還是《卡美拉3》中伊利斯覺醒的場面？及川只懂得用這種同好才明白的語彙來形容，根本無法正確描述狀態。如果這是小說，拿這種零碎的哏來比喻或說明就代表這是一本三流小說，及川想。

平山愉快地喊：

「這……這根本就是小林幸子嘛！」

嗯～把小林幸子擺到頂端就說是紅白歌唱大賽似乎也不是不行。不管如何，的確非常有終極大頭目感。

看來——

在那場搶奪戰的最後。

坑洞底部的笨蛋三人組把壺弄壞了。

瞬間，藏在壺裡的事物也變得巨大。

雷歐嚇得驚慌失措，平太郎嚇得六神無主，似田貝則是嚇得尿失禁。至於是否只有尿就不敢說了。這也不意外，這幾年各種不可能發生的事態層出不窮，常識與良知早就一寸不留地崩解，科學知識和經驗法則完全無法信任，道德倫理也徹底淪喪。就算石頭浮在水上，樹葉沉入水底也不讓人意外，日常早已徹底崩盤。即使如此……

突然冒出這麼巨大的物體。

ＹＡＴ或自衛隊已不再有意義了。

雖然荒俣勇敢地站在坑洞邊緣，其他人後退了，由於後面的人仍繼續往前進，結果妖怪聯盟特攻隊全部擠成一團。

然而。

如實做出反應的卻是妖怪們。

妖怪們彷彿被磁鐵吸引的鐵砂般，一隻接一隻攀附在巨大怪物身上。油紙傘妖和鍋釜怪、天狗、河童，以及各種奇形怪狀的鬼怪，甚至鬼火……

這完全是妖怪大戰爭嘛。

「哎呀……」

只能發呆了。

「喂喂，這樣真的好嗎？」村上嘟囔：「話說回來，為啥鬼怪會奔向那裡？」

「也許鬼怪是祂的天敵吧～」化野說。

彷彿成群結隊爬向地瓜的螞蟻。

牛鬼緊貼。濡女爬行。猥裸豎起爪子。烏鴉天狗痛啄。巨蟹箝制。露出利牙啃咬。宛如老虎一般的化貓以利爪撕裂。老猿啃咬。持槍者突刺，持棒者毆打，持劍者砍殺。鍋釜變化的妖怪——鳴釜進行衝撞，磨泥器變化的妖怪——山颪開始把敵人削磨成泥。

「好……好驚人……」郡司驚訝得合不攏嘴地說：「原來妖怪那麼好戰。」雖然說厲害是挺厲害的，但能否造成對方傷害其實也很難說。鬼怪們就像纏繞在大象身邊的蟲子一樣。

「原來這就是妖怪大戰爭啊？」

聲音高亢地發問的是，額頭一帶十分閃亮的男子——前角川的上野秀晃。假如這個社會沒變成這樣，上野應該會代替及川去幫忙《怪》的編輯吧。換句話說，社會沒變成這樣的話，及川就要被降職了。及川每次看到上野，總會聯想到兒童時代在電視上看過的——當時的——美國國務卿季辛吉。

「我對妖怪不熟，但這個和我的印象不太一樣呢。」上野說。

「是的。我也覺得和印象不同……妖怪們竟然在戰鬥。」岡田應和。

「我也無法接受。」發言的是前怪異學會的榎村寬之。「老實講，如果有勝算的話倒也罷了，這樣贏不了啊，頂多陷入膠著狀態。雖然如果繼續僵持下去直到早上，妖怪照到日光會像《妖婆　死棺詛咒》或水木老師的《死人附身》中所描寫的變成木乃伊的話，那倒還好，但不可能這樣吧？」

「可是鬼怪們相當強耶。」木場說：「很像食人魚的攻擊。」

「真正的食人魚並不會這樣攻擊好不好。」郡司抗議。「而且炸過之後也能食用。」後面那句和主旨完全無關。

「既然如此，呼喚出更多妖怪不是比較好嗎？」

上野憂慮地問。其實他和《怪》並沒有關係，只因為預定要來接任編輯就害他碰上這種遭遇，真是可憐的男人。

「好巨大，恐怕有三百公尺高吧？」東亮太說。

「那……那個就是吸走了日本人的餘裕的本體先生嗎？」松野倉問。

「本體先生是啥鬼。」郡司吐嘈。

「那是戴蒙嗎？長得有點像呢。」多田興奮地說：「這是偶然嗎？」

他的話有點難懂，簡單說，他是在講和大映電影《妖怪大戰爭》中登場的吸血戴蒙的造型有點相近。

「那個和其他的也一樣吧？」低聲說的是一個叫不思議餡的男人。是「餡」而不是「庵」。及川不清楚他在從事什麼，只知他似乎是多田和村上的老朋友，也是所謂的妖怪夥伴。

「我們看過那齣電影，所以才覺得看起來很像吧。畢竟那個也是戴蒙。」

「咦？是嗎？可是那個，不一樣吧？」

照例，說明得不清不楚。多田想說的應該是戴蒙和其他可視化的妖怪是不一樣的存在。及川想，但既然都可視化了，應該都一樣吧？

「在吸收嗎？」松野問。

「雖然沒有被吸的感覺。」木場回答。

「有在吸啊，咻嚕咻嚕。」多田模仿荒俁。

「嗯，有被吸的感覺。」上野不高興地說：「覺得內心逐漸升起一股無名火，變得煩躁起來。變得有點想揍多田先生了，真抱歉。」

「別這樣啦。」多田生起氣來。

「上野的笨蛋度還太低，所以餘裕很快就見底了吧。」

郡司倒是很有餘裕。及川則覺得……自己完全沒變。

「看來真的有在吸收。」木場說：「是那個像根或觸手的地方在吸嗎？」

「呃……那個地方應該很危險吧？」久禮說：「假設祂真的是吸取笨蛋成分的真凶，我們不就是送上門的大餐嗎？既然我們這群人都是吸也吸不完的大笨蛋，現在等於是把整座糧倉都搬來了啊。我們到這裡難道是為了來供給敵人能量而已？」

「不，不是這樣。」京極說：「人要活著需要鹽分，鹽是必要不可或缺的調味料。但如同荒俁先生所言，我們是岩鹽。人類不管多需要鹽分也不會去啃岩鹽，會因為過鹹而吞不下肚。鹽分過多也會造成健康危害，攝取過度是可能……死亡的。也就是說……」

京極撫摸下巴。

即使在眾人議論紛紛的期間，妖怪仍持續進行攻擊。笨蛋人士們在特等席上觀戰。

真的一絲一毫的緊張感也沒有啊。

「太厲害了。愛宕山太郎坊、相模大山伯耆坊、飯綱三郎的天狗三彈攻擊！簡直像黑色三連星！這招應該奏效了吧！」

「富士陀羅尼坊也不會輸。用錫杖進行三連突刺！」

「九尾狐狸的啃咬攻擊？九千坊使出的是……得意的推掌！」

「大百足登場了。毒液攻擊很難纏。那是什麼？是猿神嗎？還是狒狒？」

「多麼狂暴啊。哎呀，是遠距武器。是野鐵砲的野衾射擊！砰砰！」

「喔喔，那是！那是什麼呢？好巨大啊。」

逐漸變得愈來愈巨大的是隱神刑部狸。

牠長大到一百公尺左右時，將戴蒙身體纏住。

「那隻狸貓好帥！」

「這樣不行啊。」京極小聲地說。

及川打從心底認為如此。隱神刑部的臉變得像狼一般，顯示出牠的鬥志。

「真的。」村上也同意。

「這樣……不太好吧。」黑表示贊同。

「不行不行。」京極難得大聲疾呼：「這樣不行，不行啊！不能進行這種攻擊！不，連攻擊都不應該！」

「你們認真個什麼勁啊。你們不是妖怪嗎？」村上也進行呼籲：「明明是妖怪，要帥幹嘛？還早一百年呢。」

「就是這樣啊，狸貓叔叔～」一旁的豆腐小僧也附和。「不要吵架啦～」

「沒錯，喂，變得更笨蛋一點吧～！」黑史郎振聲疾呼：「笨蛋，笨蛋，你們應該是笨蛋才對吧。都忘了攀在我頭上時的事了嗎？」

只是說完後，黑又小聲地自言自語：「雖然也不怎麼重要……」

「沒錯，就是如此。」荒俣宏說。

荒俣宏高舉單手，像個魔導士般高聲地說著：

「妖怪很醜陋。妖怪很可恥。妖怪很窮困。妖怪很寒酸。妖怪很愚昧。妖怪很令人懷念。妖怪很老土。妖怪很弱小。妖怪是……笨蛋！」

豆腐小僧走到坑洞邊緣。

遞上托盤的豆腐，說：

「請用豆腐喔。」

童髮小僧也跟著說：

「請喝茶。」

拉袖小僧現身。

「呃……那個……」

一目小僧跟著說：

「閉嘴。」

柿入道緩步走向前。

朝向戴蒙露出屁股，噗哩噗哩地拉出腐爛柿子。

「請・慢・用・喔～」

「噗哈～～」

緊纏住戴蒙的刑部狸突然爆笑起來，身體瞬間如氣球般萎縮。

狸貓彷彿被點中笑穴般大笑個不停。

「這是什麼跟什麼啊！」

「頭大了～」

柿入道的頭一面微笑一面膨脹，彷彿成熟的柿子般落地。

這太廢了，根本是廢到笑。好無聊的玩笑啊。

天狗們也齊聲大笑。

「哈哈哈，沒錯，這才是妖怪啊！大家也一起來吧。」

荒俁說完，向香川下達指令。

「派出一些幫手幫忙狸貓吧。」

香川取出石頭，大喊：「八百八狸貓！」

呼子複誦：

「八百八狸貓。」

「而且要以笨蛋模式登場！」京極追加條件。

緊接著。

身穿近年常見的女子偶像團體般整齊劃一的服裝，但臉維持狸貓模樣的團體在坑洞邊緣排成一排。狸貓們裝可愛似地歪著頭，像在打鼓般拍打肚子。

「這是啥啊！」

「歡迎來到狸御殿！我們是ＴＮＫ（狸貓）８０８～」

好……

好無聊！

狸貓們配合走調的慶典配樂，開始跳起奇妙的舞蹈。

狐狸們也輸人不輸陣地變化。野狐、氣狐及空狐也變成某種奇妙的東西跳起舞來。或許是想模仿放浪兄弟還是桃色幸運草吧，但看起來完全不像。微妙地有所偏差。裡頭也夾雜了藝妓或歌舞伎，形成外國人誤解的奇妙日本。雖然在胡鬧方面狸貓算是技高一籌，但狐狸認真搞笑卻很尷尬反而有種滑稽感。天狐不知為何站在逐漸升高的階梯上，背景櫻花紛落，笨蛋程度達到頂峰。「這次真的是小林幸子了。」平山拍手叫好說。

受到影響，其他妖怪也跳起舞來。

這真的可說是非常丟臉的低俗表演。

河童成群結隊地集合在坑洞邊緣，擺出極端低俗的動作，配合拍子放屁。無與倫比的低俗。天狗飛高高，一臉囂張地高聲大笑。

「來來，大家也加入吧。」

荒俁這麼說，率先加入狸貓和河童的隊列中，跳起類似雷鬼的舞蹈。

打扮成舞妓的貓妖彈奏三味線。川獺半吊子地變化成花柳巷中的藝妓，跳起日本舞蹈。鼬鼠疊成梯狀，進行現在已被禁止的疊羅漢。洗豆妖跳起撈泥鰍舞；浮在天空的大首擠眉弄眼扮起鬼臉；撒沙婆婆撒著沙；雪爺爺製作雪人；嬰兒們開始以哭聲來和聲；鬼火彷彿螢光棒般發出五顏六色；小鬼們在底下隨著拍子吆喝。多麼壯盛的景象啊。

這到底是怎樣？

「來吧，大家一起來！」

有人敲響鑼鼓，有人唱著奇怪的歌，也有人跳起笨拙的舞。酒瓶滾倒，鎚子滾動，頭顱滾落，馬頭低垂，茶壺垂掛，袋子吊掛，琵琶鳴響，茶釜鳴響，見越入道舒展身體，轆轤首伸長脖子，一本蹈鞴到處飛跳，倩兮女、高女與山女捧腹大笑，姑獲鳥、磯女與雪女抱著孩子，組成媽媽合唱團唱起激烈合聲。

「好……好愉快啊！」

有人呼喊。

歡笑是會傳染的。聽到身旁的人歡笑，自然會受影響。綜藝節目加入罐頭笑聲也是如此。雖然及川還沒進入狀況，也覺得自己的情緒正逐漸高昂起來。

不是智人又何妨？

連動物或器具都如此享受，靈長類沒加入實在太浪費了。連無機物都在笑呢。就算及川只是個類人猿，怎麼不更開心一點呢？

呣哈哈哈哈哈～

覺得愈來愈愉快了。

不，不只及川，黑、郡司、村上以及多田，每個人興致都非常高昂。荒俣已經變得分不清是人或妖怪，瘋狂著跳舞。

——咦？

留在坑洞邊緣的ＹＡＴ也開始輕輕打起拍子。全副武裝地跳舞？因為按捺不住了嗎？及川確認四周，發現也有不少自衛隊加入。甚至警察也正在用伸縮警棍打拍子呢。

是的，不管笨蛋或學者或作家或研究者或自衛隊或警察都加入了。不曉得為什麼，就是覺得很愉快。是笨蛋。這裡充滿了笨蛋性。規模多麼龐大。

其實，人類就是這樣的生物啊。

至於正中央的戴蒙……

在及川的眼裡，祂的表情就像個跟不上鄉下宴會歡樂氣氛的外國人一樣。

不久，戴蒙的皮膚顏色開始產生變化。

長長的頭部逐漸膨脹，深綠色也逐漸變淡。

彷彿吹脹的氣球。

然後——

及川發現平太郎、雷歐及似田貝三人正拚命地攀在戴蒙肩膀上。三人煞是欣羨地望著宴會，但放開手會摔死，正在傷腦筋。

「唔哈～及川大哥，現在在辦什麼慶典嗎？」

似田貝語帶興奮地問。

「也也也……也讓我加入嘛～這種場合是我雷歐☆若葉最能發揮本領的時刻啊～」

雷歐邊說邊打算滑稽的動作，結果……

滑落了。

妖怪看到這一幕大為開心。鬼怪們早已不在乎戴蒙，自行嬉鬧起來了。轆轤首的脖子彷彿新體操的緞帶一般甩動，不知為何，在一旁的梅澤，做出類似相撲力士要登上土俵時的儀式。是雲龍型。肉人「呀呵」地鬼叫一聲後跳入坑洞。兵主部和百百爺也跟著跳下，油紙傘妖也一起。傘在中途打開，與其說跳崖，更像在跳傘。在風的吹拂下飄飄飛起。

其他鬼怪看著這一幕，情緒更是激昂，這場瘋狂騷動邁入最高潮。

平太郎緊抓著飄浮半空的油紙傘妖的獨腳。

為什麼能抓住油紙傘妖？不知為何，受到上升氣流的影響，緊抓紙傘的平太郎高高地飛起。這把傘居然具有物理作用。平太郎竟然飛起來了。在空中的平太郎彷彿火災現場的灰塵般在氣流中搖擺，緩慢上升。

然後，來到戴蒙僅存的那顆眼睛前方。

及川史朗的記憶只到這裡。

卅

魔人回歸黃泉路

只記得……好像一切都包裹在白色閃光之中。

印象中如此，照理說那之後並沒有失去意識，卻什麼也記不得。

若問為何——不，不必假設，平太郎更想直接問：「為什麼會這樣？」因為他現在正浸泡在溫泉裡。

溫度恰到好處的溫泉。

恰到好處地冒汗，腦子一片空白，什麼也無法思考。

平太郎打了個大大呵欠，伸展手腳。

不管伸展得多長也沒碰到東西。

溫泉極為寬敞。見不到天花板和牆壁。

是露天澡堂。不，該說是露天溫泉吧。

水溫和水質都很完美。深吸一口清新空氣，肺部一陣清爽。氣溫也是恰到好處，不冷不熱。溼度亦不高，所以能一直泡下去。從未泡過如此舒服的溫泉。

天空……湛藍，清澄通透的藍天。

明亮。陽光和煦。應該是上午吧。

空中有輕飄飄的白雲，感覺自己也在漂浮。

遠處可見茂密綠景。深綠，淺綠，似乎是森林，圍繞著四周。

屁股底下的岩石平坦無凹凸，表面不粗糙，但也不光滑。

坐起來的觸感恰到好處。平太郎倚靠在石上，感覺無話可說的好。

該怎麼說，這就是所謂的極樂世界嗎？

瞥了一眼身旁，有條毛巾。

真貼心。

平太郎拿起毛巾擦汗後，將之擺在頭上。

溫泉水清澈。雖然混濁或有顏色、有氣味的溫泉也別有雅趣，但這種清澈通透的溫泉果然是一級品。而且如此寬敞，徹底充滿解放感。

「啊～好棒的溫泉啊～」

平太郎忍不住出聲。

話說回來，現在是怎麼回事？

這裡是哪裡？

這裡是……

照理說，不是應該在樹海之中嗎？

「咦？」

平太郎稍稍恢復自我意識，但只有一瞬間。

昨晚的遭遇非常悽慘。還從高處滾落下去。

但是這溫泉應該能治療跌打損傷和擦傷吧？這就是所謂的溫泉療法啊。

然後——

是的，他滾落了。被平山夢明一腳踹下去的。從某處，到某處。呃，記得是樹海中心……呃……

「坑洞？」

坑洞啊，是坑洞。

那個坑洞……不見了。

——這裡是坑洞嗎？不對。

消失的毋寧說是坑洞邊緣吧。覆蓋地表的一切有機物的表層全部被炸得一乾二淨。原本遮蔽上方的樹蔭也消失了。舉頭三百六十度盡是藍天。

炸得一乾二淨？

發生過什麼事嗎？呃……

啊～這溫泉太舒服了吧。

對了，因為全都炸光光，所以才有溫泉噴湧出來吧。

「噗哈～」

用溫泉洗臉。

是大型露天澡堂。

好棒啊～一切麻煩都結束了。

等等。

發生過什麼事？

——飛了。

飛了。記得自己是抓住油紙傘的腳吧。不對，油紙傘為何有腳？是柄才對吧？

不對不對，下面不是還穿著木屐嗎？單齒木屐。與傘的連接處纏著一條紅色兜襠布。另外，雖然從底下看不到，朝上的那一面還長了一顆巨大獨眼，吐著舌頭。

——那是鬼怪吧？《妖怪百物語》裡登場的那種。

「妖怪！」

平太郎又喊出聲來。「你在絮絮叨叨唸什麼啊？」一旁突然有人開口。

原來及川就在旁邊。他顯得比平太郎還放鬆。

「喔……喔喔喔！及川先生，妖妖妖怪！」

「你從剛才就一直唸個不停是在唸啥啦。詳細情形我聽羅塔說明過了。」

「似……似田貝先生在哪？」

「不就在那裡睡覺嗎？」及川說：「啊～這處溫泉對腰痛好有效啊。我感覺自己現在連草裙舞或黏巴達都能跳咧。」

「及……及川先生在說什麼嘛。呃，就是那個……我只記得油紙傘……」

「對對，你抓住紙傘，然後飛了。然後……後面怎麼了？」

「怎麼了？什麼怎麼了？」

「不知道為什麼，我失去這段記憶了。」

「及川先生也是？」

「嗯。但我平常就常忘東忘西。印象中你不是刺了戴蒙剩下的那顆眼睛嗎？」

——戴蒙。

「那……那尊巨人就是戴蒙？怎麼可能？」

及川露出大猩猩啃塊莖類的表情看平太郎。

「平太郎，那個戴蒙不就是你打倒的嗎？」

「咦？」

「我是覺得啦，戴蒙恐怕是笨蛋成分吸太多了。當時現場彷彿全世界的笨蛋彷彿都聚集過來一般，真的充滿了笨蛋氣氛，你自己不也看到了？」

平太郎印象中自己拚命抓住某物，然後隱約聽到慶典般的嬉鬧聲，但沒有多餘心思去注意。

結果手滑，差點跌落，情急之中伸手一抓。

抓到了油紙傘妖的腳，然後就飛呀飛地，接著……

「吸入過多笨蛋成分的戴蒙膨脹起來。真的膨脹了，就像氣球那樣。然後《鬼太郎》裡面不是也有類似的妖怪嗎？像『土滾』或『提袋狸』之類的。吸收了鬼太郎的超能力不斷膨脹，超過能承受的容量後就咚哐一聲爆炸了。」

「嗯嗯，就像《哥吉拉２０００：千禧年》中的歐魯卡一樣。」

「咦？那個也算嗎？」及川噘起下唇說：「算了，總之就是那樣。你噗嘰地刺了最脆弱的眼睛部分，所以就咚鏘地爆開了。應該沒錯吧？」

是這樣啊。

那道白色閃光原來就是爆炸——沒有燃燒所以是迸裂才對——啊。

——原來如此。

「託此之福，我們才能一大早就泡溫泉啊。」及川說完，讓整個肩膀浸到溫泉裡。

不只及川，岡田也在溫泉裡。

較遠處有黑木和松村、水沫等人泡在溫泉裡談笑。平山在游泳。福澤毛巾圍在腰上，坐在岩石上抽菸。

真悠閒。

遠方傳來山鳥啼聲。

啊～真的什麼也不想去思考了。肚子有點餓，但覺得無所謂。噗哈～若能就這樣死去也覺得不枉此生了。

——不行不行。

妖……

「妖怪們都消失了嗎？」

「你在說什麼鬼話。」及川指向某處。

偷油怪漂浮在溫泉上。

「啊啊？」

「我們現在也一樣會冒出來喔。」偷油怪說。

然後，被及川擋住看不清楚，他背後有身材矮小的小僧也在泡溫泉。

「這是算盤坊主。他計算速度很快喔。我和他建立起交情了。」

「啊？」

「這邊比較少，另一頭有很多鬼怪在泡溫泉，和自衛隊們滿合得來的。」

「咦？」

平太郎爬起身，看了岩石的另一邊。

「別亂看啊，平太郎，那邊是女湯，禁止偷窺的。想說混浴總是不太好，所以就分成兩邊。可是妖怪很多根本性別不詳。也有些鬼怪想要混浴，你看。」

平太郎瞥向及川所指的方向。

岩石上高高地堆著各種武器和卸下的裝備，隨隨便便地放置著。

另一頭有半裸或全裸的士兵們正在和化貓遊女小酌，和狸貓勾肩搭背唱歌。非常愉快地。

「那邊的鬼怪比較開放，害我眼睛不知道該看哪才好。」

「……畢竟是貓。」

「姑獲鳥小姐的話在女湯，她說不想被河童偷窺。」

「河童……也會泡溫泉嗎？」

「應該會吧？反正也不重要。」

也看到原本在訪客中心避難的妖怪迷難民們。

不知從哪調度來的，現場也有準備酒和食物。

妖怪和自衛隊、學者、笨蛋、作家，以及警察或ＹＡＴ，不分男女老幼——全部浸泡在溫泉裡。

歡快地。

什麼也不思考地。

「這……這到底是什麼情況呢……」

及川腦袋空空地問。

平太郎在溫泉中移動，走到岡田身旁。

岡田也赤裸泡在溫泉裡。皮膚好白啊。不，只是因為及川太黑。

不是去打「哎呀，好棒的溫泉啊」這類招呼。

「呃，岡田先生。」

突然間，嘩啦，溫泉水面隆起，飛濺到平太郎臉上。

原以為「有大象……有大象從溫泉裡冒出來了！」仔細一瞧，原來是梅澤。

「嗨。雖然還搞不清楚現在狀況是怎樣，不過事情應該算是解決了吧？」梅澤說。

「呃，我自己也想這個問題啊。岡田先生……」

平太郎隔著梅澤問岡田。總覺得像隔座山似地，很難交談。

「您覺得結果是怎樣呢？」

「這個嘛……」岡田說。

「應該算結束了吧？」梅澤插嘴。

呃，就說不是在問梅澤。

「岡田先生，那個……」

「我也不清楚呢。我一開始……以為自己死了，看來並非如此。我只記得戴蒙似乎破裂了……」

「囤積在裡頭的笨蛋成分全部回到全國人民身上了吧？」梅澤插嘴。

「所以說……恢復正常了嗎？」

「誰知道啊？啊～好棒的溫泉啊。」梅澤又搶話了。

「那麼，真的沒問題了嗎？」

聽到交談，似田貝靠了過來。他看起來像隻白豬，也許是因為梅澤像頭大象吧。

「沒想到你活下來了，平太郎。」

「呃。」

「我以為你是唯一的犧牲者。嗯，真是太好了。」

感覺只是客套話啊。

「真的嗎？」平太郎追問。

「嗯，應該很好啊。」似田貝回答：「實在很愉快呢。彷彿置身在天國啊，唔咿～」

「什麼唔咿嘛。」

朝聲音方向望去，是京極。

他表情一如既往地凶惡，身上也理所當然穿著衣服。他的和服已變得破破爛爛，模樣恰似蛤蟆仙人或晚年的果心居士，眉間刻劃深刻的皺紋，嘴巴抿成「ㄟ」字，變得像出了交通事故的巷弄內的頑固老爹一般。

「完全沒解決。反而惡化了。」

京極說完，表情更為凝重。

「是嗎？」全體隨口應和。

「別再泡了，快點從溫泉裡出來吧。」

「京極先生怎麼不泡呢？您不是很喜歡溫泉嗎？您不是說不工作的時候就喜歡泡澡嗎？那不是你唯一的樂趣嗎～」

「很囉唆耶。那我問，你們為何都在泡溫泉？」

「那是因為……」

似田貝和岡田互看一眼，梅澤歪頭。

「對喔，為什麼？」

「那京極先生怎麼都沒變化？」

「因為我並沒有參加那場笨蛋騷動。」

「咦～」及川也帶著算盤坊主靠了過來。「您不是鼓勵我們當個笨蛋嗎？」

「沒錯，我大大地鼓勵了。」

「既然如此，又為什麼……」

「我是個笨蛋，也喜歡笨蛋。我慫恿別人做笨事，讓笨蛋們變得更笨，並旁觀他們的行為。我喜歡去記住並回憶那些蠢事。我是這類型的笨蛋。」

「嗯嗯，算是笨蛋培育家吧。」及川說。

「所以在笨蛋值達到最頂點的時候，我離得遠遠的，這樣才能綜觀整體。雖然我內心一直想去參加那場笨蛋熱舞大會。」

「那怎麼不一起來跳嘛。」似田貝說：「跳吧跳吧。這種時候一起下來跳才有趣啊。」

「總是要有人確認作戰是否成功吧？計畫有可能會失敗啊。雖然後來戴蒙開始膨脹，情況儼然不太妙，我在平太郎飛起來的瞬間先躲進樹洞裡了。」

「樹洞！原來有樹洞嗎？」

「我在來的路上發現的。因為我走得很慢。然後……」

「咚鏘！」有聲音插嘴。是村上。他剛才在哪？

「迸裂了……是吧？」

「這我不確定。」京極說。

「為什麼？」

「我躲進洞裡，沒確認情況，也沒聽到聲音。只知道有一瞬間周圍似乎籠罩在白光之中。」

京極沒看到重點場面。

「究竟發生什麼事呢？」平太郎問。

「也許有類似破裂的情況吧。」京極說：「要粉碎戴蒙只有那招可用，因此策略本身並沒有錯。我覺得結局變成這樣也是沒有辦法……畢竟敵人魔高一丈啊。」

接著，郡司從京極背後登場。他穿著印度三百圓阿羅哈衫。郡司看了京極一眼，接著環顧平太郎等人，一臉失望。

「事情不妙了。」郡司表情凝重地說。

「什麼不妙？」及川問。

「快點上來啦。」郡司罵道：「上野和小黑很快就會從訪客中心回來這裡，在那之前你們好歹先從溫泉出來吧。」

「為什麼？很舒服耶。」梅澤說。

「我當然知道。」郡司、村上與京極異口同聲說。

「一定很舒服吧。泡溫泉本來就很舒服。」

京極露出年老臨終的惡魔人般的表情，因此溫泉裡的眾人雖有微詞，還是只能不情願地從溫泉裡爬出來。衣服不知為何整整齊齊地疊好放在一旁。沒有浴巾，只好用手巾擦拭身體。

即便如此，意外地也很舒服。

一陣涼風吹來，感覺通體舒暢。

若還能喝杯啤酒，就這樣放鬆的話……

「別肖想了啦。」

村上說。香川也在一旁瞪人。何時出現的？

「村上兄，你沒泡溫泉嗎？」

梅澤甩動沒擰乾的手巾問。水滴噴得到處都是。

「我一開始也有泡，真的超舒服，舒服到再也不想出來。但是……」

「既然那麼舒服幹嘛出來？繼續待著不是很好嗎？」

「一點也不好啊。」香川說。

「不好？泡這個要付費嗎？應該不用吧？」

這時。

「各位～」

遠方傳來高亢的呼喚。

「啊，是上野先生。唔哈～他的表情好情色喔。」

「閉嘴啦，似田貝。上野在你泡在這裡發呆的時候，走了單程要兩小時的路回去又再過來。你才真的泡到腦子進水了咧。」

「咦？我們在溫泉裡泡了超過四小時？」

「難道不是嗎？」

——有那麼久嗎？

「戴蒙消滅是在凌晨四點前，現在已經九點了耶。」

「五小時！我們居然泡了這麼久。」

梅澤確認雙手。

「啊啊，皮膚都泡皺了。」

「廢話。這段期間，原本留在其他地方的遊騎兵部隊以及留在訪客中心的其他人前來確認狀況，卻全部進去泡湯了，彷彿偏僻地區的養生會館一般。」

「我只泡了一小時就被叫出來了。」村上不滿地說：「照理說泡那麼久早就昏了，你們怎麼都沒事？」

「誰知道。」

「我一離開樹洞，就發現大家突然都泡在溫泉裡。」京極說：「當時天都還沒亮，黎明前就開始泡湯，所有人像漂流者樂團一樣唱著〈好棒的溫泉啊〉。」

「這實在很奇怪。」香川問：「京極先生，你躲進樹洞裡躲了多久？」

「平太郎抓住傘的瞬間我馬上躲進去，大約躲了十五分。」

聽說京極的體感時間意外精確，誤差只有三十秒左右。

「所以我們在十五分鐘內脫好衣服，確實疊整齊放好，並浸泡溫泉？而且是毫無意識地。」

「恐怕是如此。」郡司說：「被京極兄用棒子戳醒前，我完全沒有意識，也沒有記憶。」

「郡司兄從以前就常忘東忘西吧？」京極吐嘈。

「也是啦，大概和喝醉酒後的程度差不多。」

「總之我找到了郡司兄，接著又找到村上。」

「我也失去記憶，被喚醒時我正在和河童比誰放屁較厲害，醒來發現自己泡在溫泉裡。

被喚醒後一片茫然，完全搞不清楚狀況，發呆了十分鐘才總算爬出來。沒辦法，京極兄的眼神太嚇人了。然後我們一起找人，畢竟這裡太廣，正中間又去不了，也不知道多田仔在哪，到處爬上爬下，最後勉強找到香川先生和小黑。」村上說。

這時，上野和黑抵達了。

「真的就和郡司先生的推理一樣。」

上野氣喘吁吁地說。寬廣的額頭上因汗水浮現油光。

「果然沒錯。」

「什麼推理？」平太郎問。

「不是只有這裡。」黑回答。

「什麼意思？」

「我在說這個悠閒和平的氣氛。」

「聽不懂啊。」

京極惡狠狠地瞪人，說：

「我說啊，過去經年累月吸收的全日本的寬裕或餘裕或笨蛋成分，在今天早上一口氣放出了。就像水壩潰堤一樣，現在日本列島寬裕與餘裕與笨蛋的洪水大肆氾濫。」

那道閃光……是寬裕大放出？

「現在全日本國民都變得笨笨的。」黑說。

上野一臉困擾，但語氣依然冷靜地接著敘述：

「現在變成四海之內皆兄弟，吵架與爭執完全消失，充滿微笑與慈愛。街道上滿是勾肩搭背、搖頭晃腦地唱著童謠的人們。每個人皆滿面笑容地觀賞電視。」

「聽起來很不賴嘛。」梅澤說：「很和平啊。」

「是的，非常和平。」

「不久前充斥日本的緊繃氣氛全都消失了吧？」

「是的，彷彿從未發生過一般。」

「既然如此，有啥不好的？」梅澤說。他說得沒錯。

「現在這樣，應該算任務完成了吧？」似田貝說。「不再有人想殺我們。我們也用不著躲躲藏藏地度日。剛才有個YAT隊員給我一杯水果氣泡燒酒。大家都是好人。」

「嗯，已經不會有人想取別人性命了。」郡司說：「應該沒錯吧？」

「是的，真的是這樣。」黑說：「沒人想攻擊別人了。」

「既然如此，不是很好嗎？」及川說：「對吧？沒錯吧。難道不是嗎？上野先生。」

「這個嘛……政府於今早六點時宣布，警察和自衛隊要解散了。」

「啊？」

「要裁撤整個組織，民眾表示再也不需要這麼可怕的組織。全體國民額手稱慶。新聞有報導這個消息了。許多人在公園裡邊跳舞邊同時唱起〈東京音頭〉和〈六甲颪〉，而且歌聲異常柔和。」

「請等一下。」岡田打斷。「上野先生，您剛才說解散？」

「是的，解散。防衛省和警察廳和警視廳，全部都要裁掉了。」

「咦？真的假的？解散？」

「我就知道。」郡司說：「那政府呢？」

「嗯，在上一則消息發布後一個半小時，政府又發表所有部會都將廢止。政府也要解散了。」

「要辦總選舉？」

「不是的。」黑否定。「政府要直接解散了。日本國也將不復存在。空無一物。身穿睡衣的蘆屋首相滿面笑容地說：『我不想幹了，想要辭職，應該可以吧？』原本還要請陛下出面致詞，但電視播到這裡突然就停了。」

「停了是什麼意思？節目結束？」

「不，停止放送。播映結束。現在打開畫面也什麼都看不到。連寫著『請稍待片刻』的公共廣告機構廣告或彩色條紋訊號也沒有。因為連電波本身都停掉了。」

「雪花雜訊畫面又復活了？」梅澤說。

「不，連那個也消失了。據說電力和自來水很快就會停止，說不定已經停了。電話當然打不通，電車也停駛，一切公共服務都暫停。就算還在運作，也頂多到今天結束。縣廳、市公所、區公所、村公所、學校、醫院，統統關門了。」

「休假？」

「不，就是關門大吉了。廢止了。現在全日本『沒有半個人』在工作呢。」

「全部都是懶惰鬼！」似田貝叫喊。

「整個癱瘓了。這個國家完了。雖然所有人相親相愛，卻也失去工作意願。沒人想做事。任何一切都宣告終止了。」

「可是這樣……難道民眾不會感到困擾嗎？」

「一點也不，大家都很樂觀。」黑說。

「樂觀？」

「留在訪客中心的其他人也吃著身旁的食物，歡笑躺臥著。每個人嘴裡都喊著『好幸福啊～』。」

「可是病人或傷患總是需要治療吧？」

「病患傷患們自以為病都好了。充滿幸福感。大家都樂觀地覺得明天會更好，反正彼此交情很好，人人都很親切，一定會有人幫助他的，人與人之間有著羈絆，所以一定能好好地過活。能拖到明天的事就明天再做，每個人都很傻楞，雖然心情很好。」黑做出結論：「但這樣會死吧，死定了吧。」

「怎樣？」村上問：「還想泡溫泉嗎？想泡在溫泉中死掉嗎？雖然能在幸福感中死去也

不錯。」

「哇呀～」似田貝發出毫無緊張感的慘叫。「這樣下去真的很不妙啊。可是，大家真的寧可餓死也不工作嗎？肚子會餓吧？廁所也很快就不通了吧？這樣會很困擾的。二、三天還能忍，等事情嚴重起來還是會有人想辦法解決吧？」

「你自己還不是泡了五小時的溫泉，還真敢說呢。」京極說：「沒人叫你們的話，我看八成還繼續泡著。不，會一直泡到死。」

……真的是這樣。

「也許是一種反彈吧。」郡司說：「過去極端的緊張生活一口氣鬆弛下來。」

「不，請……請等等。」平太郎跳出來說：「這麼一來該怎麼辦？之前整個社會變成那樣是因為有戴蒙搗亂對吧？那個恐怖緊繃、充滿暴力的社會。」

「嗯。」

「但現在這種情形……我們該怎麼對應？怎麼想都無計可施呀。難道要讓戴蒙復活過來嗎？」

「那也辦不到。」

「既然如此……」

在場的眾人抬頭望向天空。

「總之我們先離開溫泉吧？」及川說。

「及川，現在問題不在於溫泉啊。痴呆光線早就射遍全日本各村鎮鄉里，全體國民都變成笨蛋了。就連我們也腦袋空空。這樣的呆子一進溫泉就再也出不來了。」

「先離開溫泉就能……」

「出溫泉幹嘛？」

「我才沒有腦袋空空咧。」及川繃著臉說：「雖然剛才是很空，已經治好了。只要離開溫泉就好。我現在很正常了。」

「我們本來就是腦袋空空的笨蛋，這就是我們的正常。」郡司說。

「啊！」

「啊個屁啊。因為我們本來就是這樣，所以沒有太大變化。反而原本笨蛋度比較低的岡田和上野受到影響稍微變笨了。」

聽郡司這麼說，轉頭望向岡田和上野，的確變得比較鬆懈的感覺。

「我也覺得自己稍微變笨了。」岡田說：「總覺得自己……很樂觀，缺乏緊張感。」

「回溯幾十萬年了。」及川做出莫名其妙的發言。

「這也不是我自願的。」上野低聲抗議。

「但表情看起來很情色耶。」似田貝說。

「你這句話是什麼意思！」上野激烈抗議。

平太郎想，似田貝一直堅持這點也很奇怪。

「總之，現在日本充滿笨蛋成分。再過不久，整個日本會變得更愚蠢，就連上野也會。但不習慣當笨蛋的人突然變笨的話，就會變成這樣。」郡司指著溫泉說。

全裸的遊騎兵部隊和河童互露屁股大爆笑。也有人摟著風騷的化貓被迷得神魂顛倒。如果對象是人早就被告性騷擾了吧，但因為是化貓，是否違法其實很難講。也有人和器物變化的鬼怪玩捉迷藏。櫃子鬼怪躲進水裡會浮起來，一定很有趣。

雖然，已恢復清醒的這幾個傢伙平常就這麼蠢。

「我們經歷長年的辛苦和努力，修練得能夠在一般社會與自己的笨蛋性之間做出協調。但是笨蛋初學者不懂得極限和節制，所以會一直那樣子下去。」

「原來如此。」及川恍然大悟地以拳擊掌，說：「這不就和之前一樣嗎？直到昨天為止，日本全國極度缺乏笨蛋成分，所以原本就是笨蛋的我們仍能維持平常模式，但現在全體國民反過來過度吸收笨蛋成分，導致個性大反彈，所有人都變成超級笨蛋。但我們因為平常就是笨蛋，所以還是依然故我。」

「以及川而言，這說明倒是很簡潔好懂。」梅澤佩服地說：「這樣我就完全明白了。」

「因此，把正在泡湯的傢伙們統統趕出溫泉也沒意義。原本就是笨蛋的人離開溫泉也是笨蛋。臨時才變笨蛋的人更是笨蛋。不過，若還是想要有點作為的話，只能先挑出原本就是笨蛋的傢伙們……」

「再多笨蛋也沒用。」郡司說：「乾脆讓他們繼續泡在溫泉裡吧。反正泡個二、三天死不了的。」

「要不要至少先找出怪異學會的人？」

「找出他們也沒啥幫助吧。」郡司說：「我們現在就算回市區，店家全都關門大吉，沒半輛車在路上走，自來水停水，馬桶沖不掉，和留在這裡根本沒有差別。而且怪異學會那些學者平常比我們精明幹練了些，受到的影響也會更大。」

木場和久禮姑且不論，其他來避難的人笨蛋度的確不高。

仔細一瞧，某知名創作者開始和喝醉酒的天狗玩起黑白猜。女湯那邊恐怕也沒太多差別吧，隱約傳來嬌聲與歌唱。

「每……每個人都變得像雷歐一樣了。」

「難怪說國家會滅亡。」所有人都認同這句話。

——說到這個。

「雷歐先生去哪了？」平太郎問。

「雷歐？這個狀況對他來說完全沒有影響吧。他是笨蛋中的笨蛋。應該跑到某處享受歡樂氣氛了。和過去一樣。」

無計可施。

「要怎麼辦？」京極問。「我本來就沒打算活很久，能泡在溫泉中死去倒也不錯……只是過個幾天以後，溫泉裡開始會有屍體漂浮，也會腐爛，那樣的話還滿討厭的。」

「的確。」村上也說：「笨蛋初學者的話，就算變成那種狀況恐怕也還是毫無反應吧。就算有，他們也無能為力。最終還是會一個接一個死去。但我們的話，某種意義下可說是完全正常狀態。」

「不然我們去森林吧。」香川說：「這裡令人感傷，回到別墅地帶的話，那邊應該還有空房子。」

「雖不認為昨晚是一場戰鬥，但敗北感還是很強烈啊。」

聽著郡司這句話，所有人垂頭喪氣地離開溫泉。

天色逐漸變亮，森林依然陰暗。幸虧除了人類以外，笨蛋成分大放送對動植物沒有任何影響，比滅絕毒氣好太多了。一行人走了約一個小時。

尚未到達別墅地帶。眾人走在幾乎不成道路的僻徑上，發現前方有某物一閃即逝。

「啊！」

村上喊叫。

「怎麼了？」

「那個形狀，是克……克己！多田克己！」

「咦？不是螞蟻嗎？」似田貝又發出莫名其妙的話語。他的笨蛋成分真的沒倍增嗎？話說回來，村上的動態視力也太厲害了。那不是螞蟻，是多田克己本人。不思議餡和東亮太也和他在一起。

「多田仔，你沒事啊？」

梅澤說出類似感動重逢的言語後，多田毫無感動地回答：「沒事。」

「你們在這裡幹嘛？不是在泡溫泉？」梅澤問。

「沒泡。」

「明明泡過。」村上說：「我看到了。」

「並沒有。」

「你別想否認，我明明真的看到了。」

「回去探狀況時，你不是稍微泡了一下嗎？多田大哥。」東說。

「稍微啦。微泡。只是稍微而已。」

「探狀況的是怎麼樣？」及川問。

「我們一群人被炸飛了。」東說。

「啊？」

「我們被炸飛了！」一道熟悉的聲音出現。

從不思議餡的背後，雷歐☆若葉登場了。

「這傢伙真的很煩呢。」不思議餡臉頰微微顫動地笑著。雖然眼神之中全然沒有笑意。

「村上大哥你們來啦？雷歐我啊，依然健在喔。是採用新建材的耐火耐震結構喔。哎～我的時代總算來臨了呢。由笨蛋所建構為了笨蛋而設的笨蛋時代！」

「喏，很煩對吧。」

「你去死啦。」村上沒好氣地說。

「等大哥這句話很久了！」雷歐說：「多田老師和不思議先生和小亮先生都不肯這樣罵我！」

「不過我有罵他『爆炸吧』喔。」東亮太說。

「剛剛說被炸飛是什麼意思？」

「呃，你們可能沒發現，只要是在那個坑洞底部的人，都有可能會被排放出去，咻咻地。」

「底部？你們昨晚在底部嗎？」

「我被突然冒出來的古山茶花靈推落的。」東說。「我是受到肉人衝撞才墜落的。」不思議餡說。

「偶啊……」

「我有看到你掉落的模樣啦。」村上打斷雷歐發言，接著問：「多田仔也是？」

「對啊。」多田不知為何回答得很跩。

「墜落了？」

多田沒回答，只是氣噗噗的。

「你是自己跳下去的吧？」郡司推測。多田一樣沒回答。

「你們被彈飛多遠?」

「相當遠呢。朝四面八方被拋出。我猜仙石原木乃伊也是這樣被拋出去的。」

「你們這樣居然沒死啊?」黑說:「照理說這樣被拋出去的話應該沒命了才對,身體會被砸個稀巴爛啊。」

「但就是沒死。被拋出去的時候我快嚇死了,差點沒嚇到昏倒。」東心有餘悸地說。

「不過我覺得超開心的喔!樹木枝枒堆成好幾層,發揮緩衝作用了。」雷歐說。

「夠了夠了。」村上阻止雷歐繼續講。「只有你最該死啦,雷歐。就算現在立刻去死也不遲啦,雷歐。雖然再過不久恐怕大家都得死了……」

「各位!」

從森林方向又傳來聲音。

是荒俣宏。山田老先生與其他人跟在他背後。

「各位神智還清楚嗎?」

「荒俣先生!」郡司和岡田邊喊邊衝過去迎接。

「荒俣先生,您沒事啊!」

「我沒事。」

「您不是在最前排跳舞嗎?應該會被噴得滿身都是吧?被那個啥笨蛋精華露之類的。」

「我沒被噴到啊。我當時太過興奮,直接跳進坑洞裡了。」

「您也掉下去了嗎！」

「其實我也是喔，嘻嘻嘻。」多田竊笑。果然被猜中了。

果然得意忘形跳下去了，剛才幹嘛不承認？

「他們是在坑洞底部的ＹＡＴ們」荒俣介紹他背後的人士。

「是被平山先生踢下去的那些人！」似田貝說。

「被大館用拳背打落的隊長！」及川也說。

經這麼一說，平太郎想起自己看過這張臉。

「不是隊長，我是主任。」男人說，往前踏出一步。「村上，你這傢伙真行。」

男人笑著說，伸出手想和他握手。是電影或動畫常見的套路。這個人今後會成為強大的夥伴，然後會為了保護村上而殞命……平太郎心懷期待地看著，但村上並沒有接受握手，而是朝他放了一發屁。

「好啦，多多指教啦～」

「臭死了。」男人正後方的不思議餡抗議。

荒俣接下來介紹了肉人和兵主部，這兩個妖怪用不著介紹大家都很熟，他們當時也跟著一起跳坑了。但似乎沒見到百百爺。

「荒俣先生，其實……」

「大致的事我都明白了。」荒俣說：「也知道政府的動向。我一醒來，立刻回去確認水木大師的安危，所以有看到報導。」

「水木老師！」

並不是忘記他老人家，只是沒人敢說出口，因為很擔心。假如他老人家有個三長兩短的話……

「放心，大師沒事。」山田老先生說：「荒俣老師說在下也一把歲數了，實在不適合跟著行軍。因此祕密把水木大師從防禦變弱的訪客中心帶至其他地方，並請在下保護他。就算聲東擊西作戰成功，敵人總數依舊不明，若有萬一也可能受到襲擊。」

「那麼，大師他？」

「就在前面那座亭子裡，很隱密的地方。」

不知為何，一旦明白水木老師就在身邊，瞬間某種特別的安心感油然而生。明明事態沒有任何進展。

「各位辛苦了。」山田老先生慰勞眾人說。

「唉……結果而言吞了敗仗。」郡司說道：「沒想到結果竟會發展成這樣。日本完了。」

荒俣對郡司送出不滿的視線。

那是極為憤慨的眼神。和荒俣是老交情的郡司立刻察覺，閉上嘴巴。及川和岡田也跟著立正站好，上野也仿效。

「什麼完了？郡司老弟，你在說什麼鬼話？振作一點啊。尚未分出勝負，這一切都還沒有結束！」

「呃……真的嗎？」

「請看這個。」山田老人將手上的卷軸攤開。「……上頭什麼也沒有，依然是一片白紙。」

這並不意外，因為該被畫進圖裡的肉人與兵主部也站在他身邊一起窺看。京極一臉詫異看著這幕，接著將視線朝向平太郎。

平太郎想，好可怕，我搞砸了什麼嗎？

「換句話說，這個世界依然處於反剋之相。雖然巴比倫的魔物毀滅了，但在背後操控它的某物仍躲起來冷笑著。香川老師，石頭還在你身上嗎？」

「還在。」香川拍拍胸前口袋說。

京極依然瞪著平太郎。

到底怎麼了？

「石頭仍在發動，呼子應該也還會現身。」

京極盤起手來，不久，露出類似年老的土佐犬因腸閉塞而痛苦不已的表情。他似乎有不同看法。

平太郎感到不安。

郡司和香川、村上、黑等人侃侃諤諤地討論著。

「反剋石和未來圖都仍在我們手上，應該還是有點勝算吧？」

「可是這個只能放出，不能吸收吧？」

「吸收？什麼意思？」

「把鬼怪吸回去啊。像喇叭那樣。」

「喇叭是用吹的耶。不過你說得沒錯，呼叫出來的鬼怪是否有辦法消除完全不明。」

「一旦叫出來就再也不回去。之前雖然也有消失的鬼怪，但那也是他們主動走的。」

「不然，乾脆再把戴蒙叫出來如何？」

「啊？」

「可是我們才剛打倒祂。」

「所以才能呼叫出來啊。這顆石頭專門召喚不存在的事物吧？」

嗯……

「然後呢？讓戴蒙吸收散布全國的笨蛋成分？像喇叭那樣？」

「就說喇叭是用吹的。雖不知能否有效，不覺得可能有點幫助嗎？」

「但他是敵人耶。這樣不會害世間又回到先前那樣嗎？」

「由我們召喚出來的話，應該就變成自己人了吧？」

「可是，如果不能讓祂在適當時機就停止攝取的話，之前的努力不就白費了？」

「會因為我們喊停就乖乖停止嗎？那個戴蒙耶。」

「讓祂消失不就得了？」

「問題就是不明白讓祂消失的方法啊！」

唔唔……

「我們果然不適合戰鬥。」

「畢竟只是一群笨蛋。」

「要呼喚出過去的賢達來徵詢意見嗎？」

「召喚出來也沒用吧？」

「可是……」

「這只是一種『假象』！」

原本悶不吭聲的京極突然大聲呼喊。

「京極兄，你怎麼了？」荒俣問。

郡司想了一下，說道：

「活在沒有餘裕的世界裡，人們會彼此憎恨，相互廝殺滅亡……這是一種假象吧？結果，滿滿餘裕的笨蛋世界反而滅亡得更快。實際上在變成這樣後，短短幾小時內這個國家就即將邁向滅亡了。已經開始倒數計時，而且毫無恢復的可能性。我們中了敵人的詭計，還幫他順水推舟……」

「不，你說的那個也是一種『假象』。」京極說。

「什麼意思？」

「我早就覺得可疑。我是只要合乎道理就會相信的那種類型的笨蛋。有個會吸收餘裕的魔物存在，造成世界嚴重混亂——這種說法的確合乎道理。就算我們不明白原理，但邏輯上能夠成立，所以我被騙了。」

「啊？」

「事實上，那種事物並不存在。」京極說。

「明明存在，你不是也看到了？」

「我看到了，但不存在。這個世上沒有不可思議的事！」

「事到如今你還堅持這個啊？」眾人傻眼。

京極無視於他們，繼續說：

「鬼會殺死妖怪……」

這是水木茂的預言。

「過去襲擊而來……」

這是夢枕獏所告知的《未來記》之一節。

「鬼是什麼？是幽靈？還是日本傳統有角的那種怪物？還是用來形容誇張情形的詞？以上皆非。那些全部都是現世的相。所謂的鬼，就是『虛物』，是非存在。那麼妖怪又是什麼？這也是虛物。明明不存在，卻存在。換句話說，妖怪是將虛物假定為存在而顯現的現世之相。幽靈或有角的鬼也是一樣。因此，若用這個觀念代換的話，就是『非存在本身會消除非存在的現世之相』……」

京極繼續說道：

「至於過去，亦是一種虛物。對於生活在將長寬高加上時間軸所形成的世界裡的我們而言，無法以量的概念來理解時間。不將時間轉換為『經過』這個形式進行量化的話，我們就無法理解。我們所能做的，只有將作為概念的過去和作為概念的未來黏接在『現在』的前後，才勉強能自以為了解。但這樣的概念和妖怪相同，只是一種假定的相。對三次元的存在而言，只能存在於剎那間的『現在』。換句話說……」

「喂喂，怎麼突然說起這麼艱深的話題？」郡司說。

「不，這很簡單的。對吧？平太郎。」

「咦？」

京極指著平太郎。

「我我我……我怎麼了嗎？」

全體一起望向平太郎。

「沒注意到你是我的疏忽。你正是反剋之相所帶來的扭曲『本身』。」

怎麼回事？這個帶著露指手套的大叔到底在說些什麼？

「聽說你不是東京人，你在哪裡出生的？」

「咦？」

這個嘛……

「你父母的名字是？父親的職業是？小學班導的名字是？血型是？」

「呃，這些是個人隱私，所以……」

「其實你自己也不知道吧？」

「咦？」

不，我的父母……

父親的職業是……不對，我父母的長相又是？

血型……以及小學的班導……我有上小學吧？都上過大學了，一定有小學學歷。也多虧此，才能在角川書店找到一個打工的工作……但替我引薦的教授名字是……

「這些小事恐怕都沒設定吧。」京極說。他到底在說什麼？莫名其妙。

「因為這些枝微末節並不重要。另一方面，聽說你的叔公在神保町擁有一棟大樓。那位叔公的職業又是什麼？」

「咦？呃，這件事和現在無關吧？而且我也沒見過他。」

「我在問那位叔公是做什麼的。」

「記……記得是私家偵探……」

「咦！」及川驚訝出聲。這件事值得那麼訝異嗎？

「他的名字是禮二郎，對吧？」

「好像是這樣……」

「不會吧～～～！」眾人同時驚訝大喊。

「等……等等，大家怎麼了？我完全搞不懂狀況啊。」

「因為這就是觸及核心的問題啊，平太郎。」

京極將戴太久變得有些鬆垮的露指皮革手套重新戴好拉緊。

「榎木津禮二郎是在我的小說中登場的偵探。換句話說，是個虛構人物，並不存在。」

「咦？」

「聽說你也喜歡推理小說，卻唯獨我的作品中的那個系列沒讀過？」

「因……因為太厚了。」

「不，那是因為在設定上你不能讀那個系列。」

「設定？抱歉，設定是什麼意思？」

「當然是『你的設定』。」京極指著平太郎，斬釘截鐵地說：「虛構人物在現實中不可能有個親戚。換言之，你並不存在。」

「您……您怎麼這麼說……不，請等一下，這……這只是偶然吧？」

「當然不是，這種偶然不可能發生的。」

「可是……對了，京極先生，您不是說過這個世界大多是由偶然所構成的嗎？」

「但這不是偶然。你是非存在。和這個肉人是一樣的。」京極拍拍身旁的那團肉塊說。

「怎麼可能……」

「假如這是你喜歡的『創作故事中常見的模式』，這裡會有個清純美少女對你抱著若有似無的愛情，在你虛幻地消失後，心中充滿失喪感——多半會變成這般令人揪心的悲戀故事吧。然而很遺憾地，這裡只有骯髒老頭和怪物，不會有這種發展。而且，由於剛才的溫泉區分成男湯女湯，所以現在這裡一個女的也沒有。雖然你對自己的真相毫無自覺是有點可憐，但你本身確實是……一種虛構啊。」

我？

「荒俁先生，這次的事件，包括戴蒙也徹底只是假象。愈是當真就愈中了敵人計謀。我們駛上敵人鋪設的軌道，無論往右往左都在對方掌控中。事實上現在就是如此。不管朝往何處，終點站都是滅亡。因此，我們只能跳下鐵軌了。」

「跳下鐵軌的話能見到什麼嗎？」黑問。

「見得到的。能看得很清楚。不管是過去還是鬼，都是虛物。實際並不存在。並非現實。只存在於腦中。換句話說……是一種虛構。」

非存在本身將要消除非存在的現世之相。

非存在襲擊而來的話，那將成為最大危機。

「這個，換句話說，這是個『虛構入侵現實』的劇本啊。」

京極這麼說後，對我投以憐憫的視線。

「平太郎，你是為了讓這種現實變成故事才憑空冒出的虛構角色。因此，你只具有使現實故事化必要的資訊，並被賦予能確實證明你是虛構人物的資訊。你就是為了使這個反剋之相——相侮——能夠穩定，於最初出現在現實的敘述者。」

不對，這不可能的。

若是如此，我……

我……我究竟是誰？

「反剋石和未來圖並非察知戴蒙的吸收餘裕攻擊才發動，而是對你產生反應了。所以害怕自己的目的會被看穿的敵人才會執著搜尋這兩項寶物。可惜我們比自以為的更笨，完全沒發現癥結。」

「原來如此。這樣我就完全明白了。」荒俁說：「這樣的話，答案只剩一個了吧，京極兄。」

「恐怕就是如此了。」京極回答。

「香川，麻煩你拿出石頭。」

荒俁從香川手中接過反剋石，離開二、三步，不是對著石頭，而是對著天空，大聲叫喊：

「我已經明白了，敵人果然是你啊。出來吧！加藤保憲！」

加藤保憲……

加藤保憲……

荒俁的聲音在富士山麓平原迴盪。

霎時，出現很適合用「晴天霹靂」來表現的老套場景。

黑雲湧現，幾束閃電劃破天空。

隨著爆裂聲打在特別高的樹上。

樹冒出火焰，裂成兩半，朝左右兩邊倒下。

在黑煙之中，朦朧浮現出一道長身瘦軀的人影。

身穿舊日本軍軍服，背後罩著披風的……異相男子。

彷彿由太古怨念與深邃憎惡凝聚成人形的事物。

魔人．加藤保憲。

「加藤……」

和魔人對峙的是荒俁宏。

「我沒想過竟然會有這麼一天能和你面對面。」

「汝竟能識破吾之陰謀，特此表達吾之讚賞。」

「你是我創作的角色，我當然明白。」

「是嗎？」

加藤桀傲不遜地笑了。

「荒俣，汝已賦予吾不死與萬能之力。古往今來東西方的咒術與魔術、由人之邪念妄念所生的永恆無明之歷史幽暗皆在吾之手中。吾乃天下無敵。崇敬吾吧……」

加藤高高舉起戴著繪有五芒星的白色手套的手。

又一道閃電落下。

「汝無勝算的，荒俣。」

「是嗎？但過去你的一切企圖全部失敗。你的悲願一次也沒實現。你知道為何嗎？因為身為作者的我不會讓你的願望實現。我沒寫過你獲勝的小說。」

「然也……」

加藤的眼中燃起了怨懟的邪惡火焰。

「吾之死敵正是汝啊……荒俣。一次又一次阻止吾摧毀帝都與毀滅日本之悲願的，正是創造吾的汝。吾最大的仇敵，正是吾之創造者——荒俣！」

「因為我是作者啊。」

「住口！」加藤怒吼。「然而，此次汝將無法如願。汝不再是作者。」加藤說：「此處為現實，荒俣。現實無法盡如汝所願！」

「這……或許沒錯吧。」

「吾乃為鬼（虛構），鬼（虛構）將吞噬現實。如何，無可奈何了吧？日本如今早已被虛構緩緩侵蝕，處處蛀洞。汝等卻無從改變此一現實。事已太遲，荒俣，吾已勝矣。此國將滅，帝都與日本終將消滅！」

荒俣瞪著加藤。

在荒俣的背後，有京極和村上、郡司、多田、黑、香川、東和不思議餡。

其他還有似田貝、及川、岡田、上野、梅澤、山田老先生、前ＹＡＴ成員等等，這些人……

都實際存在嗎？可是……

一臉傻相的兵主部，以及面無表情的肉人。

這時，有人伸手抓住平太郎的肩膀。回頭一看，發現是雷歐。

「雷……雷歐先生。」

「嘿，平太郎……嘿，太郎，你真的是虛構的嗎？虛構？」

「我……」

真的不懂。作為人的記憶……

……應該存在吧？

腦中存在著層層堆疊的資訊，覺得自己只靠這些資訊也能成立。

但是。

京極說過去只是一種虛物。那只是作為記憶或記錄保存下來的事物。

既然如此，虛構與現實之間，又有多少差異？

生者與死者，虛與實，究竟有多少差異？

平太郎覺得困惑，內心湧現感慨。

「汝等敗矣。」加藤嗤笑。「荒俣啊，汝雖博學，可有方法能解此一難局？汝背後的那群妖怪痴們又有何能為？和其他蠢物一同嬉鬧才合乎汝等本性。」

「真的。」黑同意。

「那樣才合我們的意啊。」村上也贊同。

「是故，吾為體恤汝等，選擇最輕鬆的緩慢死法。令毀滅緩慢地、徐徐地來臨。在腦袋幾近融化、心情舒暢之際，迎向日本滅亡，消逝在記錄和記憶的彼方。汝等將和此國一同登錄鬼籍。成為鬼（虛構）。如何？想必能令汝感到愉快吧？儘管感謝吾吧。」

荒俣宏無話反駁。

換句話說。這些人……甚至住在這個國家的所有國民。

全都會變得跟平太郎一樣嗎？

這樣的話……

「你們在幹什麼？」

突然，傳來一道柔和但充滿威嚴的聲音。

「你們啊，是笨蛋嗎？怎麼還在這裡發呆啊。只會待在這邊玩耍，不去工作的話，你們啊，會餓死的啊，餓死！」

一道蹣跚的人影在森林裡現身。

「真是的，想說你們怎會搞出戰爭這種蠢事來，現在居然還偷懶。水木先生雖然要你們學著當個懶惰鬼，但那是要你們努力工作後再來適度地偷個懶。雖然努力工作卻仍會餓死的世界不好，但如果是正常的世界，你啊，只要工作就能得到金塊喔，等拿到金塊再懶惰就好。但你們現在又是在幹什麼？」

是……水木茂……大師……

水木老師來了。

「大……大師。」

「荒俣！居然連你也在玩，世界末日要來了嗎？水木先生即使這把歲數也還是得硬著頭皮工作，這是很不得了的。雖然水木先生年輕的時候啊，認為人生並沒有幸福存在。」

水木老師邊說邊步履蹣跚地走到眾人附近，拍拍多田克己的肚子。

「你幾歲了？」

「還沒。」多田做了個莫名其妙的回答。

「還沒！喔。」水木老師似乎聽得懂。「還沒就算了。但是啊……」

水木老師接著把臉湊近村上的臉龐，擺出怪表情。

「你又在採訪了？」

「不……如果是就好了。」

「嗯。把稀鬆平常的事寫得平凡無奇的話就沒人想請你寫稿了。得絞盡腦汁思考才行吶。不過，思考太多的話，離幸福又遠了。」

「遠……遠了。」

「沒錯。思考得太多，只聞得到幸福的甜美芬芳卻無法攫取。要全心全意拚命地工作到沒空思考才行吶。要硬著頭皮工作。如此一來，你啊，驀然回首時，幸福就在身旁喔。」

大師溫柔地笑了。

接著水木老師站到梅澤的前面，抬頭看，冷哼一聲。

「你啊，一天吃幾餐？」

「五……五餐。」

「五餐！這樣的話不做別人一倍的工作就無法安眠吧。你沒在工作嗎？這樣不行嗎？」

「工作嗎……那個……」

「京極！你啊，不睡覺會死的。沒工作的時候就去睡覺吧。你還在這裡幹嘛？」

「呃，我們現在碰上一點困境。」

「困境！那是因為你啊，這樣不行啊。果然是睡眠不足害的吧？睡眠很重要的吶。睡眠生活是幸福的關鍵吶。所以為了能安睡，得好好工作才行。」

水木老師接著拍拍上野的額頭，窺探及川的臉，露出可怕的表情。然後在郡司前擺出驚訝的姿勢，問：

「出版還是這樣嗎？」用手比出向下的手勢。「不暢銷吧？不行吧？角川不行了嗎？」

「可能不太行了。」

「哈哈哈～」水木老師愉快地笑了。

接著走到加藤保憲面前。

「我說你啊，戰爭不行吶。」

加藤……顯得很狼狽。

「打仗只會讓人餓肚子。會害人被揍，而且會死人。會死人喔。水木先生的同袍彷彿只是去尿個尿般地一個接一個送死了。輕輕鬆鬆地就死了。這太奇怪了！」

水木老師做出彷彿在毆打某物的動作。

「這種事根本不對啊。戰爭只是一種過錯。是巨大的過錯。所以你啊，不能把戰爭變成回憶啊。那不是虛構而是現實啊，現實。不是創作物啊！」

「大……大師！」

荒俣像是要保護水木大師般擋在加藤面前。

水木大師看到被荒俣握緊的反剋石。

接著默默向他伸出手。荒俣乖乖地將石頭交給他。水木大師用食指和拇指拈起石頭，其他手指豎直，將石頭拿到右眼前方。

左眼瞇起。

「老師，那個是……」

「你啊，這不是靈界電視嗎？」

「啊？」

水木茂一把推開荒俣，往前踏出一步。

「裡頭能見到一個圈吶！」

「圈？圈嗎？」

「圓圈圈啊！」

圓圈圈。

聽見呼子的聲音。

然後——

榎木津平太郎……

消滅了。

「這應該不算所謂的夢結局（註46）吧？」黑史郎說。

「如果是夢結局就太扯了。」香川雅信答道。

「但也不是休息室結局（註47）啊。」似田貝大介說。

「站在創作面來看的話，或許如此吧。」郡司聰回應。

「不覺得真的很像嗎？」及川史朗說。

「即使相似，但還是有所不同。」京極說：「這是現實。對個人而言的現實不過是個人體驗罷了。未經深思熟慮地將這些體驗放進虛構裡，並在虛構中解決，這才是休息室結局。不清楚那段體驗的人就看不懂。然而現在剛好相反。是虛構滲透過來了。而且這裡本來就是現實，沒有所謂的結局。這是今後仍會毫不俐落地拖沓持續下去的無聊現實。」

「嗯，並不是夢。」

村上看著山田老先生的繪卷。

多田也興奮地望得出神。完全入迷了。

繪卷上面現在確確實實地繪有圖畫。

「圖畫回歸了。」

「但吉良恐怕依然是死了吧。」郡司緬懷地說。

「木原先生和中山先生也不會復活嗎？」似田貝語氣平靜地問。

「死了的話，恐怕還是死了吧。」京極說：「因為這不是夢結局。」

「啊，回來了。」岡田說。

「什麼回來了？死者嗎？」

「死者不會復活的。是訊號啊，訊號。」

「咦？那麼……」

「通訊似乎恢復了。啊，也收到網路新聞。代替突然總辭的蘆屋內閣，將由有識之士組成的臨時行政機關來掌控國政。政府部會或各自治單位也一如過往地執行公務了。」

「一如過往，是回到哪個過往？」

「這次應該是真正的回到原本的狀態了。」荒俁說：「回到世界變得古怪前的那個……不怎麼有趣的平凡世界。」

「原本就相當奇怪了吧。」郡司說：「泡溫泉的其他人似乎也已經出來了。」

「八成都泡到頭昏腦脹了。」梅澤說。

大批身上冒著熱氣的人們走在森林裡。每個人都腳步虛浮。也許要回訪客中心吧。有看到平山，但沒有妖怪。

全消失了。不，是回到未來圖了。

「太厲害了，這個總共畫了多少隻啊？」

註46：以「這一切都是一場夢」來作為結尾的收尾方式。

註47：落語界的用語。原指「表演者休息室裡的其他同行一聽就懂，觀眾卻一頭霧水」的哏，後來轉指只有熟知內情的業界人士才懂箇中趣味的結局。

「沒算過。雖然的確很厲害，但這個……不太妙吧？」

整幅繪卷上畫著滿滿的妖怪。排在第一順位的是呼子，但分裂成好幾種模樣。接著是見越入道、轆轤首等百鬼夜行慣例的順序。但繪卷拉開到一半左右時。

「啊！」黑發出驚呼。

形似裸鼴鼠的精螻蛄、石燕筆下的精螻蛄、水木作畫的卡波・曼達拉特。接著……克蘇魯和阿撒托斯。

「居然連這些都被收錄了。」

接下來是……

學天則巨神。

西村真琴博士。

柳田國男。

「連這些也收進繪卷啊……」

「不知道對柳田先生而言，被放在妖怪行列裡能不能接受。」

接著是……

人氣漫畫角色群。

怪獸群。

貞子。

「呃～這個著作權上很麻煩吧？」

「會嗎？反正這幅繪卷又不會公開。畢竟……」

「等等，這是平太郎吧？」

「對耶，是平太郎啊～」

「他也消失了。」

「他是個好孩子。很宅，也很膽小。」

「他現在就在這裡……這就是他。」京極指著圖說：「不對，與其說就在這裡，應該說，從一開始就不存在。」

是的。平太郎並不存在。現在描述狀況的這段話並非出自某人之口，而是單純的旁白。

「問題是他後面那個吧……」村上表情複雜地說。圖畫中的平太郎身旁，有個擺出奇妙動作的……

「咦？這個難道是……雷歐嗎？」

「我看看……底下的名字寫著『雷歐☆若葉』。真的是他耶。」

「可是雷歐他……不是實際存在的人物嗎？」

「也許是因為笨蛋度太高了。」京極說。

「雷歐老弟完全是妖怪。」多田說。

「平太郎不在了會讓人感到惋惜，但雷歐的話……」

「感覺在不在都沒差啊。」眾人異口同聲回答。
在沒人關心的雷歐身邊，繪有加藤保憲。
「這……應該算是被封印了吧？」
「與其說被封印，其實從一開始就不存在。」
荒俣表情多少有些落寞地說。
接著。
繪卷的最後，彷彿著者近影般描繪著一名老翁。
老翁的模樣與水木茂大師極為相似。
他在圓圈圈之中和藹地微笑。
手上拿著一顆圓圓的小石頭。
「——大師。」
「哈哈哈哈！」彷彿能聽見老師爽朗的笑聲。
現場的妖怪痴們一起仰望天空。
但天空中什麼也不存在。
這個世界什麼也不存在。

虛實妖怪百物語・了